Wilhelm Jäger

Die – die durch

die Hölle gingen

Roman

Wilhelm Jäger

Die – die durch die Hölle gingen

Bibliografische Information der Deutschen Nationalbibliothek: Die
Deutsche Nationalbibliothek verzeichnet diese Publikation in der
Deutschen Nationalbibliografie; detaillierte bibliografische Daten
sind im Internet über dnb.dnb.de abrufbar.

Herstellung und Verlag:

BoD – Books on Demand, Norderstedt

ISBN: 9783754332313

Ich weiß gar nicht, womit ich so recht beginnen soll. Es war schon eine Weile vergangen, seit dem letzten Auftrag, den ich mit Nick bewältigen musste. Die ganze Sache mit Afrika saß mir immer noch in den Knochen. Wir bekamen erst mal eine Auszeit. Und so saß ich mit einem großen Pott Kaffee auf meiner Veranda in Boscastle und genoss die Ruhe. Nick ist, was ich noch wusste, zurück nach Tusa, Oklahoma, zu seiner Familie geflogen, oder ich glaubte es zumindest.

Ich saß also auf meiner Veranda, genoss den heißen Kaffee und die Nachmittagssonne. Dann fiel mir ein, dass ein paar Kekse die ganze Sache noch abrunden würden. Also ging ich in die Küche und kramte in meinen Schränken herum. Ich fand sie auch. War ja klar, ganz unten in der letzten Ecke. Ich musste ganz tief in dem Schrank herumkramen, bis ich sie endlich fand.

Da rief einer meinen Namen. Ich stutzte, denn die Stimme kam mir bekannt vor. Es war Nicks Stimme, die ich vernahm. Aber das konnte ja nicht sein, da er ja in den Staaten war.

„Robert!", hörte ich nur.

Ich glaubte es nicht. Es musste Nick sein. Ich ging zurück auf die Veranda. Nicht zu glauben, da stand er vor mir, in voller Länge.

„Was ist mit deinem Telefon? Hast du die Rechnung nicht bezahlt oder warum klemmt das Ding?", wollte er unverblümt wissen.

Ich stand mit meinen Keksen und offenem Mund noch vor ihm und konnte kaum fassen, dass mein bester Freund schon wieder zurück aus den USA war. Er stand immer noch fragend vor mir.

„Was ist?", bohrte er weiter. „Hast du einen Stockfisch im Hals? Oder magst du nicht mehr mit mir reden?"

„Ääämm ääämm", stammelte ich. Und dann fing ich mich wieder. „Was machst du in England? Hat dich deine buckelige Verwandtschaft vor die Tür gesetzt oder ist Oklahoma in Rauch aufgegangen? Was ist passiert? Hat dich deine große Liebe verlassen?" Dabei konnte ich mir ein unverschämtes Grinsen nicht verkneifen.

„Darf ich mich setzten? Oder muss ich die ganze Zeit stehen?", fragte Nick. Dabei schaute er mich mit einem strengen Blick an. Als wollte er sagen 'Noch so ein Spruch und ich bin wieder weg'.

Noch immer unter dem Eindruck, dass Nick wieder da war, sagte ich schnell: „Na klar. Setz dich doch." Ich wollte die Sache ja auch nicht auf die Spitze treiben. Aber necken unter Freunden, meine ich, ist erlaubt. Nick setzte sich und ich gab ihm einen Pott Kaffee und ein paar Kekse.

„Warum hast du nicht angerufen?", wollte ich nun wissen.

„Schlauberger", rief er. „Wie denn? Wenn keiner abnimmt oder wenn dein Telefon nicht funktioniert. Weißt du, wie oft ich versucht habe, dich anzurufen? Ich hab schon Blasen an den Fingern vom Wählen." Dabei zeigte er mir vorwurfsvoll seinen Zeigefinger.

Da fiel mir ein, dass Nick den Stecker vom Telefon vor Wochen herausgezogen und ich ihn noch nicht wieder eingesteckt hatte. Da kann man mal sehen, wie wichtig für mich in dieser Zeit ein Telefon war.

Ich zeigte mit dem Finger auf ihn. Dabei machte ich eine ernste Miene. „Du hast ihn doch raus gezogen!", gab ich zur Antwort.

„Ach so", verteidigte sich Nick. „Und du warst nicht in der Lage, einen gewöhnlichen Telefonstecker wieder einzudrücken?"

Ich musste schmunzeln. „Und ich hab mich schon gewundert, warum in der letzten Zeit keine Anrufe eingingen." Dabei kratzte ich mich verlegen am Hinterkopf.

Jetzt lachte Nick voll los. „Du bist unverbesserlich."

Ich schnalzte mit der Zunge und meinte lässig: „Wer kann, der kann."

Wir ließen uns den Kaffee und die Kekse schmecken und genossen die Nachmittagssonne.

Nach ein paar Minuten meinte Nick: „Das Hauptquartier hat mich geschickt. Die haben mal wieder eine Aufgabe für uns beide."

Ich spitzte die Ohren und sagte Anfangs nichts. Ich war ganz gespannt, was jetzt wieder kommen würde. Nick zögerte einen Moment und suchte nach den richtigen Worten, um mir die ganze Sache schonend beizubringen.

„Spuks schon aus.", meinte ich. „Viel schlimmer wie der letzte Trip kann dieser auch nicht werden."

Nick lehnte sich nach vorne und rieb sich verlegen die Hände. „Tja", fing er an. „Die Sache ist die. Du weißt doch, dass ich, bevor wir nach Afrika fuhren, in Kolumbien war."

Ich überlegte kurz und dann fiel mir ein, dass Nick dies vor einiger Zeit erwähnte.

„Ja und?", fragte ich. „Was will das Hauptquartier jetzt von uns?"

„Pedro Kordales ist ein Drogenhändler, Waffenschieber, Zuhälter und weiß der Henker womit der noch sein Geld verdient. Er hat sozusagen ganz Kolumbien unter seine Fittichen.

Und weiß der Henker wie weit noch sein Radius geht. Vor Afrika hatte ich ihn mit der dortigen Polizei in den Knast gesteckt. Die Gerichte in Kolumbien waren der Meinung, dass Pedro Kordales zwar kein ehrenwerter Bürger sei, ihn aber mangels Beweise auf freien Fuß lassen mussten. So konnte er weitermachen wie bisher. Und jetzt kommen wir ins Spiel. Die Staatsanwaltschaft Kolumbiens bat uns um Mithilfe, den Verbrecher ein für alle Mal hinter Schloss und Riegel zu stecken."

'Na super', dachte ich bei mir. 'Keine drei Wochen zu Hause und die schicken uns wieder in die Wüste.'

Nick las meine Gedanken. „Genau das hab ich auch gedacht. Aber," fuhr er fort, „wir bekommen eine fette Prämie, wenn wir den Mistkerl stellen." Dabei hob er seinen Zeigefinger wie ein Schulmeister in die Luft. „Und wenn alles gut läuft, dann sind wir spätestens in sechs bis acht Wochen hier zurück auf deiner Veranda und trinken deinen leckeren Kaffee."

Ich schaute ihn einen kurzen Moment an und dann fragte ich: „Wann geht's los?"

„Übermorgen", sagte er kurz und schmerzlos. „Es ist schon alles vorbereitet."

„Na super", sagte ich mit ruhiger Stimme. „Ich hab vielleicht ne Lust auf so einen Scheiß." Dann überlegte ich kurz. „Wie hoch ist denn die Prämie, von der du eben sprachst?"

Nick lehnte sich grinsend zurück. Dabei bekamen seine Gesichtszüge so ein überhebliches Lächeln.

„Spucks schon aus. Wie viel?", wollte ich wissen, denn die Sache mit der Prämie fand ich schon sehr interessant.

„Fünfzigtausend Dollar für jeden!", rief Nick. Dabei schlug er vor Freude mit der flachen Hand auf die Stuhllehne.

Lässig winkte ich ab. „Für fünfzigtausend Dollar schaffen wir den Kerl auch in vier Wochen in den Knast."

„Jeep! So kenn ich dich", rief Nick siegessicher.

Ich dagegen nahm in aller Ruhe meine Tasse Kaffee und trank genüsslich den Rest.

„Also bist du dabei?", fragte Nick voller Erwartung."

„Ob ich dabei bin, fragst du? Ich kann dich doch nicht mit so viel Geld allein lassen." Dabei konnte ich mir ein Grinsen nicht verkneifen.

Nachdem wir uns allmählich beruhigt hatten, fragte ich meinen besten Freund, um etwas vom Thema abzulenken: „Wie war es denn in Oklahoma?"

„Ich bin noch gar nicht zu Hause gewesen. Am Flughafen haben die mich abgefangen. Seit zwei Wochen bin ich im Hauptquartier und hab mitgeholfen, die ganze Sache vorzubereiten."

„Du warst noch gar nicht zu Hause?" Ich war verblüfft. „Und du arbeitest schon seit zwei Wochen an dem Fall? Warum hast du nichts gesagt?" Ich war fassungslos.

„Kannst du dich vielleicht schwach daran erinnern, dass dein Telefon nicht funktioniert?"

„Ach ja, dass scheiß Telefon", sagte ich leise und winkte verlegen ab. „Und ihr hattet keine andere Möglichkeit mich zu erreichen?" Ich wollte es nun doch genauer wissen.

„Wir hatten keine Zeit noch lange hinter dir her zu laufen", meinte Nick. Dabei trank er genüsslich seinen Kaffee und schaute irgendwie schelmisch über den Tassenrand.

„Alles gut", meinte er dann. „Wir hatten nur gedacht, dass wir die Vorbereitungen schnell selbst erledigen könnten und dich noch etwas in deinem wohlverdienten Urlaub ließen. Aber die im Hauptquartier meinten auch, dass wir zwei noch einmal dort auftauchen sollten, um die letzten Details zu besprechen."

Mir passte das zwar gar nicht, aber Job ist Job.

Am nächsten Morgen fuhren wir mit dem Wagen zum Hauptquartier. Als wir dort ankamen, war der Parkplatz gerammelt voll. Wir fuhren schon das zweite Mal über diesen völlig überfüllten Platz. Aber keine Lücke in Sicht. Und wenn jemand aus einer Parklücke herausfuhr, war garantiert ein anderer schneller und belegte den Platz.

„Ich möchte mal wissen wo die ganzen Leute herkommen." Ich war verzweifelt. „Haben die kein Zuhause?"

„Ich gehe davon aus, dass es sich um das alljährliche Veteranentreffen handelt", gab Nick kurz zur Antwort.

„Wenn wir hier noch länger herum kreiseln, sind wir selber Veteranen bevor wir unsere Karre abgestellt haben", rief ich aus Verzweiflung.

Nick lachte laut auf. „Wir werden unser Vehikel schon irgendwo abstellen können."

Er versuchte mich zu beruhigen. Es dauerte noch eine ganze Weile, bis wir ein Plätzchen für unser Gefährt gefunden hatten.

„Na endlich", seufzte ich erleichtert. Nur Nick war immer noch guter Dinge. Er sagte nichts, versprühte dennoch eine gewisse Heiterkeit. Ich dagegen hatte den Kaffee auf und wollte den Tag so schnell wie möglich zu Ende bringen.

Auf dem Weg zur Anmeldung sprach uns ein hagerer Mann mit südländischem Aussehen an. Er stellte uns merkwürdige Fragen. Ob wir hier arbeiten würden und wie lange schon und wie viele Einsätze wir schon getätigt hätten. Und noch so ein paar verrückte Fragen, auf die wir keine Antworten gaben. Wir wiesen ihn auf die Pressestelle hin. Die konnte alle Fragen beantworten.

Irgendwie hatte der Fremde unsere Anweisung wohl nicht richtig verstanden, denn er fragte weiter. Ich merkte, wie Nicks Nackenhaare langsam hochgingen und er allmählich stinksauer wurde. Wir hatten zwar keine Zeit und auch keine Lust, uns mit dem Mann zu beschäftigen, der einen Haufen Fragen stellte, die ihn gar nichts angingen. Um keine Eskalation auf dem Parkplatz auszulösen, nahm ich den Mann an die Seite und erklärte ihm nochmals in ruhiger Stimme, aber deutlich, dass wir keine Auskünfte erteilen und er sich an die Pressestelle zu wenden hätte. Jetzt wiederum wollte ich von dem Fremden wissen, woher er kam und wer er war. Er zeigte mir einen Ausweis und erklärte mir wiederum, dass er für eine Zeitung in Spanien schrieb, da ja heute das Veteranentreffen sei.

Nick ging auf den Mann zu, musterte ihn von oben bis unten und meinte nur: „Dann musst du den Veteranen auf die Nerven gehen. Wir sind noch nicht so alt. Und jetzt verschwinde, sonst werde ich ungemütlich."

Der Mann bekam ein verschmitztes Lächeln ins Gesicht und entfernte sich, ohne noch ein Wort zu sagen.

„Ich hab das Gefühl, die Reporter werden immer frecher," schnaufte Nick.

Ich dagegen schaute dem Mann noch kurz hinterher und meinte: „Und ich hab das Gefühl, bei dem Kerl stimmt irgendetwas nicht. Niemals ist das ein Reporter eines spanischen Verlages."

„Ist mir scheißegal, wo der Typ herkommt." Nick war immer noch aufgebracht. „Wenn ich sage, geh zur Pressestelle, dann hat er, ohne ein Wort zu verlieren, die Pressestelle aufzusuchen. Oder sonst wohin zu marschieren und mir nicht ein Kotelett ans Ohr zu quatschen."

Ich legte beruhigend meine Hand auf Nicks Schultern und sagte mit leicht säuselnder Stimme: „Ruhig Brauner. Das schaffst du schon. Alles wird gut."

Erst verdrehte er die Augen, dann schloss er sie, schüttelte den Kopf und zuletzt wollte er noch irgendetwas sagen. Aber außer ein „Ach" und eine abwertende Handbewegung kam aus Nick nichts mehr raus.

Um nicht noch mehr Zeit zu verlieren, marschierten wir mit schnellen Schritten durch das Hauptportal. Bei der Anmeldung stand eine Traube von Menschen. Jeder musste sich anmelden und viele von denen hatten Fragen zum Programm. Es dauerte vielleicht nur fünfzehn Minuten, bis wir an die Reihe kamen. Aber ich hatte das Gefühl, wir warteten eine halbe Ewigkeit, bis wir uns endlich anmelden konnten.

Die nette Dame am Empfang erklärte uns, dass wir uns in Zimmer 341 zu melden hätten. Bei einem gewissen Parker.

Ich stutze kurz. „Parker?", fragte ich verblüfft.

„Exakt, bei dem Kommandanten Parker", versicherte die junge Dame meine Frage.

Ich schaute Nick von der Seite an und flüsterte ihm ins Ohr: „Das ist doch der Knaller, der uns das letzte Mal nach Afrika in die Wüste geschickt hat." Nick bestätigte meine Frage mit einem simplen Kopfnicken.

Wir gingen zum Fahrstuhl. Aber der war noch immer nicht zu gebrauchen. Fünfzigtausend Dollar versprechen, aber kein Geld um den scheiß Aufzug zu reparieren. „Typisch Behörde," zischte ich durch die Zähne.

Wie schon gesagt, ich fand den Beitrag von Parker überflüssig. Aber er war halt unser Kommandant.

Die Besprechung dauerte den ganzen Nachmittag. Ich hätte besser auf meiner Veranda bleiben sollen. Wenn Nick nicht gewesen wäre und mich nicht ab und zu in die Seite gestupst hätte, ich wäre garantiert schlafend vom Stuhl gefallen. Es wurde sechs Uhr abends, als wir das Hauptquartier verließen.

Irgendwie hatte ich Kopfschmerzen vom ganzen Diskutieren, Erklären und um den heißen Brei herumreden. Auch Nick schien mir angeschlagen zu sein. Also beschlossen wir kurzerhand zu Carlo zu fahren. Eine Kneipe, nicht weit vom Hauptquartier, in der wir schon früher als Kadetten so manche Nacht durchgezecht hatten.

Wir saßen noch keine zehn Minuten am Tresen, da kam ganz unverhofft der kleine hagere Südländer rein, der angeblich für eine spanische Zeitung oder Zeitschrift schrieb. Ich war noch mit meinem Drink beschäftigt, als Nick mich anstupste und auf den Spanier zeigte. Ich hätte mich beinahe verschluckt, als ich ihn wiedererkannte. Und schon hatte ich wieder dieses unwohle Gefühl in der Magengegend.

Der Mann setzte sich an einen der Tische und bestellte sich etwas zu Essen und ein Glas Wasser. Er aß und trank und machte sich Notizen auf einem kleinen Schreibblock. Als der Wirt bei ihm vorbeischaute, um nach seinem Befinden zu fragen, sprachen die beiden ein paar Worte zusammen und schauten anschießend zu uns herüber. Das war der Auftakt, uns mal näher mit dem Südländer auseinanderzusetzen.

Wir setzen uns unaufgefordert an seinen Tisch. Einer rechts und der andere links von ihm. Wieder bekam er sein verschmitztes Lächeln wie zuvor auf dem Parkplatz des Hauptquartiers. Eine Schweißperle rann ihm von der Stirn. Jetzt waren wir diejenigen, die die Fragen stellten. Wo er herkam, für welche Zeitung er schrieb und noch eine ganze Menge Fragen mehr. Er machte auf uns einen soliden Eindruck. Alle Fragen konnte er präzise beantworten. Entweder war dieser Mensch gut vorbereitet oder er sagte schlichtweg die Wahrheit. Nach etwa einer Stunde ausquetschen und der Versuchung, mehr aus ihm heraus zu finden, verließen wir Carlos Lokal.

„Was will der Kerl?", fragte ich Nick, als wir draußen vor unserem Wagen standen.

„Keine Ahnung. Aber eins ist sicher, den knorrigen Arsch sehen wir bestimmt noch mal wieder."

*

Am nächsten Tag saßen wir im Flieger nach Bogota Kolumbien. Nach knapp elf Stunden Flugzeit landeten wir auf einer der Rollbahnen des

Airports 'El Dorodo'. In der Empfangshalle begrüßte uns der dortige Polizeichef persönlich. Ich fand das etwas merkwürdig, da so ein Polizeichef meistens keine Zeit für einen Abholdienst hatte. 'Aber vielleicht handhaben die das ja hier anders. Wer weiß das schon', dachte ich so bei mir.

Als wir aus dem Flughafengebäude herauskamen, standen dort fünf gepanzerte Fahrzeuge. Zwanzig Mann, bis an die Zähne bewaffnet, saßen bei laufenden Motoren und warteten darauf, dass wir losfuhren.

Als ich zu den Fahrzeugen ging, sah ich, wie ein Mann gegenüber der Straße in ein Taxi stieg, der eine verblüffende Ähnlichkeit mit dem spanischen Zeitungsfritzen hatte. Ich meldete meine Beobachtung Nick, der sich noch immer mit dem Polizeichef unterhielt. Nick schaute mich einen kurzen Moment nachdenklich an. Dann sagte er mit ruhiger Stimme: „Ich hab doch gesagt, wir werden den knorrigen Arsch wiedersehen. Damit hab ich schon gerechnet." Wir setzten uns in einen der Wagen und fuhren aus der Stadt.

„Was glaubst du? Welche Rolle spielt der Spanier in diesem Spiel? Wenn es überhaupt ein Spanier ist," sagte ich zu meinem Freund.

„Ich vermute, dass der Kerl nur ein Spitzel ist, nur ein Wasserträger für Pedro Kordales. Und Spanier ist der bestimmt nicht. Dafür würde ich meine ganze Prämie verwetten", meinte Nick.

„Was ich nur nicht verstehe, wenn Pedro Kordales so viel Geld hat, warum engagiert er so einen Blindgänger? Denn so wie der sich anstellt, ist das nicht die hellste Kerze auf der Torte", gab ich zu bedenken.

Nick lachte laut los. „Robert! In jeder Firma gibt es Leute, die nicht so clever sind. Ich vermute auch, dass der Kerl nicht der schnellste Denker ist. Aber ich rechne damit, dass dieser Mann genau weiß, was er tut. Und ich rechne damit, dass er versuchen wird, uns eine Falle zu stellen. Aber die Suppe werden wir ihm gehörig versalzen." Er lehnte sich zurück und fing an zu schlafen. Glaubte ich zumindest.

Aber als wir an einem großen Anwesen vorbeikamen, welches ringsherum mit alten Bäumen und dichten Hecken bepflanzt war, konnte man kurz durch eine Allee ein großes Haus erkennen.

„Das ist die Residenz von dem Ganoven", sagte Nick mit ruhiger Stimme. Dabei öffnete er nicht mal seine Augen.

„Du bleibst ganz schön ruhig bei dieser Sache", meinte ich.

Nick winkte lässig ab. „Wir werden dem Fuchs eine Falle stellen, ihn vor Gericht bringen und dann geht's ab nach Hause."

Ich sagte darauf nichts. Zum einen war Nick bereits schon einmal hier und wusste, was auf uns zukommen würde und zum anderen konnte ich mir nicht vorstellen, dass Nick Baker sich so irren konnte. Die einzige Sorge die ich hatte, war der Spanier oder wo der auch immer herkam, oder wer er auch immer sei.

Nach etwa zwei Stunden Fahrt durch die Wildnis Kolumbiens kamen wir zu einem Militärlager. Dort zeigte man uns unser Quartier. Es war eine der vielen Hütten, die im Camp standen. Einfach gehalten. Zwei Zimmer mit Betten und eine Toilette mit Dusche. Gegessen wurde im Haupthaus.

*

Nach einem Monat enger Zusammenarbeit mit den Behörden hatten wir so viel Beweismaterial zusammenbekommen, dass wir Pedro Kordulas für Lebenslang hinter Gitter stecken konnten.

„Das war ja einfach", freute ich mich.

„Sag ich doch", meinte Nick und rieb sich die Hände. „Jetzt müssen wir nur noch hinfahren, den Kerl an die Kette nehmen und die ganze Sache ist geritzt. Dann geht es endlich nach Hause."

Ich konnte es kaum fassen. Es war alles so einfach. Zu einfach. Ich hatte so ein unwohles Gefühl. Ich war noch vor einigen Wochen in Afrika und da ging nur schief was schief gehen konnte. Jetzt war ich hier und sollte den mächtigsten Mann der Unterwelt von Kolumbien festnehmen. Ich hatte zwar die Hoffnung, dass alles schnell über die Bühne gehen würde, aber ein bitterer Beigeschmack blieb.

Der nächste Morgen war kühl. Nebelschwaden lagen über dem Camp. Der Convoy setzte sich in Bewegung. Nick und ich saßen in einer der vordersten Wagen. Mit dem Haftbefehl in der Tasche hatten wir gute Hoffnung, dass der Job schnell erledigt sei.

Die Fahrt zur Villa von Pedro Kordales verlief ohne Zwischenfälle. Ein großes Tor am Anfang der Allee, die zum IIaus führtc, war mit einer dicken Kette verschlossen. Vier Männer sprangen aus dem Wagen. Drei sicherten mit Schnellfeuergewehren die Fahrzeuge, während der vierte mit einem Bolzenschneider die Kette durchtrennte.

Wir fuhren rein und erwarteten eigentlich heftigen Widerstand. Aber nichts. Wir fuhren direkt zum

Haus. Die Tür stand einen Spalt auf. Mit vorgehaltener Waffe und durch die Absicherung hinterm Haus, gingen wir vorsichtig hinein.

Kein Mensch da. Nicht einmal eine Katze war zu sehen. Ziemlich ratlos stand die ganze Truppe auf dem Gelände von dem Schurken und wusste nicht, was sie davon halten sollte.

So wie es schien, war der Vogel schon eine ganze Weile ausgeflogen. Wir durchsuchten das ganze Haus. Vom Dachstuhl bis in den Keller suchten wir nach Hinweisen, wohin Pedro Kordales verschwunden war. Auch nach Beweisen für die Staatsanwaltschaft, um ihre Anklage zu untermauern. Keiner konnte sich erklären, wie er flüchten konnte. Wochenlang wurde das Haus überwacht. Aber keiner hatte gesehen, wie der Verbrecher mit Mann und Maus verschwunden war.

Nick und ich setzten uns auf die Veranda und beratschlagten, wie es weiter gehen sollte. In dem Augenblick, als keiner mehr eine Idee hatte, sah ich eine Maus über die Veranda huschen. Sie verschwand durch ein kleines Loch in der Wand. Wie vom Blitz getroffen sprang ich auf. Nick war etwas irritiert.

„Ich hab's", schrie ich.

„Was ist los?", fragte er verwundert.

„Ich hab's", wiederholte ich mich. „Kannst du dich noch an Jans Haus erinnern?", wollte ich von Nick wissen.

„Ja kann ich", sagte er, noch immer nicht wissend, worauf ich hinauswollte.

„Na vom Tunnel spreche ich. Der hat einen Tunnel im Keller, wie Jan ihn hatte."

Nick sprang ebenfalls auf und sofort machten wir uns auf die Suche nach dem unterirdischen Fluchtweg. Wir suchten alles akribisch genau ab. Nichts zu finden. Jede Wand, die wir abklopften und nach einem Hohlraum dahinter suchten, ergab keinen Erfolg. Wieder einmal standen wir da und wussten nicht mehr weiter. Bis einer der Männer seine Finger nicht bei sich lassen konnte und an einer Schlaufe zog. Es war die Schlaufe einer Angelschnur, die sich links oberhalb des Türbogens befand. Kaum sichtbar.

Es machte 'klick' und vor uns senkte sich die Wand wie von Zauberhand in den Boden. Wir standen direkt in einer Tiefgarage. Ein Tunnel von ungefähr drei Metern Breite tat sich vor uns auf. Ein kleiner Jeep stand noch verlassen in einer Ecke.

Sofort machten sich Nick und ich daran, den Wagen zu starten und durch den Tunnel zu fahren. Um die Länge des Tunnels zu ermitteln, stellten wir den Tageskilometerzähler auf null und fuhren los. Nach endlosen sechs Kilometern kamen wir am Tunnelende an. Aber der war zu.

Langsam fuhr Nick den Wagen an das Ende heran. An einer Schranke machten wir halt. Vor uns öffnete sich erst der Tunnel und dann die Schranke. Wir konnten fahren und hielten auf einem Waldweg an. Hinter uns schloss sich der Tunnel und der Ausgang war nicht mehr zu erkennen. Die perfekte Tarnung.

Nach einem halben Kilometer kamen wir wieder zur Hauptstraße. Jetzt wussten wir, wie Pedro Kordales flüchten konnte. Wir fuhren wieder zum Haus, nahmen noch Beweismaterial auf, versiegelten alles und machten dann den Rückzug zum Basislager.

Es ergab sich, dass Nick, ich und noch zwei Mann von der Truppe im ersten Wagen saßen. Nick und ich saßen hinten und überlegten, wie wir weiter vorgehen sollten.

Plötzlich schrie Nick: „Sofort anhalten."

Der Fahrer verstand nicht sofort was Nick meinte.

„Du sollst die Karre anhalten!", schrie er noch einmal.

Erst jetzt bremste der Fahrer das Fahrzeug abrupt ab. Die Kolonne kam zum Stehen. Nick sprang mit einem Satz aus dem Wagen und ging mit zügigen Schritten nach vorn. Mit einem Fernglas beobachtete er die ganze Gegend. Der Fahrer schaute mich ungläubig an und fragte etwas verwirrt: „Ist dein Kumpel immer so drauf?"

Ich zuckte nur mit den Schultern und meinte: „Ich weiß nicht was er hat. Aber wenn mein Kumpel sagt anhalten, dann hat das seinen Grund. Ich gehe raus und schau mir die Sache mal genauer an."

Währenddessen ich aus dem Wagen stieg und alle gespannt waren, was geschehen war oder noch geschehen würde, hupte der letzte Wagen wie ein Irrer. Nick, der noch immer durch sein Fernglas schaute, wurde allmählich sauer über das blöde Hupen. Er zischte nur durch seine Zähne: „Wenn der Knallkopf nicht gleich aufhört, dann weiß jeder Bergbauer in der Gegend, dass wir hier sind!"

Plötzlich schrie er los: „Volle Deckung!" Dabei schmiss er sich flach auf den Boden. Instinktiv schmiss ich mich ebenfalls hin, nicht wissend, was eigentlich geschehen war.

Erst verstand ich nichts. Aber eine Sekunde später zischte etwas an uns vorbei und traf den letzten Wagen. Es gab eine heftige Detonation und das Gefährt explodierte. Dabei flogen uns Teile und Splitter um die Ohren. Die anderen Männer rannten in Panik umher. Bis sich alle beruhigt hatten, dauerte es einen Moment. Die Männer verschanzten sich im Graben oder hinter Felsen.

Keiner wusste, ob nicht noch ein zweiter Angriff gestartet würde.

Der Anblick der toten Kameraden und die Trümmer des Militärfahrzeuges ließ keinen kalt. Alle waren betroffen und mussten die ganze Sache seelisch erst mal verdauen. Warum der Mann im letzten Wagen so wild herum hupte, wird für immer ein Geheimnis bleiben. Ich vermutete, er wollte uns warnen. Nick, der gesehen hatte, aus welcher Richtung das Geschoss kam, gab den Befehl, sofort die Wagen zurückzusetzen und Schutz hinter der letzten Kurve zu suchen. Ein zweites Geschoss flog auf uns zu. Es verfehlte das Ziel nur um einige Meter. Jetzt konnte ich auch die Richtung ausmachen und erkannte, dass mit einer Panzerfaust auf uns geschossen wurde.

Als die Kolonne geschützt hinter der Kurve stand, sagte Nick zu mir: „Komm Robert, den Schafschützen krallen wir uns."

Ich fand das zwar keine so gute Idee, direkt über die Straße, die auch noch weit einzusehen war, mit Vollgas drauf zu fahren, aber der Angriff ist manchmal die beste Verteidigung.

Nick meinte, dass wäre ihm scheiß egal. Also fuhr er mit allem, was die Karre hergab, auf den Schützen zu. Der lag etwa einen halben Kilometer in einer Senke hinter einem Strauch. Noch einmal flog ein Geschoss auf uns zu und verfehlte uns nur um Haaresbreite. Dann sahen wir, wie ein Mann hinter dem Strauch herkam und versuchte mit seinem Jeep, den er keine zehn Schritte von sich stehen hatte, zu flüchten.

Ohne Rücksicht auf Verluste brachte Nick unseren Wagen bis an seine Grenzen. Wir kamen dem Schützen schnell näher. Als dieser versuchte auf die Straße zu kommen, rammten wir ihn mit voller Wucht. Er überschlug sich und der Mann wurde herausgeschleudert. Wir kamen zum Stehen. Mit einem Satz sprang ich heraus und überwältigte den, der die ganze Zeit auf uns geballert hatte.

Er entpuppte sich als ein fünfzehn Jahre alter Teenager, der den Befehl hatte, uns auszuschalten. Ich konnte es nicht fassen und ich werde es auch nie verstehen, wie erwachsene Menschen Kinder und Jugendliche für den Terror missbrauchen konnten.

Über Funk riefen wir unsere Kolonne, die immer noch im sicheren Abstand wartete. Die Männer waren richtig sauer über unseren Scharfschützen. Schließlich hatte er einige Kameraden von ihnen auf dem Gewissen. Ich musste die Männer beruhigen und darauf aufmerksam machen, dass wir es hier mit einem Fünfzehnjährigen zu tun hatten. Der einzige Feind war Pedro Kordales. Auf ihn und seine Komplizen mussten wir uns konzentrieren und nicht auf Kinder und Jugendliche. Die Männer hatten Einsehen, behandelten den Kleinen dennoch nicht sanft.

Im Basislager angekommen, wurde der kleine Mann stundenlang verhört. Aber nichts was von Bedeutung wäre, bekamen wir aus ihm heraus. Er wurde nur abgerichtet, um uns aufzuhalten. So allmählich gingen Nick und mir die Ideen aus. Keiner konnte uns sagen, wohin Pedro Kordales verschwunden war.

*

Wie sehnte ich mich zurück nach Boscastle. Nach einem Pott Kaffee auf der Veranda mit Keksen oder einem schönen saftigen Stück Käsekuchen. Aber die hatten nicht mal einen Kaffee hier, geschweige denn Kekse oder ein Stück Käsekuchen. Hier war nur Busch. Sonst nichts! Man konnte froh sein, wenn es zum Frühstück Rühreier auf den Tellern gab. Selbst den Speck vergaß der Koch. Dafür hätte ich ihn schon erschlagen können. Ich wäre jede Wette eingegangen, dass der dicke Koch den Speck an seine Hunde verfütterte, oder nachts selbst aufgegessen hatte.

Meine Hoffnung war nur, dass wir Pedro Kordales schnell finden, ihn in den Knast stecken, nach Hause fliegen und einen gewaltigen Strich unter die ganze Sache machen konnten. Aber was wir auch anstellten, um eine Spur von dem Verbrecher zu bekommen, ich spreche jetzt nicht von konkretem Wissen von seinem Standort, kamen wir keinen Schritt weiter. Es war wie verhext. Jedes Mal, wenn wir glaubten, einen Anhaltspunkt zu haben und wir der Sache auf den Grund gingen, war der Kerl weg. Wie vom Erdboden verschluckt.

Es vergangen zwei, drei Wochen, so genau weiß ich das nicht mehr, bei dieser Affenhitze konnte man schon mal eine Woche vergessen, saß ich auf einem Liegestuhl. Die Füße steckten zur Kühlung in einem Kinderplanschbecken, dass mit Wasser und Eis aus dem Eiscrusher kam. Ich hatte ein Handtuch, wie einen arabischen Turban, gegen die Hitze um den Kopf gewickelt und eine Augenklappe auf, die ich im Flugzeug bekommen hatte. Diese hatte ein Kamerad aus Langeweile mit zwei großen Augen und langen Wimpern versehen. Was macht man nicht alles, um die Zeit zu verkürzen.

So hatte ich die Augen geschlossen und vor der Sonne geschützt. Aber von weitem sah es aus, als würden zwei große Augen in die Gegend starren. Ich weiß nicht warum, aber die Kameraden lachten und fanden es witzig. Ich ließ ihnen ihren Spaß. War ja sonst nichts los in dieser trostlosen Gegend.

So saß ich da, bis eine Stimme meine wohlverdiente Ruhe störte. Lustlos hob ich meine linke Augenklappe ein wenig auf und blinzelte unter ihr hervor. Erst konnte ich niemanden erkennen, so sehr stach die Sonne in mein Auge. Es dauerte einen Moment, bis ich Nick erkannte. Schnell schloss ich die Klappe und rückte sie wieder zurecht.

„Was willst du, Gesindel?" fragte ich Nick und tat so, als wäre ich ein König auf einem Thron.

„Mach dich fertig! Wir fahren in die Stadt," kam es wie ein Befehl von ihm.

Ich spielte meine Rolle weiter wie ein König. „Hinfort von mir du kleines Gewürm. Wie kannst du es wagen? Siehst du nicht, dass dein Herrscher ruht?"

Ich hatte noch immer diese blöde Augenklappe auf und sah nicht, was um mich geschah. Ein Schwall kaltes Wasser erwischte mich voll. Vor Schreck bekam ich kaum Luft. Ich riss mir die Augenklappe vom Gesicht und war im Begriff laut Protest gegen diese brutale Vorgehensweise vorzubringen. Da erwischte mich eine zweite Welle und stieß mich von meinem selbst ernannten Thron. Ein paar Männer standen umher und lachten sich krumm. Und mein bester Freund Nick Baker stand mit einem Wassereimer vor mir und lachte mit den anderen. Wer der Täter war, war ja klar. Da biss die Maus keinen Faden ab. Da stand ich nun in meinem Kinderplanschbecken, triefend nass bis auf die Haut. Erst wollte ich voll losmeckern, aber dann spielte ich meine Rolle einfach weiter. Das Handtuch auf dem Kopf, die Arme ausgebreitet, schrie ich: „Ein Pferd, ein Königreich für ein Pferd."

„Du bekommst kein Pferd. Wir nehmen den Land Rover," dabei zeigte Nick mit dem Finger auf den Geländewagen, der vor dem Haupthaus stand.

Noch immer stand ich triefend in diesem bunten Planschbecken und wusste erst nichts zu sagen, bis Nick wie ein Feldheer den Befehl aussprach: „In fünfzehn Minuten ist Abfahrt!"

Ich knallte die Hacken zusammen und salutierte wie ein Soldat. „Jawohl Sir! Zu Befehl Sir!", brüllte ich aus Leibeskräften, den Turban immer noch auf dem Kopf. Nick verdrehte nur seine Augen.

„Oooh Mann," seufzte er, schmiss den Wassereimer hinter sich und meinte nur: „Komm endlich aus dem Wasser, wir fahren in die Stadt."

Pitschnass wie ich war, marschierte ich schnurstracks in Richtung Unterkunft. Auf halbem Weg blieb ich stehen, drehte mich um und fragte Nick, der auf dem Weg zum Wagen war: „Haben wir eine Spur?"

„Eine ganz heiße," meinte er prompt. „Mach dich hübsch und beeile dich. Wir haben noch einiges vorzubereiten."

„Okay," rief ich.

Nach zehn Minuten ging ich trocken, in kurzer Hose und einem Hawaiihemd zum Geländewagen. Nick war noch nicht da und so setzte ich mich auf den Beifahrersitz, lehnte mich zurück und schloss vor Müdigkeit die Augen. Nach kurzem dahinvegetieren fiel mir ein, dass Nick irgendetwas von einer Vorbereitung sagte. Also stieg ich mit meinen müden Knochen wieder aus. Kaum war ich draußen, kam er um die Ecke.

„Wir können los," sagte er, lief an mir vorbei, setzte sich auf meinen Sitz und schloss die Tür. Ich stand wie hypnotisiert vor dem Wagen und glaubte es nicht. Ich klopfte an die Fensterscheibe. Nick, der in irgendwelchen Akten blätterte und so tat, als würde er wichtige Unterlagen studieren, schaute mich mit einem fragenden Blick an. Ich machte eine kreisende Handbewegung, um ihm zu signalisieren, dass er das Fenster mal öffnen sollte. Das machte er auch mit einer unverständlichen Mimik.

„Du sitzt auf meinem Platz," flüsterte ich ihm zu.

Nick schaute sich hektisch um, als wollte er ein Namensschild suchen.

„Glaub ich nicht," bemerkte er. „Dies ist ein Armeelaster und da werden keine Plätze vergeben. Ich mach die Vorbereitungen und du fährst."

Widerwillig lief ich um das Fahrzeug und stieg ein.

„Schöne Freunde hab ich da," meckerte ich herum und startete den Wagen.

„Ich mach die Vorbereitungen und du fährst. So einfach ist das," erklärte Nick mir die Situation.

„Ich könnte die Vorbereitungen auch machen", rief ich.

„Wie denn?", fragte Nick mit lauter Stimme. „Sitzend im Kinderplanschbecken mit Augenklappen auf den Augen oder wie jetzt?"

Das traf mich hart. Erst wollte ich noch Protest einlegen, aber dann ließ ich es. Nick hatte ja recht. In letzter Zeit hatte ich nicht viel dazu beigetragen, um den Verbrecher Pedro Kordales ein für alle Mal hinter Gitter zu bringen. Also musste ich wohl oder übel die alte Karre selbst fahren.

Wir fuhren nach Tunja, etwa fünfzig Kilometer westlich von unserem Lager. Auf dem Weg kamen wir an einem See vorbei. Er nannte sich Rio Chulo. An diesem See lag das Gefängnis mit dem Namen Carcel de Combita.

„Hier müssen wir kurz anhalten", gab Nick die Order.

Ich lenkte ohne Bemerkung den Wagen auf den Besucherparkplatz. 'Er wird schon wissen, was wir hier wollen', dachte ich so.

„Wir haben einen Termin beim Gefängnisdirektor", sagte er mit ruhiger Stimme.

„Aha", kommentierte ich kurz. Es war schon erschreckend, wie Nick meine Gedanken lesen konnte.

Wir stiegen aus und meldeten uns an der Pforte. Nach langem hin und her mit der Wache und einer gründlichen Unterweisung, wie man sich in diesem Gebäude zu verhalten hatte, führte uns ein Wachmann durch mehrere Gänge und Hallen bis wir schlussendlich vor dem Büro des Direktors standen.

Der Wachmann klopfte an die Tür und trat in das Büro ein. Wir folgten ihm. Der Direktor empfing uns mit überheblicher Freundlichkeit. Nach meinem Geschmack zu freundlich. Und zu aller Überraschung stand der Mann in einer Ecke, der uns vor ein paar Wochen vom Flugplatz abgeholt hatte. Der Polizeichef persönlich.

Wir waren eine geschlagene Stunde in diesem Büro und diskutierten über den Fall Pedro Kordales. Irgendwie hatte ich das Gefühl, dass der Polizeichef uns durch die Blume mitteilen wollte, dass wir besser nach Hause fahren sollten und die Angelegenheit ihm überlassen. Zum Schein hielten wir dies für eine gute Idee. Wir sprachen dann noch über dieses und jenes und verabschiedeten uns. Der Polizeichef schenkte uns jedem zum Schluss noch eine Pistole aus Silber mit

Elfenbeingriff und persönlicher Gravur unserer Namen. Jetzt waren wir diejenigen, die sich überschwänglich bedankten.

Zurück im Wagen fragte Nick mich nach meiner Meinung. Ich sagte, dass die zwei Vögel uns ganz schön zum Narren gehalten hatten. Das meinte er auch.

Nach etwa fünf Kilometern steuerten wir auf einen kleinen Parkplatz zu. Nick nahm die Schusswaffen und montierte sie in alle Einzelteile auseinander, bis er gefunden hatte, wonach er suchte. Ich saß daneben und schaute zu, wie mein Freund alle Teile wieder sorgfältig zusammensetze. Übrig blieben zwei Peilsender, die in den Griffen eingearbeitet waren. Jetzt mussten wir nur noch auf jemanden warten, der diese freiwillig mitnahm.

Es dauerte auch nicht lange. Ein mit Baumständen beladener LKW hielt ebenfalls auf diesem Parkplatz. Nick zwinkerte mir ein Auge zu und meinte, dass dies der richtige Kurier sein.

Ich machte mich mit einer Karte auf den Weg zum Fahrer und fragte zum Schein nach einem Weg. Während ich ihn ablenkte, klemmte Nick die Peilsender in den Riss eines Baumstammes. Unbemerkt fuhr der LKW weiter. Wir winkten noch zum Abschied hinterher. Nick grinste mich an und meinte: „Schöne Waffen haben wir bekommen."

„Jeep," pflichtete ich ihm bei.

Wir stiegen in unseren Wagen und setzten ihn rückwärts in ein Gebüsch. Hier warteten wir und beobachteten die Straße.

Nach einer Viertelstunde fuhren drei schwarze Geländewagen an uns vorbei. In einem saß der Polizeichef persönlich und in den anderen seine Gehilfen.

„Ich glaube, die fahren zum Sägewerk und lassen sich dicke Bretter sägen, die sie sich vor den Kopf nageln können," sagte ich trocken. „Auf jeden Fall sind die erst mal eine ganze Weile beschäftigt."

„Und wir fahren in die andere Richtung und besorgen uns ein anderes Gefährt. Anschließend werden wir der Sache mal auf den Grund gehen. Warum will uns der Polizeichef nicht mitspielen lassen?" Dabei zwinkerte Nick mir zu.

„Okay. Und wie gedenkst du vorzugehen?", fragte ich mit einer gewissen Spannung.

„Wir fahren erst mal in die Stadt Tunja. Dann suchen wir uns ein öffentliches Telefon, rufen das Hauptquartier an und fragen mal nach, ob die Näheres über den Polizeichef und seinen Kumpel den Gefängnisdirektor wissen. Ich wette mit dir, die beiden haben noch mehr auf dem Kerbholz. Das sind garantiert keine unbescholtenen Staatsdiener."

„Das denke ich auch." Ich steuerte den Wagen in Richtung Tunja.

Auf einem öffentlichen Parkplatz stellten wir den Geländewagen ab. Da hier so ziemlich alle Einwohner größere Autos fuhren, fiel unser Wagen gar nicht auf. Zu Fuß ging es zur nächsten Telefonzelle, die ganz in der Nähe vom Parkplatz an einem Kiosk stand.

Wie immer telefonierte Nick mit dem Hauptquartier. Ich dagegen schaute mich etwas am Kiosk um. Eigentlich wollte ich etwas Nervennahrung kaufen und hatte mir eine Schweizer Schokolade ausgesucht. Da sah ich ein altes Foto an der Rückwand des Kiosks. Auf dem Foto waren zu sehen: Pedro Kordales, der Polizeichef, fünf Personen, die ich nicht kannte und der Gefängnisdirektor vor einem großen Gebäude.

Da schau her. Hatte ich mir doch gedacht, dass die Bande unter einer Decke steckte. Dabei schob ich mir genüsslich ein Stück Schokolade in den Mund. Die ganze Mischpoke stand aus irgendwelchem Anlass zusammen und gab sich lächelnd die Hand. Es sah aus, als würden sie der Welt ihre wahre Fratze zeigen und uns kundtun, dass keine Macht der Welt ihnen etwas anhaben könnte.

Als Nick das Telefonat beendete, tat er mir kund, dass Pedro Kordales, der Polizeichef und der Gefängnisdirektor in den achtziger Jahren zusammen ein Bauimperium aufgezogen hatten. Ich grinste bloß.

„Auch ein Stück Schokolade?", fragte ich meinen besten Freund. Nick wurde etwas sauer, als ich ihm die süße Schokolade unter die Nase hielt.

„Ich will jetzt keine Schokolade," winkte er ab. „Ich will wissen, wer noch alles dahintersteckt."

„Doch, du möchtest jetzt Schokolade," gab ich ihm mit ruhiger Stimme zu verstehen. Dabei hielt ich ihm immer noch ein dickes, süßes Stück Schweizer Schokolade unter die Nase. „Ich muss dir etwas zeigen."

Erst wollte er Protest einlegen, entschied sich aber kurzerhand anders. Dann meinte er: „Was denn?"

Ich führte ihn zum Kiosk und zeigte auf das Foto an der Wand.

„Das ist ja mal interessant," bemerkte er und schaute sich das Foto genauer an. Nebenbei hielt er die Hand auf. Erst verstand ich nicht. Dann habe ich ihm den Rest der Schokolade inklusive Papier gegeben.

Der Kioskbesitzer schaute uns von Zeit zu Zeit an. Er sagte jedoch nichts, legte die Zeitungen zurecht, füllte die Regale auf und kochte Kaffee. Erst als Nick ihn nach dem Bild fragte, meinte er nur, dass diese Männer auf dem Foto diese Region reicher gemacht hätten. Ich stockte kurz. Auch Nick war überrascht von dieser Aussage.

„Können Sie uns dazu Näheres erklären?" Ich wurde neugierig.

„Diese Leute haben viel Geld in diese Stadt gesteckt. Häuser und Hotels gebaut."

Nick zeigte mit dem Finger auf das Bild. „Haben Sie vielleicht noch so ein Foto oder könnten sie es kopieren? Wissen Sie, wir sind Reiseberichterstatter und erarbeiten einen Katalog über Kolumbien für den Tourismus aus. Und so ein Foto von solch feinen Herren wäre schon toll. Es würde authentischer wirken, wenn echte Helden in dem Katalog zu sehen sind."

Ich hätte so losbrüllen können vor Lachen. Aber ich spielte das Spiel mit.

„Ich habe noch ein paar Postkarten, die für ein Jubiläum zu tausenden gedruckt wurden", gab der Kioskbesitzer an und kramte zugleich in einer seiner Ecken.

Es dauerte auch nicht lange und er gab uns eine. Es waren nicht nur die Personen zu sehen, wie auf dem Foto an der Wand. Es standen auch noch in feinster Schnörkelschrift die Namen aller Kandidaten unter jeder Person.

„Das nenne ich mal eine feine Postkarte," lächelte Nick und nahm sie an sich, bevor der

Kioskbesitzer sich das noch anders überlegte. Ich bezahlte die Karte und orderte noch zwei Kaffee.

'Schöner leckerer kolumbianischer Kaffee,' dachte ich so bei mir, als eine ohrenbetäubende Explosion die Ruhe am Kiosk zerriss. Brennende Teile flogen durch die Luft. Ein Größeres fiel auf das Dach des Kiosks, wodurch dieser Feuer fing.

Nick riss einen Feuerlöscher von der Wand. Ich sprang auf den Müllcontainer, der hinter dem Gebäude stand und kletterte von dort aufs Dach. Nick warf mir den Feuerlöscher zu. Ich trat die losen Teile, die noch immer brannten, runter und löschte den Rest. Vom Dach aus konnte ich das ganze Ausmaß der Verwüstung erkennen. Auf dem Parkplatz, auf dem wir unseren Wagen abgestellt hatten, klaffte ein riesiges Loch aus dem Boden. Viele Fahrzeuge, die dort standen, waren schwer beschädigt. Außer unser Vehikel. Das gab es gar nicht mehr. Und die Teile, die durch die Luft flogen, waren von unserem Land Rover. Mein erster Gedanke war, dass jemand eine Bombe unter dem Wagen gebastelt hatte. Damit nicht genug. Als ich gerade vom Dach klettern wollte, fielen Schüsse. Instinktiv ließ ich mich vom Dach fallen.

Eine Kugel verfehlte sein Ziel nicht und traf mich an der Schulter. Wie mit dem Vorschlaghammer schlug das Geschoss ein und riss mich um. Hart schlug ich auf dem Boden auf. Direkt neben meinem besten Freund. Rücken, Schulter und der Rest der Knochen schmerzten wie Hölle. Ich blieb ein, zwei Sekunden liegen. Nick dagegen schob den Müllcontainer, der auf Rädern stand, zwischen mir und den Schützen. Ich setzte mich erst mal hin und lehnte mich an die Wand. Der Schütze schoss weiterhin in unsere Richtung. Immer näher schlugen die Kugeln rechts und links neben uns ein.

Dann hörten wir, wie Schüsse aus dem Kiosk abgefeuert wurden. Eine Hintertür öffnete sich und der Besitzer rief uns zu, dass wir verschwinden sollten. Er würde die Angreifer schon in Schach halten.

Nick schaute sich kurz um. „Meinst du, du schaffst den Sprung über die Gartenmauer?"

Ich musste mich erst orientieren. Die Gartenmauer. Keine zwanzig Meter von uns entfernt.

„Ich denke schon", stöhnte ich vor Schmerzen.

„Wie fühlst du dich?", fragte Nick besorgt.

„Alt," gab ich zur Antwort. Dabei hielt ich mir die Schulter.

„Ich zähle bis zwei, dann rennst du um dein Leben," erklärte Nick.

„Zähle lieber bis drei, dann haben wir mehr Zeit," stöhnte ich, noch immer von Schmerzen geplagt.

Nick verdrehte seine Augen. Dann fing er an zu zählen. Bei zwei bin ich doch losgelaufen und dachte mir 'Nur keine Zeit verlieren.' Ich rannte, trotz meiner Verletzung, im Zickzack, um nicht getroffen zu werden. Es waren nur ein paar Meter, aber sie erschienen mir endlos. Die Mauer war nicht hoch, vielleicht anderthalb Meter. Aber für jemanden, der nicht mehr der Jüngste war und dann noch angeschossen, war es schon eine reife Leistung.

Auf der anderen Seite angekommen, ging der Spuk weiter. Irgendwie und irgendwo gab es noch mehr von den schießwütigen Pistoleros. Die Kugeln schlugen rund um uns ein. Wir nahmen die Beine in die Hand und rannten was das Zeug hielt, durch irgendwelche Hintergärten. Nick zerrte die ganz Zeit an mir herum und schrie nur: „Schneller, schneller." Ich hatte das Gefühl, es würde mich zerreißen. Und ganz allmählich verließen mich auch meine Kräfte.

Zwischen zwei Häusern her gelangten wir auf die Straße. In einen Bus, der gerade vor unserer Nase hielt und die Türen öffnete, sprangen wir hinein. Völlig erschöpft ließ ich mich auf einen der Sitze fallen. Nick blieb neben mir stehen und beobachtete das Umfeld.

„Bist du okay?", fragte er besorgt.

„Geht schon," gab ich zur Antwort, denn ich wollte ihn nicht noch mehr beunruhigen. In Wahrheit war ich fix und fertig.

Der Bus setzte sich in Bewegung. Und so wie er anfuhr, wurde er auch schon von mehreren Geländewagen gestoppt. Wir saßen in der Falle. Die Türen gingen auf und vier bewaffnete Männer stürmten den Bus. Zuerst schlugen sie Nick mit dem Gewehrkolben nieder, der sich schützend vor mich stellte, und dann bekam ich eine verpasst. Ich verlor die Besinnung. Ich weiß nicht, wie lange ich ohne Bewusstsein war, aber als ich aufwachte, lag ich auf einer Pritsche in einer Zelle.

*

Mein erster Gedanke: 'Umbringen wollten die mich bis jetzt noch nicht, sonst hätten sie es schon längst getan.' Mein zweiter: 'Wo bin ich und wo ist Nick?' Das Nick etwas zugestoßen sei, machte mich verrückt. Ich wollte mich hinsetzten, dabei gab es einen stechenden Schmerz in der Schulter. Schnell legte ich mich zurück, in der Hoffnung, der Schmerz ließ wieder nach. Ich tastete meine Schulter ein wenig ab. Sie wurde behandelt und verbunden. Also hatte jemand Interesse mich am Leben zu lassen.

Als ich so dalag und darüber nachdachte, wo der Fehler in unserem Unternehmen lag und was wir hätten besser machen sollen, ging die Tür auf. Ein älterer Mann im weißen Kittel und einer Arzttasche betrat den Raum. Ich fragte ihn, wo ich sei und ob er wüsste wo Nick sich aufhalten würde. Ich fragte ein paar Mal. Er sagte keinen Ton, legte mir einen neuen Verband an und ging wieder.

Zwei Mahlzeiten gab es pro Tag. Wenn ich sagen würde das Essen sei köstlich, würde ich lügen. Im Ernst, der Fraß war eine braune dickflüssige Brühe. Weiß der Henker was die sich da zusammen gerührt haben. Nur mit größter Überwindung bekam ich die braune Pampe durch meinen Hals. Mein einziger Gedanke: 'Iss auf was auch immer sie dir durch die Klappe in der Tür reichen. Wenn du das hier überleben willst, musst du zu Kräften kommen.'

Vier Wochen ging das so. In der fünften Woche wurde ich verlegt. Zwei Männer kamen in meine Zelle und legten mir Hand- und Fußfesseln an. Dabei wurden die Hände auf den Rücken gefesselt, was so unbequem war, da meine Schulter trotz medizinischer Versorgung immer noch höllisch weh tat. Ich hätte mich auch in einen Kaktus setzten können, dass wäre genauso doof gewesen. Sie beförderten mich auf einer Art Sackkarre zu einem Fahrzeug. Wie ein Kartoffelsack wurde ich über eine Rampe in einen Lieferwagen verladen.

In dem Wagen war eine kleine Zelle eingebaut. Diese war nicht größer als eine Besenkammer. Meter mal Meter und vielleicht anderthalb Meter hoch. Auf ein Brett, welches an der Wand montiert war, konnte ich mich setzen. Hand- und Fußfesseln blieben zu meinem Verdruss weiterhin angelegt.

Es dauerte auch nicht lange und die Reise ging los. Mit den Händen auf dem Rücken war die Fahrt alles andere als angenehm. Ich versuchte, sie nach vorne zu bekommen. In so einem kleinen Raum keine einfache Sache. Aber nach langem hin und her und nach allen Regeln der Kunst, schaffte ich es dennoch meine Position ein wenig zu verbessern. Endlich konnte ich besser sitzen. Der Schmerz in der Schulter ließ nach und so konnte ich wieder einen klaren Gedanken fassen. Was werden die Wachen sagen, dass meine Handschellen nicht mehr auf dem Rücken sind? Wie werden sie reagieren? Wo ist Nick? Und vor allem, wo befinde ich mich? Das wäre doch mal interessant. Und noch eine ganze Menge Fragen stellte ich mir.

Da sich nur eine kleine Lampe im Raum befand, aber kein Fenster, wodurch ich nach Außen hätte schauen können, hatte ich weder eine Idee, wo ich mich zu diesem Zeitpunkt befand, noch welche Uhrzeit wir hatten. Also im Klartext, ich hatte keinen Schimmer wie spät es war und wo die Reise hinging. Das Einzige, was ich mitbekam, dass sich keine weitere Person im hinteren Teil des Lieferwagens befand und der Fahrer ganz schön auf das Gaspedal trat. Jede Kurve, die er nahm, drückte mich links oder rechts an die Zellenwand, beim Beschleunigen oder Bremsen nach vorne oder hinten. So wie der Typ die Karre fuhr, hatte man den Eindruck, er trainierte für das nächste Rennen oder der Teufel persönlich sei hinter ihm her. Hauptsache der Kerl hält die Räder auf der Straße. Oder was man so Straße nennen konnte und übernimmt sich nicht bei der ganzen Raserei. Sonst sieht es ganz schlecht aus mit der Zukunft.

Ich hatte den Gedanken noch nicht ganz zu Ende gedacht, da passierte es. Der Lieferwagen kam von der Fahrbahn ab, neigte sich zur Seite und überschlug sich ein paar Mal. Ich stemmte mich so gut es ging mit Händen und Füßen gegen die Wände und hoffte, dass diese Dreherei ein schnelles Ende nehmen würde. Dann gab es einen heftigen Schlag und das Dach des Lieferwagens riss ab. Ich wurde herausgeschleudert und landete etwa zwanzig Meter weiter vor einem großen Felsen. Das war mein Glück, denn dieser hatte mich passend abgefangen, sonst wäre ich im Fluss gelandet, der sich ca. vierzig Meter tiefer durch einen Canyon schlängelte. Die Landung war keine leichte. Mit dem Rücken zuerst traf ich auf den Steinhaufen und schlug fast gleichzeitig mit dem Hinterkopf auf, was mich für ein paar Minuten bewusstlos machte.

Als ich wieder zu mir kam, lag der Lieferwagen auf der Seite halb über dem Böschungsrand und kippelte leicht. Ich setzte mich erst mal und versuchte einen klaren Kopf zu bekommen.

„So ein Idiot," schnaufte ich. „Bei der ganzen Raserei ist nichts herumgekommen. Erst meinen die Klugscheißer sie haben die Karre im Griff und dann gerät die ganze Sache außer Kontrolle. Diese Vollpfosten."

Ich stellte mich auf die Beine, die noch ganz wackelig waren. Hoffentlich fand ich die Schlüssel für den Silberschmuck. Ansonsten sah es bescheiden aus. Ich tapste auf den verunglückten Wagen zu, um zu sehen, ob jemand diesen Crash überlebt hatte.

Da öffnete sich die Tür des Lieferwagens nach oben und jemand versuchte herauszusteigen. Das Kippeln des Wagens wurde stärker. Ich hüpfte hin, um ihn vor dem Absturz zu sichern, denn wenn die blöde Karre die Böschung hinunterfiel, war nicht nur der Wagen mit den Insassen weg, sondern auch die Schlüssel für die Hand- und Fußfesseln.

Ich kam gar nicht so weit, da rutschte der Wagen mit samt Inhalt die Böschung herunter und knallte in die Fluten. Die Strömung tat das Übrige und riss das Wrack mit Mann und Maus in die Tiefe. Ich sah noch, wie einer der Männer aus dem Wagen stieg und mir vergebens seine Hand entgegenstreckte, als würde noch ein Funken

Hoffnung bestehen, dass ich ihn retten könnte. 'Das war es mit dem Rennfahrer', dachte ich.

Jetzt stand ich da, mit blanken Handschellen mitten im Nirgendwo. Auf irgendeinem verschlammten Weg mitten im kolumbianischen Regenwald. Na toll. Und was jetzt? Ich setzte mich auf eine alte Baumwurzel und versuchte einen klaren Kopf zu bekommen. Ich erinnerte mich an meine Ausbildung als Agent. Hand- und Fußfesseln öffnen ohne Schlüssel. Ich nahm einen faustgroßen Stein und schlug so lange auf einen anderen, bis große Splitter oder eine scharfe Kante herausbrachen. Ich machte es wie die Menschen in der Steinzeit und bearbeitete den Stein so lange, bis ich eine scharfe Schneide bekam. Dann suchte ich mir ein Stück Hartholz und fing an, aus diesem mit der Schneide ein dünnes Plättchen zu schnitzen. Dieses schob ich in die Verriegelung und der Verschluss öffnete sich. Im Nu war ich die Dinger los. Ein paar Früchte, die ich fand, gaben mir etwas Kraft.

Da ich keinen blassen Schimmer hatte, wo ich war oder wo dieser Weg hinführte, entschied ich mich für eine Richtung.

Ich war vielleicht zwanzig Minuten unterwegs, da hüpfte mir ein Frosch über den Weg. Ich staunte nicht schlecht, denn es war der schreckliche Pfeilgiftfrosch. Ehrlich wahr, so heißt der kleine Bursche. Oder auf lateinisch Phyllobats terribilis genannt. In der Ausbildung haben wir diesen Quarkfrosch intensiv durchgenommen. Als der Ausbilder das erste Mal den Namen von dem kleinen Hüpfer nannte, lagen wir vor Lachen unter den Tischen. Aber nachdem wir das Tier intensiv durchgenommen hatten, verging uns das Lachen.

Der schreckliche Pfeilgiftfrosch kommt nur in einem sehr kleinen Areal um den Fluss Rio Saija nahe der Pazifikküste Kolumbiens im Department Cauca vor. Dieser Frosch ist einer der giftigsten Tiere. Sie wurden von den Choco-Indianern zum Imprägnieren der Blasrohrfeile benutzt. Jetzt waren zwei Fliegen mit einer Klappe geschlagen. Die erste, ich wusste jetzt, wo ich war. Ich brauchte nur noch Richtung Osten laufen, bis ich aus dem Busch wieder herauskam. Die zweite, ich hatte einen Verbündeten.

Den Frosch fing ich, indem ich ihn an den Beinen mit einem Blatt festhielt. Denn keiner wusste so recht, wo dieser kleine Hüpfer giftig war. Ich spießte ihn auf und erwärmte ihn über einem Feuer. Die Choco-Indianer machten es auf dieselbe Weise. Ich legte ein Blatt unter den Frosch, der langsam austropfte. Jetzt benötigte ich ein paar Pfeile. Diese beschaffte in mir von einem Dornenbusch. Diese Dörner waren bis zu zwanzig Zentimeter lang und hervorragend als Blasrohrfeile geeignet. Ich tränke sie in der giftigen Flüssigkeit. Aus Bambus machte ich mir einen Köcher für die Pfeile und ein etwa anderthalb Meter langes Blasrohr. Ich probierte meine neue Waffe gleich aus, nahm einen der Giftfeile, steckte ihn von hinten in das Blasrohr, zielte und blies kurz, aber kräftig. Der Pfeil schoss zu meiner eigenen Überraschung so schnell aus dem Rohr, dass er in dem Baum, den ich kurz zuvor anzielte, stecken blieb. Jetzt war ich wieder bewaffnet. Mit einer Waffe, die lautlos und absolut tödlich war. Aus Gräsern, Blättern und Schlingpflanzen machte ich mir einen Tarnanzug. So konnte ich mich hier im Busch aufhalten, ohne gleich gesehen zu werden.

Den Lieferwagen würden sie schon bald vermissen und mich garantiert auch. Ich war für Pedro Kordales ein, sagen wir mal, unangenehmer Gast, den man schnell wieder loswerden wollte. Wenn er es schaffen würde, mich zu beseitigen, hätte er ein Problem weniger. Da dieser Mann genügend Geld hatte, würde er auch alles daransetzten, dieses umzusetzen. Das war mir klar. Also sagte ich mir, halt die Augen und Ohren offen und beweg dich nur langsam durch den Busch. Mit einem Mal kam mir ein Gedanke. Wenn ich mich vor der Verschleppung im Inneren Kolumbiens aufgehalten hatte, und ich mich jetzt in der Nähe der Pazifikküste befand, ging ich davon aus, dass, wenn ich der Wagenspur folgte und immer westlich ging, diese mich zu einem Lager oder Gefängnis führte. Und wenn ich mich nicht irrte, würden sie auch Nick dort festhalten.

Es machte mich ganz krank nicht zu wissen, wo sich mein bester Freund zum jetzigen Zeitpunkt aufhielt, noch die Ungewissheit, in welchem gesundheitlichen Zustand er sich befand. Das letzte Mal als ich ihn sah, hatten sie ihm in einem Linienbus einen Gewehrkolben vor den Schädel geknallt. Und ich konnte wegen meiner blöden Schussverletzung nichts ausrichten. Das nervte mich am meisten.

Da ich mich relativ fit fühlte und sich meine Wut aufstaute, nahm ich Kurs Richtung Westen. Immer dem Weg nach, oder was man so als Weg nennen konnte. In diesem Urwald regnete es durchgehend und so war der Weg eine einzige schlammige Spur. Kein Wunder, dass der Fahrer die Kontrolle über den Lieferwagen verloren hatte und kopfüber im Fluss landete.

Ich war schon eine ganze Weile auf diesem Weg, als ich feinen Rauch vernahm. Ich blieb stehen und hielt inne. Dann machte ich noch ein paar Schritte und in der nächsten Kurve stand eine Hütte. Aus dem Kamin stieg Rauch auf. Von hinten schlich ich mich heran, immer auf der Hut, nicht erkannt zu werden. Die Hütte hatte einen kleinen Anbau, in dem Holz und etwas Werkzeug, wie eine Axt und Säge gelagert wurden. Dort versteckte ich mich. Und so konnte ich alles hören, was in der Hütte gesprochen wurde.

Ich vernahm zwei Männer und eine Frau. Zuerst hörte ich nur deren Stimmen, verstand aber kein Wort. Dann wurden die Stimmen immer lauter. Ich legte mein Ohr dicht an die Wand, um so viel wie möglich von dem Gespräch mitzubekommen. Es dauerte auch nicht lange und ich brauchte mich nicht mehr auf die einzelnen Worte konzentrieren. Sie fingen sich gegenseitig an zu beschimpfen.

Zuerst ging es darum, dass irgendjemand nicht richtig kochen konnte. Ob jetzt die Frau nicht richtig den Rührlöffel bedienen konnte oder einer der Herren nicht im Stande war, ein vernünftiges Essen auf den Tisch zu zaubern, konnte ich patu nicht rausbekommen. Aber als sie in ihrer hitzigen Debatte einen Gefangenentransport erwähnten, da wurde ich ganz hellhörig. Ich war auf der richtigen Spur. Da war ich mir sicher. Folgender Dialog stellte sich ein. Und was ich jetzt erzähle, hatte sich genauso zugetragen.

Sie: „Geh da mal an die Seite. Du hast doch keine Ahnung wie man das macht."

Erster Mann: „Hey! Hör auf mich rumzuschubsen."

Zweiter Mann: „Pass auf. Die Alte hat dich ganz schön im Griff."

Sie: „Halt die Schnauze! Wenn ihr beiden Idioten nicht so dämlich gewesen wärt, dann wäre der Amerikaner noch am Leben."

Mir lief ein Schauer über den Rücken. Sprachen diese Verbrecher vielleicht von Nick? Ich lauschte weiter.

Erster Mann: „Was können wir denn dafür, dass der Kerl direkt vom Wagen springt?"

Sie: „Der ist dir nicht vom Wagen gesprungen, du hast ihn einfach umgefahren. Du hast den Kerl, ohne mit der Wimper zu zucken umgenietet, als wenn es eine alte Ratte gewesen wäre, die zu schwach war, um schnell genug auf die andere Straßenseite zu wechseln. Eins sage ich euch, wenn wir Stress mit Morrison bekommen, dann streite ich alles ab. Dann mache ich den ganz großen Flitzer. Dann könnt ihr beiden Galgenvögel die Suppe allein auslöffeln. Wir können froh sein, dass der Kumpel von dem Ami sicher im Lager La Pitshia angekommen ist, sonst hätten wir noch mehr Scheiße am Bein."

Dann war Stille. Kein Mensch sagte etwas. Nur das Klappern irgendwelcher Töpfe war zu vernehmen.

Mir war ganz schlecht bei dem Gedanken, dass Nick nicht mehr am Leben sei. Dann war noch dieser Name gefallen. Morrison. Wer war dieser Kerl? Und in welchem Zusammenhang stand er mit Pedro Kordales? Oder war es am Ende eine Frau? Ich hockte noch immer in diesem Schuppen, mit einem Ohr an der Wand und hoffte auf mehr Kenntnisse über Morrison, das Lager La Pitshia und den toten Amerikaner.

Innerlich hoffte ich, dass Nick noch am Leben sei. Aber mein Verstand sagte mir, dass es nicht viele Amerikaner gab, die etwas mit der Bande von Pedro Kordales zu tun hatten. Diese zwei Personen waren wir. Nick Baker und Robert T. Johansen. Die Beschreibung passte auf uns, wie der Deckel auf einen Pott. Mein inneres Gemüt war wie Achterbahnfahren. Dennoch musste ich ruhig und besonnen bleiben. Selbstbeherrschung ist der Schlüssel zum Erfolg. Wenn ich dieser Bande den Garaus machen wollte, durfte ich die Selbstbeherrschung nicht verlieren. Am liebsten wäre ich mit einem Sturmgewehr in die Party geplatzt und hätte all den Teilnehmern das Licht ausgeblasen. Aber ich hatte kein Sturmgewehr. Ich hoffte, wenn ich noch ein wenig hier verweilte, noch weitere Informationen zu bekommen. Also blieb ich noch vielleicht zehn, fünfzehn Minuten. Weitere Informationen gab es nicht, außer das Klappern von Töpfen und einem nichtssagenden Wortwechsel zwischen den Teilnehmern.

Auf leisen Sohlen verließ ich den Schuppen und versteckte mich einige Meter im Busch. Von hier aus konnte ich die Eingangstür und den Schuppen beobachten. Mit der selbstgemachten Tarnung war ich eins mit der Umgebung. Selbst wenn jemand direkt vor mir stehen würde, könnte er mich nicht sehen. Ich wartete geduldig auf eine gute Gelegenheit, um diesem Gesindel die gerechte Strafe zukommen zu lassen. Diese ließ nicht lange auf sich warten.

Einer der Männer kam durch die Tür und lief schnurstracks auf mich zu. Ich hielt den Atem an. Mein erster Gedanke: 'Hat er mich gesehen? Oder muss der Kerl nur pinkeln?' Das Letztere war es. Er kam direkt auf mich zu und öffnete seinen Hosenstall. Ich war entsetzt. 'Super' dachte ich mir, 'der Kerl kann mich ja nicht sehen.' Er stellte sich mit breiten Beinen vor mich hin und ließ einen breiten Strahl auf mich abregnen. Das war zu viel! Ich sprang auf, schlug mit der Faust auf seinen Kehlkopf ein und brach ihm das Genick. Lautlos fiel der Mann zu Boden. Ich zehrte ihn ins Gebüsch und deckte ihn mit Laub und Ästen ab. Eins war mir klar, die Tarnung, die ich trug, funktionierte. Nur der Uringestank war nicht so toll.

Jetzt hieß es abwarten, bis sich der nächste Kandidat auf die Suche begab. Ich kam mir vor, wie eine Spinne im Netz, nur darauf zu warten, dass ein Opfer meinen Weg kreuzte. Es dauerte eine ganze Weile, bis derjenige aus der Tür gestolpert kam und einen Namen rief. Vermutlich war es der Name des Toten, der keine fünf Schritte neben mir sein Seelenheil gefunden hatte. So wie es schien, war er betrunken. Falsch! Er war sternhagelvoll. Ein leichtes Spiel, glaubte ich. Aber wie es im Leben so war, lief es auch hier nicht wie im Drehbuch.

Ein dritter Mann kam aus der Hütte und holte den Betrunkenen wieder rein. Wobei dieser auch nicht viel nüchterner war wie der Zweite. 'Da schau her,' dachte ich so bei mir, 'da sind ja noch mehr im Spiel.' Was ist mit der Frau, die ich glasklar gehört hatte? Oder sollte ich mich getäuscht haben und nur die drei Männer vernommen haben?

Keine zwei Minuten später kam Madame persönlich heraus, um nach dem Vermissten zu suchen. Zuerst schaute sie mit viel Fluchen in den Anbauschuppen, indem ich das Gespräch belauscht hatte. Dann lief sie im Busch umher. Immer noch laut rufend und fluchend. Ich hielt drei Giftfeile zwischen meinen Fingern, um schneller schießen zu können, wenn die Gelegenheit mir günstig erschien.

Es dauerte auch nicht lange und sie stand keine fünf Schritte vor mir, immer noch suchend. Zu meiner Überraschung hielt sie einen großen Trommelrevolver in ihren Händen. 'Wenn ich sie jetzt mit den Giftfeilen attackiere und meine Wunderwaffe funktioniert nicht so wie ich mir das vorstelle, dann kann das hier für mich böse enden,' dachte ich so bei mir. 'Aber wer nicht wagt, der nicht gewinnt.' Ich nahm vorsichtig mein Blasrohr, so dass sie meine Bewegung nicht wahrnehmen konnte und schoss die drei Pfeile in ihren Körper. Der erste Pfeil bohrte sich zielgenau in ihren Hals und traf vermutlich die Halsschlagader. Sie verdrehte noch einmal ihre Augen und fiel wie ein gefällter Baum tot um. Das erste, was ich ihr wegnahm, war der Revolver. Sie konnte ja sowieso nicht damit umgehen. Anschließend zog ich sie ins Unterholz und deckte auch sie mit Laub und Ästen zu. Die volltrunkenen Strategen in der Hütte hatten von alldem nichts mitbekommen.

Ich kontrollierte die Waffe. Sechs Schuss vorhanden. Ein volles Magazin. Mit dem guten Gefühl in der Hand schlich ich mich rüber zur Hütte und schaute vorsichtig durch das Fenster. Man konnte kaum etwas erkennen, so dreckig war das Glas. Vorsichtig öffnete ich die Tür. Immer mit der Angst im Nacken, in den Lauf einer Schrotflinte zu schauen.

Zuerst konnte ich nur die zwei Trunkenbolde auf einer ziemlich schäbigen Couch erkennen. Sie lagen dort, schliefen und schnarchten, als wenn es keinen Morgen mehr gäbe. So wie die aussahen, hatten sie einen ziemlich großen Alkoholkonsum. Ich glaube, wenn ich in ihrer Situation gewesen wäre, mitten im Urwald, abseits von jeglicher Zivilisation und Leibeigener von irgendwelchen Verbrechern, die nichts anderes zu tun hatten, als sich auf Kosten anderer zu bereichern, ich hätte mir auch die Kante gegeben und darauf gewartet, dass das triste Leben schnell ein Ende hätte.

An der anderen Seite des Raumes stand ein Tisch vor einer Eckbank. An diesem Tisch saß noch ein Dritter und spielte mit einer Hand voll Karten. Oder vielmehr, er legte die Karten der Reihe nach auf dem Tisch ab, als wollte er, wie eine Wahrsagerin, die Zukunft voraussehen. Es schien, als sei er der Einzige, der dem Alkohol nicht verfallen war. Auch die zwei besoffenen Strategen auf der Couch hatten noch nichts von meinem Dasein bemerkt. Erst als ich den Hahn von dem Revolver spannte und es 'Klick' machte.

Der Kartenspieler hielt inne. Er bewegte sich nicht. Wie eine Statur saß er da. Wohl wissend, dass sein Ende nahte, wenn er sich nur ein kleines bisschen zu schnell bewegte. Langsam hob er den Kopf und schaute mich mit einem verachtenden Blick an. Ich zielte auf ihn und hielt die zwei Anderen im Auge.

„Wo ist Nick Baker?", fragte ich mit scharfer Zunge. Es war das Einzige, was mich zu diesem Zeitpunkt interessierte. In den Augen des Kartenspielers konnte ich ein hämisches Lächeln erkennen. Bei mir schwoll die Halsschlagader an. Mein Adrenalinspiegel stieg bis unter meine Haarwurzel. Mit anderen Worten, ich war stinksauer.

Ich fragte noch einmal: „Wo ist Nick Baker? Und verarsch mich nicht, sonst stirbst du an einer Bleivergiftung."

„Ich weiß nichts von einem Amerikaner," plapperte er und zuckte mit den Schultern. Dann legte er die Karten neu, als würde es ihn nichts angehen. Er fing an zu Schmunzeln, was meinen Blutdruck nach oben schnellen ließ.

„Ich habe nichts von einem Amerikaner erwähnt," konterte ich. Dem Kartenspieler verging sein Lächeln. Er suchte schnell nach einer Ausrede.

„Muss ich wohl irgendwo gehört haben," kam die patzige Antwort.

Ich musste mich zusammenreißen, sonst hätte ich den Kerl mit bloßen Händen erwürgt. Aber es kam noch besser. Als ich meine Aufforderung ein drittes Mal wiederholte und dieses Mal erheblich lauter, wachte einer der Trunkenbolde auf.

„Warum bist du so laut?" Er kam von der Couch gekrabbelt und schwankte mit seinen wackeligen Beinen auf mich zu. Eine gefährliche Situation. Ich musste auf den Saufkumpanen achten und durfte gleichzeitig den Kartenspieler nicht aus den Augen verlieren.

Dann geschah genau das, was ich befürchtet hatte. Der Kartenspieler griff blitzschnell in die Innentasche seiner Weste und zog eine Waffe heraus. Ich machte einen Satz zu dem Betrunkenen, packte ihn, schob in zwischen mir und dem Kartenspieler und gebrauchte ihn als Schutzschild. Zugleich feuerte ich zwei Kugeln auf den Kartenspieler. Sie trafen ihn an Kopf und Hals. Er war sofort tot. Mein Schutzschild schlug ich mit einem Fausthieb nieder. Ich hätte ihn einfach abknallen können. Aber vielleicht brauchte ich ihn ja für die eine oder andere Auskunft. Und sein Kumpan, der auf der Couch seinen Rausch ausschlief, hatte nichts von all dem mitbekommen.

Hinter der Tür fand ich ein paar Handschellen. Dieses Haus war ja auch eine Zwischenstation für den Gefangenentransport. Daher war es nicht verwunderlich, dass die hier solch einen Silberschmuck herumliegen ließen, beziehungsweise an der Innenseite der Tür genagelt hatten. Ich ließ die Handschellen bei den zwei Herren an Händen und Füßen einschnappen und setzte sie nebeneinander auf die Couch. Dann knebelte ich sie, damit sie, wenn sie ihren Alkohol mal ausgeschwitzt hatten, nicht gleich die ganze Gegend zusammenbrüllen konnten. Ich mochte es nicht, wenn sich jemand erst volllaufen ließ und dann ohne ersichtlichen Grund wie ein Irrer herumschrie.

Dann machte ich mir erst mal einen Kaffee und schaffte den toten Kartenspieler aus der Hütte. Der tropfte mit seinem Blut den ganzen Fußboden voll. Ich legte ihn bei der toten Frau im Busch ab. Anschließend reinigte ich die Hütte von all den Kampfspuren, um nicht gleich denjenigen einen Verdacht zu geben, die hier einen Zwischenstopp einlegten.

Da die Vorratskammer mit Leckereien prall gefüllt war und ich schon eine ganze Weile nichts

Vernünftiges zwischen die Zähne bekommen hatte, bediente ich mich an den schönen Sachen. Mit anderen Worten, ich aß mich richtig satt. Zudem fand ich in einem Waffenschrank zwei Gewehre und einen zweiten Trommelrevolver. Die dafür passende Munition lag auf dem Schrank. 'Jetzt sind wir wieder im Spiel' kam es mir in den Sinn.

Beim Herumstöbern fand ich eine Liste mit den Transporten, die noch hier durchkommen würden. Mit genauem Datum, welche Leute den Transport durchführten und welche Gefangenen transportiert werden sollten. Aber keine Spur von Nick. Es war zum Haareraufen.

Meine Gedanken kreisten wie ein Karussell. Was war geschehen kurz bevor Nick und ich einen mit dem Gewehrkolben verpasst bekommen hatten? Mit der Schusswunde in der Schulter konnte ich da schon keinen klaren Gedanken fassen. Wie sollte ich mich Wochen später noch an irgendwelche Details erinnern? Das hatte hier gar keinen Sinn. Ich musste wieder zurück in die Stadt, untertauchen und mit dem Hauptquartier Verbindung aufnehmen.

Da hatte ich aber noch die zwei Alkoholgenießer auf der Couch sitzen. 'Wenn ich die zwei noch mal ganz höflich frage, dann können sie mir ja vielleicht verraten, wo Nick sein oder wo ich ihn finden könnte,' dachte ich so bei mir. Es dauerte noch zwei Stunden, bis ich das Gefühl hatte, die zwei Kameraden seien bereit für ein konstruktives Gespräch. Quasi ein Gedankenaustausch unter Freunden.

Ich nahm einen Stuhl und setzte mich direkt vor ihnen. Um der ganzen Sache etwas Nachdruck zu verleiten, hatte ich ein zwanzig Zentimeter langes Bowiemesser, das ich auf dem Tisch gefunden hatte, in der einen Hand und in der anderen ein Stück Wurst, die ich aus dem Vorrat genommen hatte.

Ich schnitt eine Scheibe ab und aß sie genüsslich vor den Augen meiner Mitspieler.

Dann eröffnete ich das Verhör mit den Worten: „Wir machen jetzt ein Spiel. Ich stelle eine Frage und ihr überlegt genau, wie ihr diese Frage beantwortet. Wenn ihr gut seid, habt ihr die Chance den nächsten Tag zu erleben. Bereit?", fragte ich aus Höflichkeit.

Die beiden schauten mich irgendwie böse an. Als wollten sie mir mitteilen, dass sie an diesem Spiel keine Lust hatten. Ich hatte aber riesige Lust darauf, weil ich vielleicht einen Hinweis bekommen würde, wo Nick sich aufhielt.

„Also, die erste Frage. Wo ist Nick Baker und wer ist Morrison?"

Einer meiner Kandidaten hatte wohl meine Frage nicht verstanden, oder nahm die Sache nicht ernst genug. Er fing laut und irgendwie spöttisch an zu lachen. Ich lachte mit ihm.

„Du findest das lustig. Du bist ein lustiger Kerl. Ich finde lustige Arschlöcher wie dich total toll. Ich könnte dir den ganzen Tag zuhören. Aber so viel Zeit hab ich nicht."

Innerlich kochte ich vor Wut. Ich stand auf und drückte ihm das Messer ganz langsam in seinen Kehlkopf bis es an der anderen Seite wieder herauskam. Er zappelte noch kurz, dann war auch sein blödes Lachen verstummt. Ich setzte mich wieder auf meinen Stuhl zurück und wandte mich meinem zweiten Mitspieler zu.

„Dein Kumpel war ein lustiger Kerl. Ich mochte ihn. Schade, dass er so früh verstorben ist. Wir hätten bestimmt noch viel Spaß miteinander gehabt, aber der Ärmste hat das Spiel nicht richtig verstanden. Also nochmal zum Mitschreiben. Ich will wissen, wo Nick Baker ist. Und wer ist Morrison? Und was hat Morrison mit der ganzen Sache zu tun? Und verarsch mich nicht."

Ich hörte nur ein versuchtes Sprechen durch den Knebel, den er immer noch im Mund hatte. Ich riss ihm das Ding aus dem Rachen.

„Schuldigung, wie dumm von mir. Ich konnte dich nicht richtig verstehen. Würdest du, ich darf doch du sagen? Würdest du, wenn es dir nichts ausmacht, die Antwort noch einmal wiederholen?"

Abfällig fing er in Spanisch an zu sabbeln. Oder war es Portugiesisch? Egal. Auf jeden Fall war es definitiv die falsche Antwort. Ich rammte ihm das Messer mit voller Wucht in den Oberschenkel, worauf mein Mitspieler aus Leibeskräften aufschrie.

„Falsche Sprache," gab ich ihm zu verstehen. Um den Spaß nicht zu verlieren, drehte ich den Dolch noch mal in seiner Wunde. Mein Kandidat wurde bewusstlos. 'Memme' dachte ich nur. 'So was haben wir früher mit links weggesteckt. Die Jungs von heute sind auch nicht mehr das, was sie mal waren.' Ich machte mir noch einen Kaffee. Diese ganze Fragerei war doch ganz schön anstrengend.

Nach zwanzig Minuten kam der junge Mann wieder zu sich. Mit dem Kaffeepott in der einen Hand und dem Messer in der anderen, fragte ich voller Fürsorge: „Naaa? Alles wieder im Lot? Meinst du, du bist in der Lage meine Fragen wahrheitsgetreu in der richtigen Sprache und mit viel Liebe zu beantworten? Wenn nicht, dann stech ich dich ab wie ein Schwein oder wie deinen Kumpel, was auf dasselbe rauskommt. Ich verschachere dich im Busch. Den Rest machen die Würmer. Die vernaschen so einen Pflegefall wie dich in null Komma nichts."

Mit schmerzverzerrtem Gesicht und Schnappatmung versuchte er etwas Klares rauszubringen. Ich nahm eine Flasche Schnaps und kippte sie auf die Wunde meines Gesprächspartners. Zugleich schrie der Mann vor Schmerzen wieder auf.

„Damit sich die Wunde nicht entzündet. Hier im Busch geht das ganz schnell. Da musst du ganz schön aufpassen.,“ kam es leicht sarkastisch aus mir raus. Aber im Ernst, mir war es scheiß egal ob der Kerl hier vor die Hunde geht oder nicht. Das Einzige was mich interessierte, war, wo war Nick?

Es vergingen weitere zwei, drei Minuten, bis der Gute mir etwas sagen konnte. Aber was er mir sagte, war nicht von Bedeutung. Im Grunde sagte er nicht mehr als das, was ich aus den Transportplänen erlesen konnte. Ich fragte ihn noch ein zweites Mal, ob er den Aufenthaltsort meines Freundes wusste. Aber er wusste nichts. Oder gab an nichts zu wissen. Die einzige Sorge, die ich jetzt hatte, war, dass der Typ mir eines Tages in den Rücken schießen würde und das konnte ich nicht zulassen. Ich nahm den Revolver und schoss dem Mann in den Kopf. Es war eine Hinrichtung und ich war nicht stolz darauf.

Das waren diese Momente, wo ich meinen Job hasste. Du erschießt einen Menschen aus purer Angst. Es war die Art Job, der ich nachging. Man jagte Menschen bis in den kleinsten Winkel unseres Planeten. Menschen, die keinen Respekt vor anderen hatten. Weder vor ihrer Religion, ihrem Glauben oder ihrem Aussehen. Diese Menschen gingen skrupellos gegen andere vor. Nur aus Profitgier und Selbstverherrlichung. Und um die Welt ein wenig erträglicher zu machen, erschoss ich kleine Handlanger oder ihre Hintermänner, oder steckte sie gegebenenfalls ins Gefängnis.

Ich nahm den Kerl an den Füßen und schliff ihn zu den anderen ins Unterholz. Dann ging ich zurück in die Hütte und wischte die letzten Blutspuren weg. Ein letztes Mal studierte ich die Transportpläne. Erst in fünf Tagen sollte der nächste Gefangenentransport eintreffen. Ich brauchte also nur noch warten.

Um die Zeit nicht nutzlos verstreichen zu lassen, kochte ich mir erst mal einen Kaffee und überlegte dann, wie ich den Gefangenentransport ausschalten konnte. Ich brauchte ein Fahrzeug. Irgendeins. Eins, was mich zu einem Telefon bringen konnte. Ich wusste nicht mal, mit wie viel Fahrzeugen und wie viel bewaffneten Männern sie kommen würden. Das sagte der Plan nicht aus. Also musste ich mir eine Strategie ausdenken, die mich im Zweifel einer Niederlage in den Busch zurückziehen lassen konnte. Das doofe an der Geschichte, ich konnte von der Hütte nur fünfzig Meter bis zur nächsten Kurve in die schlammige Straße hineinschauen. Nur fünfzig Meter vom

Erkennen der Kolonne bis zum Eintreffen. Das war nicht viel.

Ich fing an einen Graben zu buddeln. Von dem Anbau hinter der Hütte bis etwa fünfzehn Meter in den Wald hinein. Einen Meter breit und zwei Meter tief. Das ergab einen Graben von ungefähr fünfzig bis sechzig Meter. Eine ganz schöne Strecke, wenn man bedenkt, dass ich nur vier Tage Zeit hatte und ganz allein mit der Aufgabe war. Mit anderen Worten, ich grub ganz allein einen Fluchtweg im Busch.

Um das Grundwasser abzuleiten, ließ ich am Ende des Fluchtweges einen kleinen Graben in eine Senke laufen. Damit mein Weg nicht einstürzen konnte, würde ich ihn zur Seite mit Bambusstäben absichern. Das war der Plan.

Die ganze Zeit dachte ich an Nick. Ich konnte mir zum Verrecken nicht vorstellen, dass mein bester Freund tot sein sollte. Aber so wie es aussah, war er es wirklich. Und das brachte mich zur Verzweiflung. Aber ich konnte und durfte nicht aufgeben. Zwanzig Jahre und länger haben wir Seite an Seite gegen Korruption, Unterwerfung und Missachtung der Menschenrechte gekämpft. Ich konnte mir nicht vorstellen, dass ein Mann wie Nick Baker einfach abgeknallt wurde, ihm sein Leben genommen und sie seinen Leichnam irgendwo verscharrt hatten. Und solange ich ihn nicht persönlich gesehen und identifiziert hatte, würde ich nicht akzeptieren, dass er tot sei. Ich würde ihn persönlich aus der Erde buddeln, um Gewissheit zu haben.

Und da war noch jemand an den ich dachte. Veronica. Eine kleine Französin. Die Frau, die in Somalia gegen die Piraterie kämpfte und mir in Afrika den Kopf verdrehte. Es verging kein Tag, an dem ich nicht an sie dachte. Bei all den, ich will mal sagen, Unannehmlichkeiten in letzter Zeit, hatte ich immer noch Sinn nach diesem ungewöhnlichen Menschen. Nach dem letzten Stand der Dinge war sie noch mit Jan Jansen zusammen. Ein alter Schulkollege und auch ein Freund. Er war Pilot der NATO und flog Kampfhubschrauber, Frachtmaschinen, Düsenjäger und wenn es sein musste Waschmaschinen im Rückwärtsgang. Ein echter Draufgänger. Er hatte sogar eine echte Bell HU-1 Iroquois im Garten stehen. Die Amerikaner nannten das Ding auch 'Huey'. Im Ernst, andere haben eine Sonnenuhr oder eine Hollywoodschaukel hinterm Haus. Nur nicht Jan Jansen. Er hatte einen Helikopter in den Rabatten stehen. Und der Typ hatte mir im Sturzflug das Mädchen meiner Träume weggeschnappt.

Wenn man sich in Kolumbien auf etwas verlassen konnte, dann war es die Unzuverlässigkeit. Ich war schon zwei Tage am Fluchtweg ausgraben. Oder war es schon der dritte Tag? Egal. Wenn man so stumpfsinnig vor sich hin buddelt, dann kann man schon mal einen Tag vergessen. Und was noch schlimmer war, man wird unvorsichtig. Man hat das Gefühl, dass man ganz allein in der Gegend ist. Die Aufmerksamkeit lässt nach und dann entstehen Fehler.

Sie standen plötzlich hinter mir. Und das war schlecht. Ganz schlecht.

Ich war mal wieder mit den Gedanken bei der kleinen Französin Veronica, als es hinter mir 'klick' machte. Das Spannen eines Hahns von einem Revolver drang in meine Ohren. Ich war wie erstarrt. Ein kalter Schauer lief mir über den Rücken. Ich konnte mich nicht bewegen, so überraschend war die Situation, in der ich mich jetzt befand. Ich hatte das Gefühl, die ganze Zeit mein eigenes Grab geschaufelt zu haben. 'Wie konnte ich mich in so eine Situation begeben?', war mein erster Gedanke. 'Und wieso sind die schon hier?' Warum auch immer, die Gringos waren ein oder zwei Tage zu früh und das war in meiner Situation nicht gut. Ich war in der Falle. Ganz langsam drehte ich mich um. Ich wollte meinem Mörder in die Augen schauen, bevor sie mich wie einen räudigen Hund abknallen würden. Vielleicht gab es ja noch einen Funken Hoffnung und sie würden mich einfach nur mitnehmen. Langsam, ganz langsam bewegte ich mich. Nur keine hektischen Bewegungen.

Zuerst sah ich die Stiefel eines Mannes. Ein weiteres Paar direkt hinter ihm. Dann schaute ich hoch und sah in zwei Gesichter. Ich ließ die Schaufel, die ich noch immer in meinen Händen hielt, langsam nach unten gleiten. Ohne eine hektische Bewegung streckte ich die Arme nach oben.

Es war ein älterer Mann, der mir seine Schrotflinte zwischen meine Augen hielt. Er hatte den Hahn von seiner Waffe gespannt. Jetzt brauchte er nur noch den Finger krumm zu machen und ich wäre in zwei Sekunden im Jenseits. Meine Gefühle fuhren Achterbahn. Das Adrenalin brachte mein Blut zum Kochen und von meinem Blutdruck will ich erst gar nicht reden. Der Mann sagte etwas auf Spanisch, was ich wiederum nicht verstand. Ich spreche kein Spanisch. Dann kam der andere Mann, der erheblich jünger war und flüsterte ihm etwas ins Ohr. Langsam hob der Ältere seine Waffe nach oben und ich konnte erst mal aufatmen.

Dennoch konnte ich die Situation nicht richtig einschätzen. Waren sie jetzt Freunde oder Feinde? Wenn sie zu Pedro Kordales Männern gehörten, hätten sie mich längst abgeknallt. Gehörten sie zu einer anderen Gruppierung, würde ich vermutlich als Geisel fundieren. Die Frage war, wer waren diese Männer und woher kamen sie? Und noch interessanter war, was wollten sie von mir?

Als sie mir ein Zeichen gaben, aus dem Graben herauszukommen, war mir klar, ich habe noch eine Überlebenschance. Und so wie das Schicksal es wollte, rutschte ich beim Herausklettern ab und lag lang, wie ich war, im Matsch. Ich fluchte wie ein Rohrspatz. Aber in Deutsch und nur in Deutsch. Sich richtig Luft verschaffen war und ist immer noch in seiner Muttersprache am besten. Dieses hörte der ältere Mann und fing an zu lachen. Ich dagegen saß noch immer im Schlamm und ärgerte mich über sein Lachen. Ich war sauer. Richtig sauer. Aber das konnte ich ihm nicht zeigen. Er hatte die Schrotflinte, also die Macht über mich. Um die Situation zu entschärfen, lachte ich einfach mit.

„Du bist Deutscher?", kam es aus dem Alten heraus.

Ich verstummte, so überrascht war ich. Ich befand mich mitten im Busch von Kolumbien. Vor einer Minute schaute ich noch in einen Flintenlauf und dann sprach ein Mann zu mir, der mein Mörder sein könnte, in einer Sprache, die meine Muttersprache war. Ich musste wohl sehr verdutzt reingeschaut haben, denn der Alte lachte noch lauter. Ich dagegen krabbelte aus dem Graben und schlug so gut es ging den Dreck von meinen Kleidern.

„Komm mit!", befahl der Alte. „Wir gehen in die Hütte. Wir müssen reden."

Ich wusste nicht, was ich von der ganzen Sache halten sollte.

In der Hütte nahmen wir Platz an dem Tisch, an dem ich vor ein, zwei Tagen den Kartenspieler ins Jenseits geschickt hatte.

Da saßen wir nun. Voller Spannung, was gesehen würde, war ich auf alle Unannehmlichkeiten gefasst. Den Revolver hatte ich unterm Tisch in der Hand und der Lauf zeigte genau zwischen die beiden. Mit anderen Worten, wenn einer von beiden nur die Wimper falsch zuckte, wären sie schneller an einer Bleivergiftung gestorben, als es ihnen lieb gewese n wäre.

Der Alte kramte eine Flasche Tequila aus dem Rucksack und meinte nur lappidarisch, ich sollte die Bleispritze weglegen, die würde nur den romantischen Abend verderben. Ich zögerte einen Moment und sagte, um die Situation etwas zu entspannen, dass wir erst Mittag hätten und ich den Revolver nur in den Händen hielt, weil ich nicht wusste, wohin ich ihn legen sollte. Der Alte lachte nur und meinte, ich sei ein schlechter Lügner. Ich legte den Revolver so vor mir auf den Tisch, dass der Griff zu mir zeigte. Im Ernstfall hatte ich eine gute Chance, die beiden unter Kontrolle zu bringen. Ich war mir immer noch nicht sicher, was ich von den Vagabunden halten sollte. Und vor allem, warum konnte der Alte so gut Deutsch? Der Jüngere brachte kaum ein Wort heraus. Aber der Alte sabbelte wie ein Äffchen. Mit leichtem Akzent, aber er sabbelte.

Er stellte sich als Antonio vor und sein Komplize hieß Bernado. 'Aha', dachte ich mir, 'Zwei Facharbeiter A und B oder Loleck und Boleck.' Der Alte, also Antonio, erzählte mir, dass er fünfzehn Jahre in Deutschland gelebt habe. Fünf Jahre davon war er Lascher im Hamburger Hafen. Das sind die Männer, die die Container auf den Schiffen befestigen oder fest laschen. Zehn Jahre danach war er Schweißer in einer Werft in Papenburg. Als er mir das sagte, verschluckte ich mich an meinem Tequila.

„Als Schweißer in der Werft?", fragte ich überrascht.

„Ja," rief Antonio. „Ich war mit deinem Alten in der gleichen Schicht. Mit deinem Vater Werner Johansen."

Das war wie ein Schlag mit dem Vorschlaghammer. Ein Schauer lief mir über den Rücken und ich glaube, alle meine Haare standen pile gerade hoch. 'Woher wusste der Alte wer mein Vater war?", das war mein erster Gedanke, der mir durch den Kopf schoss. Ich war sechs-, siebentausend Kilometer und noch mehr von Zuhause weg, stand mitten im Busch von Kolumbien, kämpfte verzweifelt um das Leben meines besten Freundes und versuchte einen der gefährlichsten Verbrecher dieses Landes dingfest zu machen. Und inmitten dieses Chaos sitzt ein Mann mir gegenüber an einem Tisch, trinkt mit mir Tequila und behauptet, meinen Vater zu kennen. Mich konnte man schwer überraschen, aber diese beiden Herren haben das mit Bravour geschafft.

Der Alte merkte wohl, dass ich überhaupt keinen Schimmer hatte, wer er war. Er grinste ein wenig und nahm noch einen kräftigen Schluck aus der Flasche. Sein Begleiter saß nur unbeteiligt an seiner Seite und sagte fast nichts. Hin und wieder gab er einige Kommentare auf Spanisch ab, die ich wiederum nicht verstand, denn ich sprach ja kein Spanisch. Der Alte schaute mich sehr intensiv an. Dabei hatte er die Flasche Tequila noch an seinen Lippen. Er überlegte kurz, was meine Unsicherheit noch mehr verstärkte. Dann nahm er noch einen Schluck und stellte die Flasche mitten auf dem Tisch ab.

„Ich bin Antonio Paolo Fernandes," begann er. „Ich bin achtundsiebzig als Gastarbeiter nach Deutschland gekommen. Mein Schwager besorgte mir Arbeit im Hamburger Hafen. Ich habe gutes Geld verdient und war zufrieden mit mir und der Welt, bis ich bei einer Hafenrundfahrt auf einer Barkasse meine damalige Frau kennenlernte. Es dauerte nicht lange und ich bin zu ihr nach Papenburg gezogen. Dort wurde ich Schweißer im Schiffsbau. Dabei lernte ich Werner Johansen kennen. Ich war einmal bei euch zum Kaffee eingeladen. Kannst du dich noch daran erinnern?"

Mein Kopf raste. Noch immer fand ich keinen Zusammenhang zwischen diesem Mann und meinem Vater.

„Weißt du immer noch nicht wer ich bin?", fragte er mit ruhiger Stimme, fast schon liebevoll, als wollte er mich einlullen. Dabei bekam er so einen Dackelblick.

„Also zum mitschreiben," begann Antonio seine Erklärung. „Wir, also meine Frau, meine zwei Kinder, einer davon ist der junge Mann neben mir, er heißt Bernado, und ich waren hin und wieder bei euch zum Kaffee eingeladen. Alle waren dort. Nur du nicht. Bis auf einmal. Da bist du mit Jan Jansen auf der Mofa erschienen. Mit Jan konnte ich mich gut unterhalten, wenn mein Deutsch auch nicht so hervorragend war. Nur du hattest kein Interesse an unserem Besuch gezeigt."

Er zeigte mir ein paar Fotos, die er mitgebracht hatte. Ich nahm sie erst zögerlich. Die Vorstellung, dass ein Fremder Fotos von meiner Familie bei sich trug, war für mich schon befremdlich. Aber das derjenige sie mir mitten im Busch von Kolumbien zeigte, war schon sehr abgefahren.

Ich schaute mir diese Fotos ganz genau an. Sie zeigten meine Familie beim Kaffeetrinken in unserem Garten. Am Rande des Fotos erkannte ich mich als siebzehnjährigen Teenager in der Hollywoodschaukel. Ich schien abwesend zu sein. Und dann ging bei mir die Lampe auf. Es war der Sommer dreiundachtzig. Ich war siebzehn und an dem Tag hatte meine Freundin mit mir Schluss gemacht. Jan brachte mich mit seiner Mofa nach Hause. Mein Vater bestand darauf, dass ich mich dazugesellte. Ich hatte gar keine Lust auf diesen doofen Kaffeetratsch und so knallte ich mich auf diese blöde Hollywoodschaukel und schmollte vor mir her. Ich hatte damals gar nicht mitbekommen, dass jemand Fotos geschossen hatte. Nur Jan war guter Dinge. Später kam mir zu Ohren, dass Jan sich meine Freundin geschnappt hatte. Und vor einem halben Jahr Veronica. 'Dieser Schwerenöter', schoss es mir durch den Kopf. Und dann saß da noch ein fremder Mann mit seiner Familie. Jetzt erkannte ich, dass es derselbe Mann war, der mir gegenübersaß. Also war es wahr, was dieser Mann berichtete.

„Wie kommst du an diese Fotos?", fragte ich ihn.

„Eine gewisse Veronica Mattis rief mich an. Sie würden einen gewissen Nick Baker und Robert T. Johansen in Kolumbien vermissen. Da ich deine Familie und dich gut kannte, hatte sie Hoffnung, dass ich ihnen weiterhelfen könnte."

„Nick ist tot," konterte ich. „Das steht fest. Da beißt die Maus keinen Faden ab. Ich hab noch gesehen, wie sie ihn den Gewehrkolben vor den

Latz geknallt haben und anschließend haben die Arschlöcher mir die Lampen ausgemacht. Ich wurde erst in irgendeinem dreckigen Knast wieder wach. Später haben mir irgendwelche Halunken erzählt, dass sie Nick mit einem Fahrzeug über den Haufen gefahren haben. Die habe ich dann wiederum in die ewigen Jagdgründe geschickt."

Antonio lauschte gespannt, sagte aber zu all dem nichts.

„Wieso du?", fragte ich überrascht. „Wieso haben die dich geschickt?"

„Hey Gringo. Ich bin hier geboren und aufgewachsen. Keiner kennt die Gegend besser als Antonio Paolo Fernandez. Und natürlich auch mein Sohn Bernado."

Er schob mir die Bilder zu und meinte: „Es sind deine Bilder. Behalte sie. Sie haben sie mir mitgegeben, damit du mir glaubst, dass ich dein Freund bin, wie ich schon ein Freund deines Vaters war."

Allmählich wurde ich innerlich ruhiger und mehr und mehr Vertrauen baute sich auf. Wir machten die Flasche Tequila leer.

Ich erzählte Antonio noch Einzelheiten über Pedro Kordales Machenschaften und noch ein oder andere Dinge von diesem Unternehmen. Antonio erzählte uns wiederum noch von der einen oder anderen Anekdote aus früheren Tagen. Bei den ganzen Erzählungen fanden wir noch die ein oder andere Flasche Fusel im Vorrat und machten uns einen schönen langen Abend. Ich will mich nicht mit einzelnen Details aufhalten, wie es uns am nächsten Morgen ergangen ist. Nur so viel, ich fühlte mich zum Kotzen. Eigentlich sollte man das so nicht schildern, aber ich fand keinen geeigneteren Ausdruck dafür, um mein Befinden richtig zu schildern. Wie gesagt, ich fühlte mich nicht so gut und meine neuen Freunde wohl auch nicht.

Bernado schleppte sich in den Wald, um sich zu erleichtern. Mit schnellen Schritten kam er zurück. Er hatte die Leichen wohl gefunden, die ich zuvor dort abgelegt hatte. Aufgeregt plapperte er seinem Vater irgendetwas auf Spanisch vor. Der wiederum schaute mich kurz mit strengen Blicken an. Ich zuckte mit den Schultern und tat so, als ginge mich das alles nichts an.

Es dauerte Stunden, bis wir wieder einigermaßen funktionierten. Mit viel Kaffee und Spiegeleiern aus der Pfanne versuchten wir ein normales Dasein zurückzuerobern. Irgendwann konnten wir wieder klar denken, was aus der Kombination von Alkohol und der feuchtwarmen Luft, die wir hier inhalierten, schon ein kleines Wunder war.

Ich zeigte Antonio und seinem Sohn Bernado die Transportpläne. Laut dieser Pläne würde der

Transport am nächsten Tag in der Mittagszeit eintrudeln. Antonio schaute sich die Pläne genauer an. Dann nahm er seine Pfeife aus einer kleinen Ledertasche, stopfte sie mit etwas Tabak und rauchte sie genüsslich, als wenn die Welt um uns herum in Ordnung wäre. Der Rauch erfüllte schnell den Raum und in mir die Ungeduld. Ich wartete auf den Gefangenentransport, um an einen Wagen oder einen Transporter zu gelangen, damit ich so schnell es ging ein Telefon erreichen konnte. Aber der alte Antonio zog genüsslich an seiner Pfeife und schaute sich die Transportpläne an. Es waren bestimmt nur ein, zwei Minuten, die der Alte auf die Papiere starrte. Mir kam es wie eine halbe Ewigkeit vor.

„Was ist jetzt?", fragte ich ihn. „Meinst du, du kannst mit den Plänen etwas anfangen?"

Unbeeindruckt schaute der Alte weiter in die Pläne. Auch Bernado stand daneben und sagte irgendetwas auf Spanisch. Dann sabbelten die beiden miteinander, was ich ja nicht verstand. In mir stieg langsam der Blutdruck. Um die ganze Sache nicht eskalieren zu lassen, machte ich erneut einen Kaffee. Konnte in dieser Situation ja sowieso nichts machen. Ich setzte mich auf die Eckbank und wartete mehr oder weniger mit Geduld, bis die zwei ihre Konversation beendet hatten.

„Ich hab mal eine Frage", begann ich meinen Text, um die Sache ruhig anzugehen. „Ihr zwei Weltenbummler seid doch bestimmt nicht zu Fuß an diesen lauschigen Platz gelangt. Ihr zwei habt doch einen fahrenden Untersatz mitgebracht und ihn auf einen der freien Parkplätze abgestellt. Oder? Also, wenn das so zutrifft, wie ich es gerade geschildert habe, warum verschwinden wir nicht schleunigst von hier?"

Antonio und Bernado schauten mich beide mit großen Augen an. Wie auf Kommando fingen sie aus Leibeskräften an zu lachen. Ich fand das nicht komisch. Mein bester Freund war tot oder ich vermutete es wenigstens und diese beiden Komiker lachten sich kaputt.

„Wir werden warten, bis der nächste Gefangenentransport eintrudelt. Wir erhoffen uns, dass wir noch ein paar Informationen mehr aus dem Fahrer oder aus dem Begleitpersonal bekommen. Sofern Begleitpersonal vorhanden ist", erklärte mir Bernado in einem akzentfreien Deutsch. Und ich meine akzentfrei. Ich kam aus dem Staunen nicht heraus. Da schau her, der kleine Bernado kann sich in meiner Muttersprache äußern und dann noch so klar wie eine Kirchenglocke. Ich fasste es nicht. Da quatschten die beiden Hobbyrambos in Spanisch, damit ich bloß nichts mitbekomme und dann so eine Überraschung. Ich war stinksauer.

„So eine Geheimniskrämerei bringt uns nicht weiter. Es sei denn, ihr zwei Spinner tretet absichtlich auf die Bremse. Dann meine Herren, werdet ihr mich von einer Seite kennen lernen, die ihr euch garantiert nicht wünschen werdet."

Aus Wut über so eine Dreistigkeit knallte ich die Kaffeetasse an die Wand. Anschließend flog der Tisch, hinter dem ich saß, quer durch die Bude. Mein Blutdruck hatte die Höchstform erreicht. Und das war nicht gut. Damit ich nicht bei dem Anblick der zwei Vollpfosten völlig explodierte, musste ich erst mal raus aus der Hütte und tief durchatmen.

Es dauerte, bis ich mich wieder beruhigte. Ich lief ein paar Schritte die Straße entlang. Da entdeckte ich einen kleinen Geländewagen unter ein paar Zweigen. 'Aha', kam es mir in den Sinn. 'Dort haben die zwei Vagabunden ihr Vehikel abgestellt.' Der Schlüssel steckte noch und so machte ich mich an die Arbeit, das Gestrüpp vom Wagen herunterzunehmen. Ich startete den Motor und fuhr zur Hütte zurück.

Dort saßen die beiden wie geschlagene Hunde auf einem Baumstamm, der etwas abseits von der Hütte lag. Ich machte die Seitentür auf. „Wir nehmen noch etwas Proviant und Wasser mit", gab ich den Befehl. Vater und Sohn holten es, dann stiegen sie wortlos ein.

„Wenn noch einer von euch Aspiranten in meiner Gegenwart Spanisch quatscht, dann schleife ich ihn bis Mexiko und ersauf ihn dann eigenhändig im Rio Grande."

Die beiden saßen auf der Rückbank und sagten kein Wort. Ich dagegen ließ die Kupplung fliegen und jagte mit Vollgas Richtung Tunja. Gut, dieser Wagen hatte nur 30 PS und mit Vollgas zu fahren war keine Kunst. Aber ich holte aus der Karre raus, was ging. Was wiederum nicht schnell war, aber immerhin besser, als zu Fuß durch den Busch zu laufen.

Nach etwa zwei Stunden Fahrt, was mir wie eine Ewigkeit vorkam, da die Straße nur Schlamm und Schlaglöcher besaß, hielten wir kurz an. Wir mussten uns mal die Beine vertreten. Da ich nicht wusste, wer noch alles auf diesem Eselspfad unterwegs war, parkte ich den Wagen einige Meter weiter im Unterholz. Und das war gut so.

Keine fünf Minuten später kam ein Gefangenentransport mit sechs Begleitfahrzeugen vorbeigerauscht. Das war knapp. Wenn die uns auf offener Straße begegnet wären, wäre es zu einer ernsthaften Auseinandersetzung gekommen.

Ich ging vorsichtig zurück zur Straße, um nachzuschauen, ob uns jemand aus dem Convoy gesehen haben könnte. In diesem Fall hatte ich keine Ahnung, was wir hätten machen können. Sie hatten schwere Geländewagen, mit denen sie uns mit Leichtigkeit hätten einholen können. Wir dagegen hatten nur eine Blechkutsche mit 30 PS. Das war nicht wirklich ein echtes Fluchtfahrzeug.

Ich setze Bernado hinters Lenkrad und Antonio auf den Beifahrersitz. „Ihr beiden seid ja hier groß geworden," sagte ich zu ihnen. Was man so groß nennen konnte, denn die beiden waren nicht größer als 1,60 Meter. Maximal 1,65. Ich dagegen war knapp 1,90 Meter. Die beiden Kumpanen hatten Kindergrößen. Wenn sie aber Waffen trugen, machten diese Waffen sie genauso gefährlich, als wenn jemand zwei Meter groß wäre. Egal. Ich setzte die beiden auf die Vordersitze und nahm auf der Rückbank meine Stellung ein.

Wie gesagt, wir waren noch immer im kolumbianischen Regenwald. Rechts, links nur Busch und in der Mitte wir. Mit einem dreißig Jahre alten Geländewagen, wobei man nicht einmal wusste, wer dieses Gefährt zusammengeschraubt hatte. Und was noch schlimmer war, kein Mensch konnte sagen, ob dieses Vehikel die Strapazen bis Tunja durchstehen würde. Ich konnte mir nicht helfen, aber ich hatte das Gefühl der Ohnmacht. Nichts lief so wie es sollte. Zur Erinnerung, Nick kam mit einem Auftrag zu mir, der sich eigentlich sehr einfach anhörte. Hinfahren, den Verbrecher Pedro Kordales observieren, einbuchten und ab ging es nach Hause. So war der Plan. Das hier und dort mal Schwierigkeiten auftreten konnten, war für uns nichts Neues. Aber das die Sache völlig aus dem Ruder laufen würde, das war nicht vorgesehen.

Jetzt war ich hier mitten in Kolumbien, mit zwei Krähen, denen man auch nicht trauen konnte. Zuerst gaben die zwei Gaukler sich als Freunde der Familie aus, wobei angeblich nur einer meine Sprache sprach, sich aber herausstellte, dass auch der Zweite in feinstem Hochdeutsch sabbeln konnte. Für mich war klar, ich war wie zuvor auf mich selbst gestellt. Vater und Sohn auf den Vordersitzen konnte ich nicht gebrauchen. Also musste ich sie so schnell wie möglich loswerden. Keiner konnte mir mit Gewissheit sagen, ob diese zwei nicht auch noch Komplizen vom Drogenbaron waren.

Die Gelegenheit sollte nicht lange auf sich warten. Ich musste zwar mit einem kleinen Trick nachhelfen, aber es funktionierte.

Die beiden hatten noch eine Tüte mit Salzstangen in der Hütte gefunden. Sie waren ganz versessen auf Salzstangen, was wiederum zu mehr Durst führte. Da wir genügend Wasser mit hatten und die beiden auch nicht vor einer Kiste Bier halt machten, die wir unbedingt mitnehmen mussten, dauerte es nicht lange und sie standen mit offenem Hosenstall in den Büschen und pinkelten was der Kaiser herhielt. Ich dagegen legte seelenruhig den Gang ein und fuhr meines Weges. Die Zwei war ich fürs Erste los.

Nach etwa fünfhundert Metern Fahrt in Freiheit kamen mir doch Gewissensbisse. Ich hielt an. Die beiden allein mitten hier in der Wildnis stehen zu lassen war auch nicht mein Ding. Ich überlegte kurz und kam zu dem Entschluss, dass ich den zwei Aussätzigen ihren besten Freund dalassen sollte. Kurzerhand stellte ich den Kasten Bier am Wegesrand ab. 'Damit müssten die Zwei wohl klarkommen', sagte ich bei mir. Ich legte ihnen ein Gewehr, Munition und eine Wasserflasche dazu. Jetzt fühlte ich mich schon viel besser. Ich konnte also meine Fahrt mit gutem Gewissen fortsetzen.

Ich weiß nicht, wie lange ich schon unterwegs war. Den Regenwald hatte ich schon eine ganze Weile hinter mir gelassen, da geschah genau das, was ich befürchtet hatte. Rauch kam unter der Motorhaube hervor. Dann gab es zu allem Überfluss noch einen lauten Knall und der Motor blieb abrupt stehen. Ich legte aus Verzweiflung meinen Kopf auf das Lenkrad. Meine Gedanken kreisten. Das konnte doch alles nicht wahr sein.

Nach ein paar Minuten machte ich die Tür auf und sah, wie das Öl vom Motor langsam unter dem Wagen hervorkroch, auf offener Straße irgendwo im Nirgendwo verblutete. Das war alles, was mir dazu noch einfiel. Ich öffnete die Motorhaube, denn ich hatte noch einen kleinen Schimmer

Hoffnung. Aber als ich die Kolben vom toten Motor sah, die sich jetzt unter dem Wagen im Staub befanden, verflog die Hoffnung wie eine Rauchfahne im Wind. So wie ich die Sache sah, blieb mir nichts anderes übrig, als ein paar Sachen in die Hand zu nehmen und zu Fuß in Richtung Tunja aufzubrechen. Das hier jemand vorbeikommen und mich mitnehmen würde, war in dieser trostlosen Gegend genau so unwahrscheinlich, wie ein Eisverkäufer am Nordpol. Glaubte ich zumindest.

Ich war schon zwei Tage unterwegs. Nur mit einem Rucksack, der mit ein paar Lebensmitteln bepackt war, etwas Munition für das Gewehr, das ich bei mir trug und eine Flasche mit etwas Wasser. Meistens lief ich nachts, wenn es kühl war oder in der Morgen- oder Abenddämmerung. Tagsüber suchte ich mir Schatten, um der Sonne etwas aus dem Weg zu gehen.

Wie gesagt, ich war schon zwei Tage unterwegs. Es war um die Mittagszeit. Ich lag unter einem Baum, der eine üppige Krone hatte. Richtig schlafen konnte ich nicht. Meine Gedanken kreisten mal wieder. Die erste Frage, die ich mir stellte, wo war Nick? Und die zweite, wer ist Morrison? Ich konnte mir auf alles keinen Reim machen. Ich musste zu einem Telefon, das war klar. Aber keiner konnte mir sagen, ob ich in die richtige Richtung lief und wie weit es noch sei. Gut, die Richtung konnte ich anhand des Sonnenstandes einigermaßen bestimmen, aber die Entfernung, die ich noch zurücklegen musste, dass konnte mir keiner beantworten.

Ich hatte meine Augen geschlossen, als ich Motorengeräusche hörte. Zuerst hielt ich es für eine Sinnestäuschung. Ich konnte mir nicht vorstellen, dass sich in dieser abgelegenen Gegend jemand aufhalten würde. Doch das Geräusch kam immer näher. Ich öffnete die Augen und sah ein Fahrzeug näherkommen. Nach einigen Minuten hielt ein achtundfünfziger Chevrolet Pickup neben mir an und heraus schaute ein älterer Mann mit großem Hut, kaputten Zähnen und einer Zigarre zwischen Daumen und Zeigefinger. So wie der Kerl aussah, hatte er den Wagen persönlich 1958 bei General-Motors in Detroit abgeholt. Und zu meiner persönlichen Überraschung saß breit grinsend Antonio auf dem Beifahrersitz, der mich mit einem klassischen norddeutschen „Moin Robert" begrüßte, wobei er lässig die rechte Hand hob, in der er eine Flasche hielt. „Willst'n Bier?", fragte er zynisch. 'Na klasse', dachte ich. 'Wer sagt's denn. Da sind wir ja alle wieder beieinander.' Der Einzige, der fehlte, war Bernado.

„Wo steckt denn dein Sohnemann?", fragte ich Antonio, der immer noch die Flasche Bier in den Händen hielt.

„Der bringt den kleinen Suzuki nach Hause in die Werkstatt."

„Ach das war ein Suzuki. Habe ich gar nicht erkennen können", musste ich kleinlaut zugeben.

„Spezialumbau", war Antonios Aussage. Dabei hob er den Kopf so weit nach hinten, wie es ging. Er zog genüsslich an seiner Pfeife. Einen Teil des Rauches blies er durch die Nase und mit dem anderen machte er mit dem Mund kleine Kringel, die in der Luft immer größer wurden. 'Angeber', dachte ich nur.

„Was kann euer Spezialumbau denn noch, außer einen großen Knall abzugeben, in der Einöde in alle Einzelteile auseinanderzufallen und mich hier zu einem Fußgänger zu machen? Ich sag euch, was euer Spezialumbau konnte. Nichts konnte der, außer den Boden mit Öl zu verseuchen und brave Bürger zur Verzweiflung zu treiben."

Antonio starrte mich an, als wenn ihm jemand eine Bratpfanne vor seinen Dickschädel geknallt hätte. Aber dann fing er laut an zu lachen und stupste den alten Mann in die Seite. Dann sagte er ihm noch irgendetwas auf Spanisch und dann lachten die Zwei, dass die Karre nur so wackelte, wobei ich nicht wusste, ob das jetzt gut oder schlecht für mich war.

Zu meiner Verteidigung sagte ich schnell: „Komm, ich hab euch auch den Kasten Bier da gelassen."

Da lachten sie noch lauter und schlugen sich vor Vergnügen auf die Schenkel. Mir war nicht ganz wohl bei diesem Gelächter.

„Würdet ihr mich denn noch mitnehmen, wenn ihr mit eurem blöden Lachen fertig seid?", fragte ich höflich.

„Na klar nehmen wir dich mit", rief Antonio. „Und bringen dich hoch nach Mexiko rauf und ersaufen dich im Rio Grande."

Sie drohten mir mit den gleichen Worten, mit denen ich vorher gedroht hatte. Das war hart! Da ich nicht wusste, ob sie diese Drohung ernst meinten, hielt ich ihnen mein Gewehr durch das Fenster. Im selben Augenblick war es mucksmäuschenstill. Keiner sagte etwas, keiner lachte mehr.

„Ich weiß, ich bin eine große Spaßbremse. Aber mir ist die Sache zu ernst, als das ich hier stundenlang blöd herumgackere wie eine alte Henne. Mein bester Freund ist verschwunden, wenn nicht sogar tot. Ich latsche tagelang in diesem scheiß Kolumbien herum, bis die Hacken krumm sind. Die Verbrecher, wofür die mich eigentlich hierhin geschickt haben, liegen freizügig in der Sonne, saufen Schampus und fressen tonnenweise Kaviar. Ich hab die Schnauze voll von diesem ganzen Gehabe. Es gibt nur eine Richtung für mich. Entweder ihr seid für mich, dann beweist es auch oder ihr seid gegen mich. Dann

macht euer Testament. Dazwischen gibt es nichts."
Für einen kurzen Moment war Ruhe.

Antonio war es, der das Wort zuerst ergriff. „Robert, es ist wahr. Wir sind deine Freunde. Wir werden dir helfen, deinen Freund Nick Baker wiederzufinden. Wir werden dir auch helfen, Pedro Kordales zu finden und bekommen heraus, wer Morrison ist."

„Morrison hatte ich gar nicht erwähnt", konterte ich.

„Aber Veronica Mattis plauderte dieses in unser Öhrchen", sagte der Fahrer mit ruhiger Stimme. Dabei rauchte er genüsslich an seiner Zigarre.

Ich zog das Gewehr langsam zurück und glaubte das alles nicht. Auch der alte Gaucho konnte meine Sprache und nicht irgendwie, sondern im Klartext. Ich stand etwas neben mir.

Antonio klärte mich ein wenig auf. „Unser netter Fahrer ist mein Bruder Emilio. Das heißt, er ist Bernados's Onkel oder Bernado ist der Neffe von seinem Onkel Emilio."

„Okay, das hab ich jetzt verstanden", stellte ich scharfsinnig fest. „Aber in welchem Zusammenhang steht ihr mit Veronica Mattis? Und was habt ihr mit Pedro Kordales zu schaffen?"

„Wir waren schon beim Geheimdienst, da bist du noch mit der Blechtrommel um den Weihnachtsbaum gerannt," kam es spontan aus Emilio. Dabei zog er an seiner dicken Zigarre. „Heute ist das nur noch ein Hobby von uns. Von Zeit zu Zeit ruft Madame Mattis bei uns an und fragt nach, ob wir noch Lust hätten, hier und da noch mitzumischen. Und da wir gerade nichts Besseres zu tun hatten und ich erst in drei Monaten zur Kur muss, haben wir der jungen Dame zugesagt. Sie wirkte etwas nervös am Telefon, was ich überhaupt nicht von ihr kannte. Na ja, ist mir eigentlich auch egal, was mit der Kleinen ist, Hauptsache wir dürfen noch mitspielen. So, jetzt weißt du wie es um uns bestellt ist. Hast du immer noch die Absicht, einen Alleingang zu unternehmen? Oder wäre es nicht besser, du schließt dich uns an und wir werden den Verbrechern gemeinsam in den Arsch treten?"

„Aber nur unter einer Bedingung", forderte ich mit erhobenem Zeigefinger. „Ich habe das Kommando."

„Darüber bekommst du noch Bescheid", riefen die zwei Gauchos wie aus einem Mund. Dabei lachten sie wieder so laut, dass es schon fast weh tat.

„Komm, schwing dich auf die Ladefläche", winkte Emilio mir zu. „Wichtige Leute sitzen immer hinten oder hast du vor, deinen Spaziergang fortzusetzen?" Und dann lachten sie wieder so dämlich.

Wohl oder übel nahm ich Platz auf der Ladefläche des Pickups. Ich hatte enormes Glück. Es lag noch eine alte Pferdedecke darauf. Die Fahrt war dann doch nicht ganz so hart wie zuerst angenommen.

Es dauerte zwei Stunden, bis wir auf einer einsamen Kaffeeplantage ankamen. Emilio parkte das Vehikel unter einer Wagenremise, die zusätzlich mit einem Tarnnetz überspannt war. Auch der Stall, der einige Meter entfernt war, wurde mit solch einem Netz überspannt.

Die Knochen taten mir weh, dass könnt ihr euch nicht vorstellen. Ich kam, nein ich kroch von der Ladefläche. Als ich endlich neben dem Pickup stand und meine Knochen sortiert hatte, trieben die zwei älteren Herren mich wie ein Schaf in den Stall. Die Aufforderung, etwas Rücksicht zu nehmen, ignorierten sie meisterhaft.

„Wir müssen uns beeilen", flüsterte Emilio mir zu. Antonio grinste bloß blöd und nickte zustimmend.

„Wieso?", fragte ich, denn ich konnte mir keinen Reim daraus machen, aus welchen Gründen wir uns jetzt unbedingt beeilen sollten.

„Wegen der Drohnen", flüsterte mir Antonio zu.

„Und wegen der Spionagesatelliten, die über uns kreiseln", gab Emilio noch eins drauf.

„Ihr zwei habt sie ja wohl nicht alle. Drohnen, Satelliten! Was nehmt ihr eigentlich für Tabletten, wenn ihr mal alleine seid?"

Antonio sagte nichts. Er winkte nur. Sein Grinsen konnte er auch nicht abstellen. Ich folgte den beiden. Im Stall angekommen, machte Emilio eine Bodenluke auf, die mit Stroh bedeckt war. Unter der Luke war eine lange und steile Treppe. Wir gingen die Treppe hinunter und kamen in einen dunklen Raum. Emilio schloss die Bodenluke sorgfältig.

„Wegen der Spione, die überall lauern", flüsterte er.

Ich verdrehte nur die Augen.

Antonio machte Licht in dieser dunklen Abstellkammer. Was ich dort sah, verschlug mir den Atem. Eine komplette Anlage einer Spionageabwehr aus den siebziger oder achtziger Jahren stand rund um mich. Fernschreiber, Rechenmaschinen, die man noch an der Seite mit einer Kurbel betätigen musste. Computer! Meine Güte. Da wurde ein alter Röhrenfernseher als Bildschirm umfunktioniert. Und eine Radaranlage, die kurz nach dem Zweiten Weltkrieg mal neu wurde. Staunend schaute ich mich um. Ich stand in einem Museum. Da waren Sachen dabei, die ich nicht für möglich gehalten hätte. Dass die überhaupt noch existierten.

Ich brauchte einen Moment der Besinnung. Dann fragte ich meine Sportsfreunde, ob von dem Plunder, der hier stand, überhaupt noch etwas funktionierte. Die zwei Gauchos starrten mich eine Sekunde mit großen Augen an. Dann fingen die beiden wieder laut an zu lachen.

Emilio kam auf mich zu und legte freundlich seine Hand auf meine Schulter und sagte: „Mein Freund, das sind alles hoch empfindliche Geräte. Der Vorteil, den sie haben, man kann sie noch selbst reparieren. Ein wenig Lötzinn, einen heißen Lötkolben, hier und dort die Spannung messen und so ein feiner Apparat funktioniert wieder wie neu. Und die Ersatzteile findet man auf jedem Flohmarkt. Das geht mit den neuen Geräten nicht mehr. Und für das, wofür wir sie benötigen, reichen sie allemal."

Eins zu null für die Gauchos, musste ich neidlos feststellen.

„Jetzt wäre es schön, wenn ihr in eurem Hochsicherheitstrakt noch ein ganz normales Telefon hättet. Oder wurde das auch speziell umgebaut?", fragte ich mit etwas Hohn.

„Nein, nein, komm nur. Es gibt Dinge, die funktionieren schon auf Anhieb genauso, wie wir sie benötigen. Und darunter fällt auch das Telefon", lächelte mich Antonio breit grinsend an.

Er zeigte es mir. Vielmehr war es eine alte englische Telefonzelle. Rot und mit viel Schnörkeleien, wie die Briten das halt so machen auf ihrer Insel. In der Zelle fand ich, wen wundert's, ein altes schwarzes Bakelit Telefon. Ich nahm den Hörer ab und wartete auf das Freizeichen. Nichts. Wie ich mir das schon gedacht hatte.

„Die zwei Komiker verarschen mich doch!", kam es lautstark aus mir raus. Ich riss die Tür von der Zelle auf. „Eure Buschtrommel funktioniert überhaupt nicht."

Antonio setzte sich hinter einen der Schaltpulte und stöpselte, wie früher das Fräulein vom Amt, einen Stecker in einen der vielen Löcher.

„So, jetzt müsstest du eine freie Leitung haben."

Ich startete einen zweiten Versuch. Und tatsächlich, ich hatte eine freie Leitung. Ich war am Ziel. Jetzt musste ich nur noch die richtige Nummer wählen und konnte endlich mit dem Hauptquartier telefonieren.

Zuerst wurde ich mit dem Einsatzleiter Parker verbunden. Er erzählte mir, dass die ganze Sache aus dem Ruder gelaufen sei. Auch andere Agenten, die auf Pedro Kordales angesetzt wurden, waren verschwunden oder getötet. Ich war der Einzige, der sich bis jetzt zurückgemeldet hätte. Wo Nick Baker sei, wusste niemand so genau. Es wurde gesagt, dass er von irgendeiner Untergruppe hingerichtet sei. Er wurde überfahren oder durch einen Kopfschuss getötet. Andere meinten, er sei nach Guatemala oder Nicaragua gebracht worden. Wieder andere glaubten, dass sie Nick in Ecuador vergraben hatten.

Ich war wie erschlagen. Doch ich hatte noch immer Hoffnung, Nick lebend wiederzusehen. Aber nach diesem Telefonat war das bisschen Hoffnung endgültig erloschen. Ich musste erst mal raus. Raus aus dieser Zelle, raus aus diesem Keller mit dem ganzen Museumszeug, raus an die frische Luft.

Ich ging einige Schritte über die Kaffeeplantage. Gedanken kreisten durch meinen Kopf. Eine Mischung aus Trauer und Wut durchzog meinen Körper. Ich wusste nicht, ob ich heulen oder vor Wut schreien und alles zerschlagen sollte. Auf eine Bank, die leicht abseits vom Stall auf einer Anhöhe stand, setzte ich mich. Das mit dem Spionagesatelliten habe ich den beiden sowieso nicht abgenommen.

Ich lehnte mich nach vorne und begrub mein Gesicht in meinen Händen. Tränen liefen und das Gefühl der Ohnmacht zog sich wie ein dunkler Schatten über meinen Körper. Wie sollte ich diese Mammutaufgabe allein bewältigen? Nick, wo bist du? Das fragte ich mich immer wieder.

Ich erinnerte mich daran, wie er in die Einheit für Terroristenbekämpfung kam. Von der Nato wurden die besten Männer und Frauen aus allen Herrenländern zusammengewürfelt. Ich hatte noch Glück. Ich wurde genommen, weil ein anderer schwer erkrankte und ich seinen Platz einnehmen durfte. Nur Nick nicht. Er bestand die Prüfungen mit Bravour und ging zielstrebig seinem Ziel entgegen. Ich war schon einige Tage früher in der Kaserne und hatte ein großes Zimmer für mich ganz allein. Glaubte ich zumindest. Denn eines Morgens, ich kam aus der Dusche, stand ein Mann namens Nick Baker in meiner Bude und machte sich dort breit. Ich war entsetzt, dass sich so ein Ami aus Tusa Oklahoma in meinen Privatgemächern aufhielt. Auch die Beschwerde an unseren Kommandanten Andersen half nichts. Den Kerl hatte ich an der Backe. Beim Fallschirmspringen hatte ich meine helle Freude. Obwohl es mir auch nicht gut ging. Nick hatte Höhenangst und zierte sich wie eine Jungfrau aus dem Flugzeug zu springen. Mit zwei Mann haben sie ihn gepackt und einfach rausgeschmissen. Das war jedes Mal ein Geschreie, das kann ich euch wohl sagen. Beim Kampftauchen lag er ganz vorne. Einmal hatte er mir den Schlauch von der Sauerstoffflasche abgezogen und ich musste schleunigst auftauchen. Da war ich derjenige, der stinksauer war. Es waren diese Momente, die uns zusammenschweißten.

Ich saß noch lange dort. Die ein oder andere Anekdote schwirrte mir durch den Kopf. Und hin und wieder lächelte ich bei den Gedanken, wie Nick und ich über zwanzig Jahre Seite an Seite versucht hatten, die Welt etwas erträglicher zu machen.

Ich weiß nicht, wie lange ich schon dort gesessen hatte, aber irgendwann kam Emilio zu mir und sagte mit ruhiger Stimme: „Essen ist fertig. Lass uns in Ruhe essen und dann überlegen wir uns was zu tun ist."

Ich ging mit Emilio zu einem Haus, das ich noch nicht gesehen hatte, da es hinter einem Hügel lag. Es stand abseits vom Stall und der Wagenremise. In der Küche setzten wir uns um einen großen Tisch. Franziska, wie die gute Fee des Hauses hieß, war Emilios Frau. Sie hatte einen Eintopf mit vielen Bohnen, Zwiebeln, Fleisch und einen Haufen Gewürze gekocht. Es schmeckte köstlich und erinnerte mich an die gute Küche meiner Mutter in Leer Ostfriesland. Auch Antonio und sein Sohnemann saßen mit am Tisch.

Nach dem Essen schob mir Emilio einen Zettel zu. Ich war zuerst irritiert und wusste nicht, was ich davon halten sollte. Ich nahm ihn und las eine Nummer.

„Das ist die Telefonnummer von Anna Elena Trova. Auch bekannt unter dem unrühmlichen Namen die Wölfin", begann Emilio seinen Vortrag.

Dabei zündete er sich eine Zigarre an. „Vielmehr ist das die Nummer ihrer Agentur. Wenn wir die anrufen, und das werden wir, dann verspreche ich dir, dass wir Nick wiederfinden. Egal wo sie ihn begraben haben."

Mit großer Gestik und mit viel Leidenschaft erzählte er, dass Anna Elena Trova eine Agentin aus der alten Sowjetunion sei. „Sie kommt gebürtig aus Rumänien. Ihre Ausbildung hat sie in Kiew absolviert. Sie ist viel herumgekommen. Muss wohl eine tolle Frau sein. Sie wurde uns wärmstens empfohlen." Dann zog er an seiner stinkenden Zigarre und machte einen sehr zufriedenen Eindruck.

Das war wie ein Schlag mit dem Hammer. Ich kannte diese Frau und wusste, zu was sie fähig war. Ich hatte das Gefühl, als würde eine Eiseskälte durch den Raum gehen. Plötzlich hatte ich die Bilder vor Augen. Ich war erstarrt. In meinem ganzen Leben hatte ich noch nie so viel Angst vor einem Menschen, wie vor Anna Elena Trova. Das war keine liebenswerte Frau, die überall herumreiste, als wenn sie Miss Travel persönlich sei und den Herrschaften die schönsten Ferienplätze zeigte. Das war die Ausgeburt des Bösen. Man nannte sie die Wölfin. Die BESTIE hätten sie das Monster nennen sollen. Das wäre angemessener gewesen.

Ich brauchte einen Moment, bis ich realisierte, was überhaupt vor sich ging. Nachdem ich ein paar Mal tief durchatmete und mich wieder einigermaßen im Griff hatte, versuchte ich meinen Kollegen klarzumachen, dass, wenn sie diese Frau mit ins Boot nehmen würden, es besser wäre, mit einem Rudel hungriger Löwen aus der Savanne Gassi zu gehen, als diese Bestie ins Haus zu lassen.

Die Vier schauten mich mit großen Augen an. Zuerst kamen die Proteste. Dann sabbelte der ganze Haufen durcheinander. Sie wurden immer lauter, aggressiver und zuletzt verstand man sein eigenes Wort nicht mehr. Ich musste mir eine Menge Beschimpfungen anhören, die ich hier alle gar nicht nennen möchte. Mit der Zeit ging der aufgebrachten Meute die Argumente aus und es wurde still in der Küche.

Ich saß ruhig am Küchentisch und schaute jeden Einzelnen an. Dann begann ich mit den Worten: „Bevor ihr wie ein wild gewordener Hühnerhaufen durcheinander gackert, würde es Sinn machen, wenn ihr einfach die Schnauze haltet und mit spitzen Ohren lauschen würdet, was ich zu berichten habe.

In den achtziger Jahren war ich an einer ihrer Schauplätze. Es war im schönen englischen Städtchen Manchester, beziehungsweise in einer der Vororte. Nick und ich waren noch in der Ausbildung. Unser Ausbilder Sir Ahser

Westerham, wir nannten ihn auch den alten Admiral, kam auf die glorreiche Idee, uns zu einem Tatort mitzunehmen. Er sagte, es wäre nur ein kleiner Zwischenfall. Er sagte es, weil die Presse keinen Wind davon bekommen sollte. Die ganze Gegend wurde militärisch abgeriegelt. Dass die Presse schnell zur Stelle war, wunderte mich damals gar nicht. Na ja, jedenfalls kamen wir an den besagten Tatort. Es war in einer der Museen für afrikanische Kultur. Die Engländer hatten viele Exponate aus der Zeit des Kolonialismus ausgestellt. Als wir durch das Hauptportal an der Westseite kamen und die große Eingangshalle erreichten, bot sich uns ein Bild des Grauens. Leichen blutüberströmt hingen kopfüber an Seilen von der Decke. Eigentlich wurden große Gemälde an Seilwinden, die im Gewölbe montiert waren, daran hochgezogen, aber jetzt hingegen halb hingerichtete oder enthauptete Körper daran. Im Keller hatte man eine Leiche entdeckt, die sie mit einem Holzpfahl aufgespießt hatte. Im fünfzehnten Jahrhundert lebte auch so ein Typ. Er hieß Vlad III. Sie nannten ihn auch Dracula, was so viel heißt wie 'der Sohn des Drachen'. Er war Fürst vom Fürstentum der Walachei im alten Rumänien. Dieser Fürst hatte eine kriegerische Auseinandersetzung mit den Türken. Und der hatte die Idee, seine Gegner auf Holzpfähle zu spießen, was ihm auch den Beinamen 'der Pfähler' einbrachte. Fünfzehnhundert Mann hatte er so abgeschlachtet, wie die Leiche im Keller von dem

Museum. Und all diese Morde gehen auf Anna Elena Trova's Konto. Vielleicht ist es ja ein Zufall, aber diese Frau kommt auch aus Rumänien. Ich habe manchmal den Eindruck, dass dieser Dracula in Gestalt dieser Anna Elena Trova unterwegs ist. Es ist schon viele Jahre her, aber manchmal bekomme ich noch Alpträume. Dann wache ich schweißgebadet auf und muss mich erst beruhigen. Würde mich nicht wundern, wenn sie auch Nick auf dem Gewissen hat.

So meine lieben Kollegen, wollt ihr noch immer diese Wölfin, wie ihr sie nennt, zu euch ins Haus einladen? Oder mit ihr zusammenarbeiten, als wäre sie ein alter Kumpel, der mit euch in Papenburg Schiffe zusammengebaut hat? Nein meine Freunde, dass wäre das gleiche, als wenn ihr euch selbst zum Henker bringt."

Bedrückende Stille lag in der Luft. Ich konnte noch erkennen, wie Antonio und Emilio sich Blicke zuwarfen.

„Wir müssen uns beraten", kam es sicher von Emilio. Wobei ich das Gefühl hatte, dass er sehr unsicher geworden sei.

„Ja genau", sagte ich. „Das macht mal. Die Atmosphäre ist mir hier zu angespannt."

Dann ging ich raus vor die Tür. Die Luft war klar und warm. Die Sonne schien wie ein großer Feuerball knapp über dem Horizont. Ich setzte mich auf die Stufen vor dem Haus und genoss den Sonnenuntergang. Noch ein paar Minuten und die Dunkelheit würde sich wie ein dunkler Schatten über uns legen. Meine Gedanken kreisten mal wieder und die einzige Frage, die ich mir fortlaufend stellte, wo war Nick? Und wieso sind die beiden Gauchos so darauf erpicht, Anna Elena Trova mit ins Boot zu nehmen?

Es dauerte nicht lange und Emilio, Bernado und Antonio kamen aus dem Haus. Die Drei hatten ernsthaft beschlossen die russische Agentin mit auf unsere Mission zu nehmen. Ich war strikt dagegen. Aber die Drei redeten auf mich ein wie auf ein krankes Pferd. Schlussendlich gab ich mich geschlagen und stimmte mit viel Magenschmerzen der Sache zu.

„Aber wenn etwas schief geht und die Bestie im Schafspelz tickt aus, dann diskutiere ich nicht lange, dann verpasse ich der alten Lady eine Bleiladung. Darauf könnt ihr Gift nehmen. Dann mache ich kurze vier mit dem Biest."

„Bist du ihr schon mal begegnet?", fragte Emilio und zog genüsslich an seiner Zigarre.

Da war ich sprachlos. Darüber habe ich noch nie nachgedacht. Anna Elena Trova habe ich immer nur von Bildern gekannt und ihre Taten wurden mir immer nur von anderen übermittelt. Aber persönlich hatte ich sie noch nie kennengelernt.

„Na siehst du", sagte Antonio. „Wir haben sie persönlich kennen gelernt und mit ihr zusammengearbeitet. Und von all dem, was du uns erzählt hast, stimmt nichts. Oder wir sprechen von zwei verschiedenen Personen."

„Wir sprechen bestimmt von zwei verschiedenen Personen", entgegnete ich schnell, damit die Diskussion nicht völlig ausartete. Hinterher würden wir uns am Ende wegen dieser Meinungsverschiedenheit noch eine ernste Auseinandersetzung liefern. Die südländischen Menschen sind allgemein impulsiver und temperamentvoller als wir im Norden. Da kommt das spanische Blut schneller zum Brodeln und ich würde wieder auf mich allein gestellt sein. Das wäre in diesem Fall ganz schlecht. Also lächelte ich sie mit einem breiten Grinsen an und fragte nach einem Bett für die Nacht.

Franziska zeigte mir das Gästezimmer. In dieser Nacht konnte ich nicht schlafen. Immer wieder kreisten mir die Gräueltaten von dieser Anna Elena Trova durch den Kopf. Konnte ich mich so irren? Diese Ungewissheit brachte mich um den Schlaf.

Am nächsten Morgen war ich wie gerädert. Ich saß als Erster am Küchentisch. Die Ellenbogen auf dem Tisch und die Hände in den Wangen begraben, starrte ich in eine Richtung, wie ein Junge, der auf seine Ergebnisse der letzten

Mathearbeit wartete. Franziska brachte mir einen starken Kaffee. Der brachte mich wieder zum Leben. Puh, war der stark. Da blieb der Löffel hochkant in der Tasse stecken. Eine halbe Stunde später kamen Emilio, Bernado und Antonio die Treppe herunter gestiefelt. Beim Frühstück waren alle glücklich und zufrieden. Kein Wort des Vorfalls vom gestrigen Abend. Nach dem Frühstück gingen wir zurück in den Bunker unter der Scheune.

Antonio startete in einer Ecke der Scheune ein schweres Notstromaggregat. Das war eines, wie das Militär es einsetzte. Ein Mobiles auf eigenen Achsen. Das konnte man wie einen Anhänger mit einem LKW abtransportieren. Irgendetwas stand auf kyrillischer Schrift darauf. Für mich war es sonnenklar. Dieses Ding gehörte vor langer Zeit den Russen. Neugierig wie ich war, fragte ich, von wem sie dieses Schmuckstück erworben hatten.

„Von den Russen." Antonio antwortete spontan. „Die haben uns das Aggregat überlassen. Oder vielmehr, wir haben das Ding nur kurz ausgeliehen."

„Wie, kurz?", fragte ich.

„Nun ja", druckste er herum. Dabei kratzte er sich verlegen am Hinterkopf. „Es war zu der Zeit der Kubakrise. Im Jahr 1962. Die Sowjetunion wollte Raketen auf Kuba stationieren. Der Ami war strikt dagegen. Kann man ja auch verstehen, wenn der

Nachbar die Flinte auf einen richtet. Na ja, der Amerikaner hat Krach gemacht und der Russe hat seinen ganzen Krempel wieder mitgenommen. Bis auf zwei Schiffe. Die waren als Handelsschiffe getarnt. Und diese zwei Schiffe machten bei uns in Kolumbien in der Hafenstadt Cartagena halt. Das hatte Emilio herausbekommen. Eines Morgens nahm er den Schlepper von der Plantage und knatterte bis nach Cartagena. Vier Tage war er weg, bis er mit dem Notstromaggregat um die Ecke kam. Ich war zuerst sauer, da er kein Wort über seinen Plan verloren hatte. Er meinte nur 'Brauchen wir'. Das war alles, was er dazu gesagt hatte. Und jetzt steht das Ding bei uns herum. Immer wenn wir mal viel Strom benötigen, machen wir es an. Unsere Anlage im Keller ist nicht mehr der neuste Schrei, dass wissen wir selbst. Aber sie funktioniert noch einwandfrei."

Emilio kam aus dem Keller. „Wo bleibt ihr zwei nur?" Er war ungeduldig.

„Antonio hat mir nur deine Leihgabe erklärt", gab ich schnell zur Antwort.

Emilio schaute einen Augenblick zum Notstromaggregat und grinste breit. So breit, dass die Mundwinkel fast die Ohren erreichten. Seine Zähne glänzten schwarzbraun in der Sonne. Oder was man noch Zähne nennen konnte. Die sahen mehr aus, als wären sie die Bergkulisse der Black Hills oder Tiroler Alpen. Dann zog er noch einmal an seiner heißgeliebten Zigarre und meinte nur: „War damals ein Mordsspaß dem Russen das schöne Stück unter den Fingernägeln wegzuklauen."

Dann nahm er noch einmal einen kräftigen Zug von dem Stumpen und ging zufrieden die Treppe runter in den Keller, wo all die schönen alten Geräte standen. Das Aggregat knatterte und die alten Computer rauchten oder war es die Zigarre von Emilio? Genau weiß ich das nicht mehr. Jedenfalls haben wir nach verrauchten drei Stunden in diesem Untergrund jemanden ausfindig machen können, der Kontakt mit Anna Elena Trova herstellen konnte. So hatte es mir wenigstens Antonio erklärt. Ich war zu dem Zeitpunkt noch einmal nach oben an die frische Luft gegangen. Der Gestank der Zigarren machte mir Kopfschmerzen und meine Lungen als passiver Raucher japsten auch nach Frischluft.

Na ja, auf jeden Fall kam Antonio nach oben und erklärte mir, dass es jemanden gab, der Zugang zu ihr hatte. Ich fragte wer es sei, aber Antonio lief schon ins Haus, um Franziska Bescheid zu geben, dass wir in der nächsten Stunde abfahrbereit sein müssten. Ich hatte gar keine Gelegenheit zu fragen, wer diese Kontaktperson sei.

Nach fünfundvierzig Minuten saßen wir in Emilios 58er Chevy. Die zwei Herren vorne und ich hinten auf der Ladefläche. Bernado blieb bei seiner

Mutter. Um mir die Reise auf meiner Sitzgelegenheit so angenehm wie möglich zu machen, schmissen sie einen Ballen Stroh darauf. Ich sollte es mir recht gemütlich machen, sagten sie. Dabei lachten sie wieder so laut und blöd, dass ich das Verlangen spürte, beiden den Hals umzudrehen. Zu dem Ballen Stroh bekam ich noch zwei Taschen mit auf die Ladefläche. Und dann ging die Reise los.

*

Wohin, das wussten nur die zwei Gauchos. Ich saß auf meinem Ballen Stroh und hatte nichts zu melden. Die Tatsache, dass die Zwei nicht ein einziges Wort über ihr Vorhaben mit mir gewechselt hatten, machte mich unsicher, nachdenklich und etwas sauer. Ich war neugierig und schaute in die Taschen. Sie waren voll mit Gewehren, einer Schrotflinte, Pistolen, Messer, Handgranaten, einen Haufen Munition und weiß der Henker noch, was die Burschen mitgenommen hatten. Ich hatte das Gefühl, die Zwei hatten für den Dritten Weltkrieg aufgerüstet. Aber die Tatsache, dass die zwei Taschen mit dem Waffenarsenal bei mir auf der Ladefläche standen, gab mir irgendwie ein sicheres Gefühl. Ich hatte den Finger am Abzug.

Nach etwa zwei Stunden Fahrt durch eine Gegend zwischen Kaffeeplantagen, Wüsten und Buschlandschaft, kamen wir in ein leeres Dorf. An einem Gebäude, das wie ein Hotel aussah, hielten wir. Emilio machte den Motor aus. Etwa fünfzig Häuser aus Holz und Lehm standen rechts und links der Straße entlang. Mein Gedanke: 'Das beste Haus am Platz kann sich sehen lassen.' Seit Jahrzehnten wohnte keiner mehr hier. Ich kam mir vor, als sei ich in einem alten Western gelandet, die ich früher im Kino gesehen hatte.

Eine seltsame Stille lag in der Luft. Nur der Wind trieb durch die Straßen und rüttelte an Türen und halb herunterhängenden Fensterläden. Ich kletterte mit meinen müden Knochen von der Ladefläche. Auch Emilio und Antonio stiegen aus. Zur Sicherheit nahm ich mir ein Gewehr aus der Tasche, kontrollierte das Magazin und schaute mich um. Außer uns war weit und breit keiner zu sehen. Wir waren hier mitten in der Pampa und keiner wusste, was uns erwartete. Mit dem Gewehr in der Hand fragte ich meine zwei Freunde, auf was oder wen wir hier warten würden.

„Auf eine gewisse Person," bekam ich zur Antwort.

'Na toll,' dachte ich mir. 'Damit kann ich auch nichts anfangen.'

Wir schauten uns noch einmal um und gingen anschließend in das Hotel. Im Gastraum, der zugleich auch Eingangshalle war, setzten wir uns an einen der Tische. Irgendetwas schien mir aber nicht richtig zu sein. Das Dorf war seit langer Zeit nicht mehr bewohnt. So schien es. Aber in diesem Hotel, obwohl keine Menschenseele zu sehen war, lag kein Staub auf den Möbeln. Ein Duft lag in der Luft. Nicht viel, nur ein kleiner Hauch. Irgendwann und irgendwo hatte ich diesen Geruch schon einmal in meiner Nase. Aber wo? Und in welchem Zusammenhang? Mein Kopf lief auf Hochtouren. Wo hatte ich diesen Geruch schon einmal vernommen?

Zehn Minuten dauerte es, dann war das Rätsel gelöst. Einer der Zimmertüren öffnete sich. Ich war schon ganz gespannt, wer sich hier wohl niedergelassen hatte. Und dann verschlug es mir den Atem. Veronica Mattis stolzierte die Freitreppe herunter, dicht gefolgt von einer Person, die ich nicht richtig wahrnehmen konnte, da ich nur die Eine anschaute.

Da stand sie vor mir, Veronica Mattis. Die Frau, die ich zuletzt in Afrika gesehen hatte. Ich öffnete meine Arme. „Darf ich?", fragte ich sie aus Höflichkeit. Sie fiel mir um den Hals und drückte mich so fest, dass meine Seele vor Freude Luftsprünge machte.

Jetzt wusste ich auch, woher ich den Duft kannte. Es war ihr Parfüm. Ich weiß bis heute noch nicht, wie die Frauen es hier in der Wildnis machen, immer gut zu riechen. Wir hielten uns eine ganze

Weile fest in den Armen und es war uns ganz egal, was der Rest der Welt davon halten würde.

„Ich dachte du wärst in Somalia", flüsterte ich ihr ins Ohr.

„Ich habe die Sache mit Nick gehört. Daraufhin habe ich meine Sachen gepackt und bin schnell hierher."

Ich hielt sie so fest wie ich konnte. Ich wollte sie nie mehr loslassen. Irgendwann vernahmen wir ein Räuspern. Gut, die anderen standen ja auch blöd drumherum und es war ihnen sichtlich peinlich. Erst jetzt konnte ich die Person wahrnehmen, die die ganze Zeit neben uns stand.

„Darf ich dir vorstellen, Anna Elena Trova, ehemalige russische Agentin." Veronica zeigte mit der flachen Hand, als würde sie ein Tablett halten, auf die Frau, die keine drei Schritte von mir entfernt war.

Ein Schauer lief mir über den Rücken. Ich stand der Person gegenüber, die jahrzehntelang der Feind war. Mein Feind. Ich nannte sie die Bestie. Aber vor mir stand eine reife, aber dennoch attraktive Frau. Ich stand da wie versteinert, wusste nicht, was ich sagen sollte. Meine Gefühle fuhren Achterbahn. Sie kam auf mich zu und gab mir ihre Hand. Ich zögerte einen Moment. Sie lächelte mich an und gab mir das Gefühl, dass sie es ehrlich meinte. Aber dennoch hatte ich Angst.

Ich hatte richtig Angst. Meine Zweifel wuchsen von Sekunde zu Sekunde. Wenn dies eine Falle war? Veronica nahm mir die Angst. Oder sie versuchte es wenigstens. Sie legte ihre Hand auf meine Schulter und sprach ganz leise.

„Sie gehört zu uns."

„Und wie lange schon?", wollte ich unverblümt wissen.

„Schon viele Jahre", bekam ich zur Antwort.

„Und wieso weiß ich da nichts von?", fragte ich leicht empört.

Veronica zog die Augenbrauen hoch, wackelte ein wenig mit dem Kopf und meinte: „Ihr Männer müsst nicht immer alles wissen."

Dann ging sie weg oder vielmehr schwebte wie eine Hollywood Diva davon. Eine Hand in der Luft und die andere an ihre Hüften gelegt, die sie auch bei jedem Schritt betonte.

Ich stand da wie Pöttchen Doof. Dann rief ich ihr nach: „DAS MUSS MAN MIR DOCH SAGEN!!!"

Ohne sich umzudrehen, winkte sie mir noch einmal zu und verschwand in einem der Zimmer.

Antonio und Emilio saßen auf ihren Stühlen, sprachen irgendetwas auf Spanisch und lachten sich kaputt. Ich hatte das Gefühl, ich stände ganz allein Anna Elena Trova auf unserem Globus gegenüber. Vor mir lauerte die schwarze Witwe, die nur darauf wartete, mich zu beißen und dann ihr Gift einzuträpfeln.

Anna streckte mir immer noch ihre Hand entgegen. Ich musste mich richtig überwinden ihr meine zu geben. Bevor sie sich berührten, durchbrach die Stimme von Veronica die Spannung. „Essen ist fertig!", kam es aus der Küche. Emilio und Antonio sprangen auf und liefen mit schnellen Schritten zu Veronica. 'Knallköppe' dachte ich nur.

Ich schaute Anna Elena Trova in die Augen. „Ich war in Manchester und habe die Leichen an der Decke und im Keller gesehen. Das war dein Werk. Und jetzt bin ich hier und muss mit der Person zusammenarbeiten, die das Massaker vollbracht hat. Mir fällt es etwas schwer, dir zu vertrauen."

Anna nahm ihre Hand zurück. „Es ist in der Zeit auf beiden Seiten viel Blut vergossen worden. Als damals der Auftrag kam, war ich gerade fertig mit der Ausbildung vom KGB. Ich war voller Tatendrang und wollte die Welt verändern. Genau wie ihr. Wir fuhren nach Manchester, weil wir eine Geheimdienstzelle vom MI6 vermuteten. Oder wie die Engländer sagten 'Military Intelligence, Section 6'. Am Abend davor checkten wir in einer der Hotels ein. Und dann passierte es. Ich rutschte auf den nassen Fliesen im Badezimmer aus und verstauchte mir den Fuß. Ich konnte bei der

Mission nicht mitmachen. Meine Genossen waren darüber nicht erfreut und hingen mir die Tat an. Und noch so andere, die ich allein gar nicht hätte ausüben können. Aber der Makel blieb an mir haften. Und als die Wende kam und 1991 der KGB aufgelöst wurde, wechselte ich die Seiten. Ich lernte Veronica Mattis Mitte der neunziger Jahre kennen. Wir freundeten uns an und arbeiten seitdem eng miteinander zusammen. Wir waren viele Jahre in Somalia. Durch meine Herkunft musste dies geheim bleiben. Und jetzt bin ich hier, um deinen Freund Nick Baker zu finden. Veronica hatte die Idee mich mitzunehmen. So, und jetzt habe ich Hunger."

Anna schaute mich noch kurz an, drehte sich um und verschwand in der Küche. Ich ging einen Moment vor die Tür und dachte nochmals über alles nach, was mir die Dame aus Russland gerade eben gebeichtet hatte.

„Kommst du jetzt zum Essen?", hörte ich Veronica mit einem Befehlston.

„Ja Mutti, ich komme," gab ich schnell zur Antwort, bevor mir das Porzellan entgegenfliegen würde.

In der Küche gab es nur noch einen Platz am Tisch, genau zwischen Veronica und Anna Elena Trova. 'Na das kann ja heiter werden', dachte ich und nahm Platz zwischen den zwei Damen.

Es lag noch immer Spannung in der Luft. Aber umso länger wir zusammensaßen und miteinander redeten, desto angenehmer wurde die Atmosphäre. So manche Anekdoten wurden in dieser Runde ausgetauscht, die ich hier gar nicht erzählen kann. Aber eins wurde mir klar, die Geschichten, die über Anna Elena Trova erzählt wurden, stimmten gar nicht oder nur zum Teil. Sicher, sie war kein Engel und sie hatte auch den einen oder anderen auf dem Gewissen. Aber die, die in dieser, ich will es mal so sagen, in dieser Branche arbeiten, müssen damit rechnen zu töten oder getötet zu werden. Anna hatte bestimmt ihre Gründe, jemanden in die ewigen Jagdgründe zu schicken. Aber wenn ich mein Leben Revue passieren lasse, sind auch dort Menschen, die ihr Leben gelassen haben. Sei es aus Notwehr oder aus dem Affekt.

Irgendwann fragte ich Veronica, wie es Jan Jansen ging. Jan war ein alter Schulfreund. Ich hatte ihn zuletzt in Afrika gesehen. Er hatte mal einen Helikopter im Garten stehen. Bei einem Einsatz haben paramilitärische Gruppen sein ganzes Anwesen inklusive seines heißgeliebten Helikopters in Brand und Asche gelegt.

Jan besaß ein paar Kilometer weiter auf einem Flughafen einen eigenen Hangar, wo er, wenn er mal Zeit hatte, an irgendwelchen Fluggeräten herum schraubte. Ich war ein-, zweimal dort. Und in dieser Zeit hatte er sich Veronica unter den Nagel gerissen.

Veronica hatte die Frage nicht verstanden, da sie mit Emilio im Gespräch vertieft war. Ich fragte sie ein zweites Mal, wie es Jan ginge.

„Ach Jan", sagte sie etwas verlegen. Dabei kratzte sie sich am Hinterkopf. „Jan ist auf dem Weg hierher. Hab ich dir das nicht gesagt?"

Ich war der Verzweiflung nahe. „Du erzählst mir nie etwas."

Sie zog mal wieder ihre Augenbrauen hoch, als wollte sie mir sagen, dass es mich zwar etwas angehe, aber sie keine Lust hatte mir alles zu beichten. Aber meine Neugier wurde geweckt.

„Wieso kommt er hierher?", fragte ich Veronica, die jetzt mit Antonio ein Gespräch anfing. Das war mir zu blöd. Ich knallte mit der flachen Hand auf den Tisch, dass es nur so knallte.

„Wieso kommt Jan hierher?", fragte ich ein zweites Mal, aber jetzt etwas energischer.

Die ganze Gesellschaft zuckte zusammen. Dann war es totenstill.

„Wieso kommt Jan hierher?" Ich ließ nicht locker.

„Weil wir der Meinung waren, dass wir ihn und sein Flugzeug hier gut gebrauchen können", kam es etwas genervt aus Veronica heraus. „Aber Jan hatte etwas Schwierigkeiten sein Fluggerät durch den Zoll zu bekommen. Erst als wir die Regierung von Kolumbien informierten, konnte er seinen Flieger mitnehmen. Er hatte in Kuba zwischenlanden müssen. Er sollte ein paar Zigarren mitbringen."

„Für ein paar Zigarren wird kein Flugzeug festgehalten. Auch nicht in Kolumbien", erklärte ich ihr.

„Aber einhundert Kilo gedrehter Tabak war zu viel für eine Person, dass meinte der Zoll von Kolumbien", entgegnete mir die kleine Französin.

„Wer zum Kuckuck benötigt hundert Kilo Zigarren?", fragte ich mehr spöttisch als überrascht.

Emilios Finger hob sich langsam in die Höhe. Dabei grinste er wieder so breit, dass ich Angst hatte, seine Stumpen von Zähnen würden herausfallen.

Aus Verzweiflung hielt ich meine Hand an der Stirn und schüttelte langsam den Kopf. „Da macht einer einen Abstecher von geschlagenen anderthalbtausend Kilometern, nur um echte kolumbianische Zigarren einzukaufen. Das ist ja nicht so, als wenn jemand mit dem Auto zwei Straßen weiterfährt, nur um eine Packung Zigaretten zu holen. Hier flog einer mit seinem

Flieger quer durch die Karibik um einhundert Kilo Tabak einzuramschen. Soll verstehen wer will."

Emilio zuckte nur mit den Schultern, schaute dabei Antonio an, sabbelte irgendetwas auf Spanisch und lachte sich kaputt.

Nach dem Essen musste ich erst mal raus. Mein bester Freund war tot, was mein Verstand sowieso nicht verstehen konnte und die ganze Mischpoke, die mir an der Backe hing, hatte nichts Besseres zu tun, als auf ein Flugzeug zu warten, das irgendwo in der Karibik herumflog, nur damit er in Kuba auf irgendeinem Basar Unmengen Zigarren ergattern konnte. Ich konnte mir nicht vorstellen, dass Emilio die hundert Kilo selbst verrauchte. Obwohl, wenn ich seine Zahnreihe so anschaute, war das vielleicht auch nicht unmöglich. Egal, ich musste erst mal raus und frische Luft schnappen.

Ich ging einige Schritte die Straße entlang und schaute mir die Häuser der verlassenen Stadt oder vielmehr dem Dorf an. Ich hörte Schritte, drehte mich um und sah Veronica auf mich zukommen. Wir gingen ein paar Schritte zusammen. Vorsichtig nahm sie meine Hand, was ich persönlich sehr angenehm empfand. Wir gingen die Straße entlang als wären wir ein altes Ehepaar. Ich fragte sie, was Jan wohl dazu sagen würde.

„Wir sind schon lange nicht mehr zusammen," entgegnete sie.

„Was ist geschehen?", fragte ich sie vorsichtig. Ich wollte ihre Gefühle nicht verletzten. Dennoch war ich neugierig, aus welchen Gründen sie mit Jan Schluss gemacht hatte.

„Wir waren zu verschieden", versuchte sie es mir schonend beizubringen. „Jan schraubte nur noch an seinem Flugzeug herum und ich hatte genug in Somalia zu tun. Wir hatten keine Zeit mehr füreinander. Als ich die Nachricht von Nicks Verschwinden bekam, habe ich alle Hebel in Bewegung gesetzt, nur um zu dir zu kommen. Ich konnte Jan überzeugen, dass sein Flugzeug von äußerster Wichtigkeit sei. Also flog Jan von Afrika aus quer über den Atlantik nach Kolumbien, nur um dir zu helfen. Emilio kam auf die glorreiche Idee, dass Jan kubanische Zigarren organisieren sollte, um sie als Tauschmittel für gute Informationen benutzen zu können, denn diese sind in Kolumbien sehr begehrt."

Jetzt ging mir ein Licht auf, warum Emilio eine Wagenladung davon brauchte. So ein gerissener Hund, kam es mir in den Sinn.

„Die Hälfte verraucht der alte Gauner doch selbst. Das ist mal sicher."

Veronica nahm meine Hände, schaute mir tief in die Augen und sprach mit leiser Stimme: „Du musst vertrauen. Emilio, Antonio und Bernado sind Männer, mit denen ich schon sehr lange zusammenarbeite. Alles was sie machten, führte schlussendlich zum Erfolg. Sie arbeiten manchmal mit skurrilen Methoden, aber ihr Erfolg gab ihnen immer Recht. Zum Beispiel die Computeranlage in ihrem Keller unter dem Schuppen, die funktioniert zwar irgendwie, aber in Wahrheit ist das nur eine Ablenkungsmethode, um den Gegner in die Irre zu führen. Sie senden wahllos Funksprüche in die Atmosphäre. Dafür benötigen sie viel Strom, den sie aus einem leistungsstarken Notstromaggregat gewinnen. Die anderen hören mit und werden jedes Mal auf eine falsche Fährte gesetzt. Die Drei hatten immer viel Spaß, wenn sie jemanden austricksen konnten."

Veronica war eine Frau, die nicht lange um den heißen Brei redete. Sie hakte sich in meinen Arm ein und führte mich aus dem Dorf. Verstohlen schaute ich mich noch kurz um. Musste ja nicht jeder sehen, wie wir uns dünne machten.

Ich hatte das Gefühl, ich schwebte auf Wolke sieben. Ich weiß nicht, wie lange wir schon so Hand in Hand gegangen waren, aber irgendwann kamen wir an einen kleinen See. Er wurde von einem Bach gespeist. Ich stellte mich ans Ufer. Eine entspannte Ruhe lag in der Luft. Ich ging in die Hocke und ließ meine Hand in die Fluten eintauchen. Zu meiner Überraschung war das Wasser ganz warm.

„Es sind heiße Quellen in dem See", meinte Veronica. Dabei fing sie an sich auszuziehen.

„Komm, wir gehen schwimmen", sagte sie und tauchte in das warme Wasser ein. Splitternackt war sie, als sie abtauchte und einige Meter entfernt wieder auftauchte. Sie winkte mir zu und rief: „Komm schwimmen 'Honey'."

Mein Herz schlug mir bis zum Hals, so aufgeregt war ich. Ich bekam meine Sachen gar nicht so schnell aus, wie ich das wollte. Endlich schwamm ich so schnell ich konnte zu ihr. Sie kam mir entgegen und umarmte mich. Ihren Körper zu spüren war wie der Eingang zum Himmel. Die Schönheit dieser Frau war unbeschreiblich. Aber irgendetwas störte und war unangenehm. Ich hob meinen Fuß aus dem Wasser und musste zu meinem eigenen Erstaunen feststellen, dass ich meine Socken noch anhatte. Veronica lachte laut und schwamm davon. Ich dagegen brachte meine Socken erst mal ans Ufer, damit sie in der Sonne trocknen konnten. Wir hatten noch ein paar schöne Stunden bevor wir ins Dorf zurückgingen.

Es war schon dunkel, als wir in das ehemalige Hotel eintraten. Anna, Emilio und Antonio saßen an einem Tisch in der Eingangshalle und spielten Karten. Als wir den Raum betraten, schauten sie uns erwartungsvoll an, als würden wir uns offenbaren und alle Einzelheiten des Nachmittages haarklein erläutern. Den Gefallen taten wir ihnen nicht. Es war unser Nachmittag. Und es war unser Geheimnis, was in jenen Stunden geschah.

Emilio grinste blöde, was mir persönlich gegen den Strich ging. Ich wollte ihm noch einen passenden Satz mitgeben, aber Veronica zog leicht an meinem Ärmel. Das war das Zeichen, dass es besser wäre, in diesem Moment nichts zu sagen. Frauen benötigen nicht viele Worte, um einen Mann in die richtigen Bahnen zu lenken.

Ich wandte mich Veronica zu. „Wenn der Gringo noch einmal so blöde grinst, dann greift seine Zahnbürste morgen früh ins Leere, das verspreche ich dir."

Veronica lächelte mich an und flüsterte: „Ich glaube der hat gar keine Zahnbürste."

'Stimmt', kam es mir in den Sinn.

Veronica ging in die Küche, um das Abendessen vorzubereiten. Bei jedem Schritt, den sie vor mir ging, hatte ich Bauchkribbeln. Anna stand auf, drückte mir ihre Karten in die Hände und forderte mich auf, sie zu vertreten. Sie wollte Veronica helfen. Der Abend verlief ruhig. Selbst Emilio verkniff sich sein blödes Grinsen, was für ihn eine echte Herausforderung war.

Als ich mein Bett aufsuchen wollte, zeigte Veronica mir meine Ruhestätte. Mich erwartete ein sauberes Zimmer und ein frisch bezogenes Bett. Sie zog sich zurück und verschwand in einer der anderen Zimmer, was mich persönlich enttäuschte. Schweren Herzens ging ich ans

Fenster und schaute eine Weile in die Dunkelheit. 'Der Nachmittag war so schön', dachte ich so bei mir. 'Also erwarte nicht zu viel'. Ich legte mich ins Bett, aber ans Einschlafen war nicht zu denken. Zu viele Gedanken kreisten in meinem Kopf.

Es vergingen vielleicht noch ein oder zwei Stunden, dann öffnete sich leise die Tür. Ich machte eine Kerze mit dem Streichholz an, die auf dem Nachttisch stand. Zu meiner Überraschung sah ich Veronica nur mit einem samtseidenen Nachthemd bekleidet vor meinem Bett.

„Darf ich zu dir kommen?", fragte sie mit leiser vibrierender Stimme.

Ich weiß nicht welches Herz lauter schlug, aber eins war sicher, es lag eine Riesen-Spannung in der Luft. Ich blies das Streichholz aus und öffnete die Decke. Schwups, mit einem Satz lag sie neben mir. Ich schloss die Decke und hielt den Schatz, meinen Schatz, fest in meinen Armen.

Nach einer Weile fragte sie mich, ob ich mir ein anderes Leben vorstellen könnte. Das wir unsere Jobs an den Nagel hängen könnten um ein neues Leben zu beginnen. Ich brauchte einen Moment, rang nach den richtigen Worten. „Ich mache dir einen Vorschlag. Wir werden diesen Job zu Ende bringen. Wenn alles gut läuft und wir das Überleben, verspreche ich dir, dass ich mir über unsere Zukunft Gedanken machen werde. Aber ich will Nick wiederfinden, ihn anständig begraben und die, die ihm das angetan haben, für immer auslöschen. Bist du dabei? Bist du diejenige, die mir hilft, Nick Baker zu finden? Wenn ja, dann lass uns keine Zeit verlieren und die ganze Sache schnell hinter uns bringen."

„Ich werde an deiner Seite sein, um deinen Freund wieder zu finden. Morgen früh wird Jan mit seinem Flugzeug hier landen. Etwa fünfhundert Meter von hier ist eine Landebahn. Er hat noch mehr an Bord wie nur Zigarren, eine komplette Computeranlage, die ich hier benötige, um meine Arbeit zu tätigen."

„Hätte mich auch gewundert, wenn da nicht noch mehr hinter stecken würde, als nur eine Karre voll mit Zigarren," gab ich noch hinzu. Veronica küsste mich. Nur eins, ihr samtseidenes Nachthemd behielt sie diese Nacht nicht an.

*

Es war früh am Morgen, als ich wach wurde. Ich hatte Veronica noch im Arm. Und der war mir auch noch eingeschlafen. Vorsichtig zog ich ihn unter ihr weg, damit sie bloß nicht aufwachte, stellte mich vor das Bett und versuchte, das schlaffe Ding wieder auf Vordermann zu bringen. Allmählich bekam ich wieder Blut in meinen Arm und das große Kribbeln begann. Ich bemühte mich leise zu bleiben, was unter diesen Umständen echt schwer war. Ich wollte gerade das Zimmer verlassen, um gewisse Dinge zu erledigen, als plötzlich ein lautes Getöse von Flugzeugmotoren über unserem Haus hinweg dröhnte.

Ja, und dann war auch Veronica wach. Zuerst schaute sie mich mit verschlafenen, aber doch zufriedenen Augen an und im nächsten Moment saß sie aufrecht im Bett.

„Ach du Scheiße, Jan!", rief sie. Erst verstand ich nichts. „Jan", rief sie ein zweites Mal. „Wenn der uns so sieht! Ich habe keine Lust auf Stress."

So allmählich dämmerte es mir. „Ich hatte gedacht, du hättest dich von Jan getrennt. Oder ist da etwas, was ich wissen sollte?", fragte ich mit erhobener Stimme.

„Nein, nichts dergleichen", versicherte mir Veronica. „Ich hatte Schluss gemacht, weil er mehr mit seinem Flugzeug beschäftigt war als mit mir. Ich fühlte mich wie das fünfte Rad am Wagen. Irgendwann funktioniert eine Beziehung nicht mehr, wenn der eine nur für seine Flugzeuge lebt und der andere kaum noch beachtet wird. Ich habe mich von ihm getrennt, nicht er sich von mir. Ich hoffe, er hat es richtig verstanden."

„Ach so. Wenn Jan uns zusammen sieht, hast du Angst, dass er Stress schiebt und das ganze Unternehmen in Gefahr bringt."

„So sehe ich das", meinte sie.

„Dann zieh dir schnell etwas über. Wir wollen unseren gemeinsamen Freund doch gebührend empfangen."

Als wir in die Eingangshalle kamen, standen Emilio, Antonio und Anna ebenfalls dort. Sie wollten sich gerade auf den Weg zu Jan machen. Wir nahmen den Pickup von Emilio und den Land Rover, mit dem Anna und Veronica zuvor gekommen waren. Jan hatte sein Flugzeug gelandet und wartete auf unser Eintreffen. Als wir ankamen, begrüßten wir uns herzlich. Nur Veronica hielt sich etwas zurück. Das bemerkte auch Jan. Er fragte Veronica, ob alles in Ordnung sei. Sie wich der Frage mit einem verschmitzten Lächeln aus. Jan schaute zuerst sie fragend an und dann mich. In diesem Moment hatte ich ein echt schlechtes Gewissen. Wie sollte ich Jan nur erklären, dass Veronica nicht mehr seine Geliebte sei. Ganz zu schweigen wie die letzte Nacht verlaufen war. Anna, die die Situation richtig einschätzte, fragte Jan, um ihn abzulenken, was er alles mitgebracht hätte. Zuerst zögerte Jan, schaute mich kurz an und wandte sich Anna, Emilio und Antonio zu. Veronica schaute mich etwas hilflos an. Ich zuckte mit den Schultern und tat so, als würde alles in Ordnung sein.

Wir begannen die Maschine auszuräumen. Die Zigarren für Emilio und seine Tauschgeschäfte. Die Computeranlage für Veronica, um herauszufinden, wo Pedro Kordales sich versteckt hielt, wer Morrison sei und wo sich Nick aufhalten könnte.

Als alles verstaut war, schaute ich mir das Flugzeug genauer an. „Kann das sein, dass ich das Fluggerät schon einmal irgendwo gesehen habe?", fragte ich Jan. Er kam zu mir und verkündete stolz, dass es sich um eine 'Lockheed PV 2 Ventura' handelte, ein zweimotoriges Kampfflugzeug aus US-amerikanischer Produktion. Das Flugzeug wurde schon im Zweiten Weltkrieg als Seefernaufklärer und Bomber eingesetzt. Einige wurden später zu Schlachtflugzeugen umgebaut und taten in Angola bis in die 1970er Jahre ihren Dienst.

„Du hast das schöne Stück in meinem Hangar in Afrika gesehen, als wir die Nachricht vom Tod des Glockenmachers bekamen. Ich habe das Flugzeug von einem Händler erworben, der mit solchen Sachen auf der ganzen Welt handelt."

„Kannst du dich noch an den Namen erinnern und wie der Kerl aussah?", fragte ich neugierig.

Jan überlegte kurz. „Es mag zwei, oder waren es schon drei Jahre, genau weiß ich das nicht mehr, her sein, da machte ich mit meinem Helikopter Rundflüge auf einem Volksfest in Lucopa in Angola. Ich wollte mir etwas Geld nebenbei verdienen. Ich flog schon eine ganze Weile und zeigte den Einwohnern ihre Heimat von oben. Es war am Nachmittag, irgendwie hatte ich keine Lust mehr und wollte Schluss machen, da stiegen drei Männer ein und sagten mir, sie wollten einen extra Flug. Einer von ihnen hielt mir ein Bündel mit echten Dollarscheinen unter die Nase. Ich bin dann geflogen. Da sagt man ja auch nicht nein, wenn einem einen Haufen Geld in die Hand gedrückt wird. Na ja, jedenfalls flogen wir weiter raus, also nicht diese Touristenrunde. Etwa zweihundert Meilen südlich von Lucopa landeten wir auf einem Gutshof von so einem reichen Schnösel. Er zeigte mir seine Anwesen und dann diese 'Lockheed Ventura'. Zuerst hatte ich überhaupt nicht verstanden was dieser Mann von mir wollte, bis er mir Aufträge für Transporte nach Europa und Asien unterbreitete."

„Was waren das für Transporte?", fragte ich kurz.

„Das war alles Mögliche. Von Maschinenteilen bis zu Medikamenten. Da war alles bei. Die Lockheed wurde umgebaut, damit sie eine größere Reichweite hatte. Andere Motoren hatte sie auch bekommen. Somit war sie einhundertfünfzig Stundenkilometer schneller als mit den alten

Motoren, sonst hätte ich den Sprung ja auch nicht über den Atlantik geschafft. In der Zeit habe ich gutes Geld verdient. Aber eines Tages war der Mann verschwunden. Keiner wusste, wo er sich aufhielt, noch konnte keiner sagen, ob er wieder zurückkommen würde. Was übrig blieb war die Lockheed. Ich hab nie mehr etwas von ihm gehört. Die Maschine habe ich in meinem Hangar untergebracht. Die hast du da ja noch gesehen. Stück für Stück habe ich sie wieder aufgemöbelt. Veronica hatte dafür keinen Sinn. Irgendwann sagte sie nur 'adieu' und verließ mich. Ich bin ihr nicht böse. Muss ja auch nicht jeder so verrückt nach Flugzeugen und Helikoptern sein wie ich.

Ja, auf jeden Fall rief mich Veronica eines Tages an. Ich war zuerst erstaunt, aber auch glücklich, ihre Stimme nach langer Zeit wieder zu hören. Sie erzählte mir von den Problemen, die ihr hier in Kolumbien habt. Mir juckte es sowieso unter den Fingern, mal wieder etwas Verrücktes zu tun. Also packte ich meine Sachen, machte ein paar Besorgungen und flog fast schnurstracks hierher."

Veronica stand einige Schritte neben uns. Sie hatte wohl unser Gespräch mitbekommen. Ihr Gesichtsausdruck war entspannter als noch vor einer Stunde. Sie ging auf Jan zu, nahm ihn in den Arm und flüsterte ihm etwas ins Ohr. Zuerst stockte Jan erschrocken, dabei schaute er mich prüfend an. Dann fing er an zu lächeln und zuletzt lachte er los. Er klopfte mir auf die Schulter und meinte: „Behalte sie. Bei dir weiß ich, dass sie in guten Händen ist." Jetzt war auch ich erleichtert, dass das Thema vom Tisch war.

Im Hotel wurde ein Zimmer hergerichtet, um Veronicas Computeranlage aufzubauen. Bernado brachte mit dem Schlepper das russische Notstromaggregat von Zuhause mit. Ab jetzt hatten wir Strom und die Anlage konnte hochgefahren werden.

Emilio steckte sich vergnüglich eine Zigarre aus dem schönen Kuba an. Der Rauch war viel angenehmer als der olle Qualm von den selbstgemachten Stumpen, die er sich auf seiner Kaffeeplantage zurecht drehte.

Veronica begann ihre Arbeit umgehend. Nach fünfzehn Minuten hatte sie schon erste Ergebnisse. Ich weiß bis heute noch nicht, wie sie mit dieser Technik zurande kam, aber es war ihr Job und den beherrschte sie aus dem Effeff.

Sie kam mit einem Bild zu uns. „Weiß jemand, wer das ist?"

Wir schauten uns das Bild genauer an.

„Das ist Morrison", klärte sie uns auf. „Er ist in Nicaragua und Guatemala tätig."

Jan rief: „Das ist der Mann, der mir die Transportaufträge und das Flugzeug vermacht hat!"

Veronica zeigte ein zweites Bild. „Das ist Pedro Kordales, auch der Hexer genannt."

„Dann wissen wir wonach wir suchen müssen", sagte ich und wandte mich Jan zu. „Wie schnell kannst du dein Flugzeug klar machen?"

„Ich denke mal in einer Stunde. Dann hab ich den Vogel durchgecheckt und bin abflugbereit. Warum?"

„Weil ich einen Rundflug bei dir buchen möchte", gab ich zur Antwort.

„Das ist nicht billig", scherzte Jan.

„Sabble nicht, seh zu, dass wir gleich loskommen. Ich will das Gebiet über Nicaragua und Guatemala abfliegen."

„Das ist aber ein ganz schön großes Gebiet, was du dir da vorgenommen hast", stellte Jan fest.

„Ich hab da so eine Idee, wo wir suchen könnten."

Jan zögerte nicht lange und fuhr zu seinem Flugzeug. Nur knapp eine Minute später, ich war ein paar Sachen packen, gab es einen lauten Knall. Ich rannte nach draußen und sah eine riesige schwarze Rauchsäule in den Himmel steigen.

Der erste Gedanke, 'das Flugzeug ist explodiert', der zweite, 'was war mit Jan geschehen?'

Ich wollte mit dem Land Rover losfahren. Die anderen stürzten ebenfalls heraus, um nachzusehen, was geschehen war. Bevor ich den Wagen anlassen konnte, sah ich fünf oder sechs Militärfahrzeuge die Straße hochkommen. Direkt auf uns zu. Ich sprang aus dem Wagen und schrie meinen Kumpanen zu, dass sie verschwinden sollten. Ich schaffte es gerade noch bis in die Eingangshalle des Hotels zu sprinten. Dann begann der Zauber.

Ein Kugelhagel traf das Gebäude mit voller Wucht. Überall flogen Splitter und Geschosse durch die Luft. Die anderen hatten es geschafft, sich in die hinteren Zimmer zu verschanzen. Oder wohin auch immer. Ich schrie nur: „Veronica!!!" Aber ich bekam keine Antwort. Voller Angst, dass ihr etwas zugestoßen sei, schaffte ich es bis in die Küche zu robben. Ich schrie ein zweites und ein drittes Mal. Aber keine Antwort. Auch von meinen Kollegen war nichts zu hören.

Dann hörte ich Schüsse aus einer anderen Richtung. Hatten diese Kerle uns umstellt? Zu diesem Zeitpunkt wusste ich weder wer uns überfallen hatte, noch wusste ich wo die Bande sich genau aufhielt. Eines war klar, ich musste zu einer der Taschen mit den Waffen. Und zwar schnell. Wenn ich nicht schleunigst ein Schießeisen in meine Finger bekam, sähe es ganz schlecht für mich aus.

Ich versuchte in einer der Zimmer im oberen Stockwerk zu gelangen, dort standen die Taschen. Dafür musste ich aber über die Freitreppe und die lag unter Beschuss. Ich war in einer Zwickmühle. Ich wartete einen Moment, dann rannte ich aus der Küche die Treppe hinauf. Ein Geschoss verabreichte mir einen Streifschuss am linken Bein. Hölle, tat das weh.

Ich hatte es wirklich geschafft in die oberen Räume zu gelangen, ohne dass die mich wie ein Sieb durchlöcherten. Die Taschen standen in einer Ecke. Doch eine war leer. In der anderen fand ich nur eine Pistole und etwas Munition. „Wo sind die ganzen Knarren?", schrie ich mehr aus Verzweiflung als aus Wut. Dann nahm ich die Pistole und die Munition.

Vorsichtig schaute ich aus dem Fenster, um mir einen Überblick zu verschaffen. Von hier konnte ich nichts erkennen. Also kroch ich über den Flur ins nächste Zimmer. Jetzt konnte ich die Straße einsehen. Ich sah, wie fünf Männer in das Haus stürmten, aus dem gerade eben geschossen wurde. Von den fünf kam nur einer wieder heraus. Ziemlich mitgenommen und schwer verletzt kroch er durch die Tür. Was mit dem Rest geschehen war, wusste ich nicht und auch nicht, wer sich in dem gegenüberliegenden Haus befand.

Ich schaute vorsichtig durch die Gardinen und musste mit Schreck feststellen, dass der Kerl, der versuchte zu flüchten, mit einer Eisenstange, die am Ende einen Haken hatte, zurück in das Haus gezogen wurde. Der Mann schrie und wehrte sich aus Leibeskräften. Dann fielen zwei Schüsse und er bewegte sich nicht mehr. Sein Leichnam verschwand im Haus. Nur eine Blutspur auf dem Holzboden vor der Tür blieb.

Die Schüsse im Dorf wurden weniger. Nur noch einzelne Salven waren zu hören. Als ich versuchte mich aus dem Zimmer zu schleichen, sah ich eine Gestalt in einen anderen Raum huschen. Nur mit einer Pistole bewaffnet, hatte ich das Gefühl der Ohnmacht. Wenn das einer von denen war, die mit Schnellfeuergewehren um sich schossen, dann stand ich ziemlich allein da.

Ich zog meine Jacke aus und stülpte sie über einen Besen, der in der Ecke stand. Jetzt musste ich nur noch wissen, ob es einer von unseren Leuten war oder einer von denen, die uns seit geraumer Zeit das Leben schwer machten.

Ich rief: „Wer ist da?"

Keine Antwort. Ich warf meine Jacke mit dem Besen in den Raum. Sofort eröffnete jemand das Feuer. In dem Moment, als die Schüsse aufhörten, sprang ich durch die Tür ins Zimmer und erschoss einen der Männer, die uns überfallen hatten. Ein zweiter schaute gerade aus dem Fenster, um eine gute Schussposition zu bekommen. Erschrocken versuchte er, sein Gewehr auf mich zu richten. Ich schoss ihm in die Schulter und trat ihn mit voller Wucht an den Kopf, so dass er das Bewusstsein verlor.

Ich nahm die Gewehre und die Munition von den beiden Guerillakämpfern an mich, stellte mich etwas abseits ans Fenster und lauschte, ob irgendwelche Geräusche von draußen zu hören waren. Dann vernahm ich die Stimme von Antonio.

„Emilio, bist du okay?"

Dieser rief: „Hab mich noch nie besser gefühlt."

Und dann hörte ich sein blödes Lachen, was in diesem Augenblick wie Musik in meinen Ohren klang.

Ich rief nach Veronica. Sie meldete sich mit einem „Alles in Ordnung bei mir." Ich wusste nicht, was richtig geschehen war, aber die Stimme von ihr zu hören war, als würden Engel singen. Ich rief auch nach Anna, erhielt aber keine Antwort. Nur ein Schuss aus dem Haus gegenüber. Ich rief noch einmal: „Anna, bist du okay?"

Es dauerte eine halbe Minute, was für mich wie eine Ewigkeit erschien, dann hörte ich auch ihre Stimme. „Hatte noch etwas zu erledigen. Aber mir geht's gut." Auch Bernado gab ein okay. Und dann kam der Hammer.

Ich konnte eine Stimme vernehmen, die mir sehr bekannt war. „Was war das denn für eine Schweinerei! Welche Drecksau hat versucht mein Flugzeug in die Luft zu sprengen? Robert!!!"

Als ich aus dem Fenster blickte, sah ich Jan Jansen mitten auf der Straße stehen, mit einer Schrotflinte in der Hand herum gestikulieren.

„Kann es sein, dass jedes Mal, wenn ich in deiner Nähe bin, irgend so ein Vollhorn meint, mein Eigentum in Brand und Asche zu legen? Das hat ja schon bald Tradition, dass irgendwer meine Sachen nicht gut findet, bloß weil ich gerade mal zwei Tage mit dir zusammen bin. Eins sag ich dir, wenn das so weiter geht, bin ich bald mittellos. Und du bist schuld. Ja das bist du."

„Hat dein Flugzeug irgendwelchen Schaden bekommen?", fragte ich leicht besorgt.

„Nee, nur der Wagen mit dem Kraftstoff für das Flugzeug ist jetzt schrottreif. Ich sah die Burschen herankommen, da hab ich einen großen Flitzer gemacht und mich hinter einem Felsen versteckt. Dafür haben die Knallköpfe den Wagen hochgehen lassen. Da ist nichts mehr von übrig."

Ich war so froh Jan wieder zu sehen. Und da war noch jemand sehr glücklich. Veronica kam aus einem der Häuser auf die Straße gerannt, umarmte und küsste Jan aus ganzer Leidenschaft.

„Hey!!!", rief ich Jan zu. „Das ist mein Mädchen."

Doch die beiden umarmten sich und winkten mir abfällig zu. Ich war fassungslos. Ich ging nach unten zur Eingangstür und schaute mir das Schauspiel von Nahem an. Da standen die beiden immer noch herum und knutschten.

„Hey, du mit dem unrasierten Gesicht, wenn dir das noch nicht aufgefallen ist, die Kleine, die du da gerade in deinen Armen hältst, ist eigentlich mein Mädchen." Ich lehnte mich am Türrahmen und wartete auf eine Reaktion von diesem Casanova. Als die beiden wieder zur Besinnung kamen und man sie wieder ansprechen konnte, sagte er nur: „Du kannst sie ja wieder kriegen, aber wir brauchten das kurz."

„Kein Ding. Ich schenke sie dir." Dabei konnte ich mir aber ein Lächeln nicht verkneifen.

Veronica schaute mich entsetzt an, kam zu mir gelaufen und trommelte mit beiden Fäusten auf meinen Brustkorb. „Du Schuft", rief sie. „Du würdest mich an so einen Grobian verkaufen?"

„Nein," sagte ich. „Ich würde dich nicht verkaufen. Ich würde dich verschenken. So eine wie du, die sich um den Hals eines Piloten hängt, so eine wird nur verschenkt."

Das war das Stichwort.

„Wer bringt mich denn immer in solche Situationen, wo ich meinen Krempel verlieren könnte? Das bist ja wohl du." Jan zeigte mit dem Finger auf mich.

„Egal", rief ich. „Du hast das schöne Stück ja noch. Lasst uns erst mal schauen, wer uns diese Sauerei beschert hat. Vielleicht können wir ja etwas herausbekommen, was uns weiterhelfen kann."

Die anderen hatten sich alle auf der Straße eingefunden.

„Seid ihr alle okay?", fragte ich leicht besorgt.

„Bis auf das mir einer die Zigarre aus der Schnauze geschossen hat, sind wir alle okay. Glaube ich zumindest." Emilio fing an zu lachen. Oder vielmehr wie ein Huhn zu gackern.

Ich schüttelte aus Verzweiflung nur mit dem Kopf und nahm mir ein Schnellfeuergewehr von einem der Angreifer, die tot auf der Straße lagen. Es waren zehn. Zehn, die ihr Leben auf der Straße verloren. Und alle hatten einen Skorpion am Unterarm.

„Kannst du dich noch daran erinnern", fragte ich Jan. „das Nick uns in Afrika erzählte, dass er hier in Kolumbien mit einem Rauschgiftring zu tun hatte, die alle eine Tätowierung am Unterarm hatten?"

Jan überlegte kurz. „Ja genau. Er hat uns das damals in meiner Küche erzählt. Ich erinnere mich genau."

„Korrekt", sagte ich. „So wie es aussieht, haben wir es mit der gleichen Bande zu tun. Wir müssen auf der Hut sein. Das sind keine Anfänger. Die wissen genau was sie tun."

„Anscheinend nicht", konterte Anna. „Sonst wären sie ja noch am Leben." Eins zu null für Anna.

Wir liefen von Haus zu Haus und zählten die Toten. Sieben bis jetzt. Dann kamen wir in das Haus, in das jemand mit der Stange hereingezogen wurde. Fünf Männer sind in dieses Haus gestürmt. Sie ahnten nicht was sie erwartete. Denn wenn sie es geahnt hätten, wären sie nicht blindlings hineingerannt.

Es war Anna Elena Trova, die auf sie wartete. Es war die BESTIE, die fünf erfahrende Soldaten in den Tod schickte.

Als wir das Haus betraten, bekamen wir ein Bild des Grauens zu sehen. Ich brauchte einen Moment, um zu verstehen, was eigentlich vorgefallen war. Anna blieb draußen. Sie wusste ja, was geschehen war. Ich ging langsam durch die Räume. Hier lagen sie. Enthauptet, zerstückelt oder mit einem Schürhaken erschlagen. Bei einem wurde die Kehle herausgerissen, andere nur erschossen. Dieses konnte unmöglich eine Person allein vollbracht haben.

„Wer war noch bei Anna?", fragte ich in die Runde.

Alle behaupteten woanders gewesen zu sein. Dann kam Veronica auf mich zu. „Ich war es. Ich war bei Anna. Sie hat mir ein wenig geholfen."

Ich war geschockt. Oder vielmehr irritiert. Ich konnte mir nicht vorstellen, nein, ich konnte es nicht glauben, dass mein Mädchen, Veronica Mattis, zu so etwas in der Lage war. Veronica kannte ich schon sehr lange. Sie war immer die Frau im Hintergrund. Sie war diejenige, die in der Schaltzentrale saß, um den Männern an der Front die Informationen zukommen zulassen, die sie benötigten, um die einzelnen Kampfhandlungen und militärischen Operationen durchzuführen. In meinen Augen war Veronica immer das liebe Mädchen am Computer, das keinem etwas antun könnte. Jetzt musste ich mit Schreck feststellen, dass es noch eine andere Seite von ihr gab. Sie merkte wohl meine Unsicherheit.

„Robert", sagt sie. Dabei hielt sie ein Schnellfeuergewehr in ihren Händen. „Ich war vier Jahre in Somalia. Da lernt man mit solchen Situationen umzugehen. Und glaub mal, das waren nicht die Ersten, die Anna und ich ins Jenseits geschickt haben. Und das werden auch nicht die Letzten sein, die einen Passierschein in die ewigen Jagdgründe von uns bekommen. Bei diesen Brüdern musst du vollen Einsatz zeigen und sonst bist du derjenige, der den Abgang macht."

Ich brauchte einen Moment, um diese neue Vorstellung von ihr zu verdauen. Das war für mich eine große Überraschung.

Etwas ratlos schaute ich Jan an. „Wusstest du davon?"

Jan kratzte sich etwas verlegen am Hinterkopf. „Ich würde vorschlagen, du lernst die Frauen erst mal richtig verstehen."

Mit großen Augen schaute ich ihn an. „Das wäre ja so, als würde man versuchen mit der Leiter auf den Mond zu gelangen. Unmöglich."

"Wenn ihr endlich mit euren Frauengeschichten fertig seid, könnten wir uns vielleicht auf das Wesentliche konzentrieren", sagte Emilio und steckte sich dabei eine neue Zigarre an. Nur dieses Mal lachte er nicht.

„Emilio hat recht. Lasst uns unsere Arbeit machen", sagte Veronica mit strengem Ton. Dann nahm sie meine Hand und flüsterte mir ins Ohr: „Wir reden Zuhause darüber."

'Welches Zuhause?', fragte ich mich. Ich wusste nicht einmal wo Veronica ihr Zuhause hatte. Und mein Zuhause war zur Zeit Kolumbien. Frauen verstehen, das geht doch gar nicht. Egal, sie wird es mir schon irgendwo erklären.

Wir nahmen zwei Geländewagen, die von den Guerillakämpfern zurückgelassen wurden und fuhren zu unserem Flugzeug. Was ein Glück, das schöne Stück war noch unversehrt. Nur der Land Rover von Anna und Veronica war völlig ausgebrannt.

"Warum haben sie nicht auch das Flugzeug angesteckt?", fragte ich Jan.

„Weil ich die Brüder mit meiner Schrotflinte in Schach gehalten habe. Die Gringos hatten ja vor, es in Brand zu legen, aber so eine Schrotladung kann den einen oder anderen Übeltäter schon mal in die Flucht schlagen." Jan grinste und freute sich. Nur mir war die ganze Sache nicht geheuer.

„Die werden wiederkommen. Das ist sicher", meinte ich.

„Wir könnten ja mal eine Runde mit dem Flugzeug drehen und uns einen Überblick verschaffen", meinte Bernado, der die ganze Zeit noch keinen Ton herausgebracht hatte.

„Ja genau", sagte Antonio. „Vielleicht laufen die Burschen hier noch irgendwo herum oder sie fahren in ihr Camp zurück. Wenn wir niedrig genug fliegen, könnten wir ihre Spur verfolgen und bleiben unter dem Radar."

Wir Männer starteten durch. Nur die zwei Frauen blieben zurück. Sie wollten Homeoffice machen. Was auch immer die beiden damit meinten.

Egal. Wir hatten unseren Spaß. Und das war auch gut so. Nur Emilio musste das Rauchen einstellen. Das wiederum fand er nicht so lustig. Er hatte aber akzeptiert, dass wir in einem Flugzeug saßen und nicht in einem Kamin.

Wir flogen Richtung Norden. Eine Spur war klar zu erkennen und wir hofften, es sei die Richtige.

Nach einer halben Stunde sahen wir ein Militärcamp. Bingo. Da war das Nest. Wir überflogen das Camp, um sicher zu gehen, dass es sich um das Richtige handelte. Die hatten sogar eine weiße Fahne gehisst, auf der ein schwarzer Skorpion abgebildet war. Emilio meinte nur, dass es besser für sie gewesen wäre, wenn sie diese weglassen und nur eine weiße Fahne hingehängt hätten. Dann ging er in den Geschützturm, steckte sich vergnüglich eine Zigarre an und ballerte mit den beiden Gatling-Maschinengewehren was das Zeug hielt, in das Lager hinein. Im Nu war dort ein heilloses Durcheinander.

Jan drehte eine Schleife und flog noch einmal über das Lager. Wir wurden beschossen. Das war uns bewusst, aber wir hatten eine gute Bodenpanzerung. Daher waren wir ziemlich sicher. Bis zu dem Augenblick, als uns jemand eine Leuchtkugel in das rechte Triebwerk schoss. Ich meine, mit so einer Pistole für eine Leuchtkugel kann man überhaupt nicht zielen, geschweige denn bewusst treffen. So ein Treffen war nur Glücksache für den Schützen. Eher würde man zweimal hintereinander sechs Richtige im Lotto gewinnen, als mit so einem Ding das Triebwerk im Flug zu erwischen. Und für uns war es Pech.

Die Party war zu Ende. Jan fluchte wie ein Rohrspatz, und zwar das ganze Alphabet hoch und runter. Angefangen von Arschlöcher bis Ziegendreck. Was er noch für Vokabeln benutzte, möchte ich hier gar nicht schildern. Aber ich glaube, er hatte keinen Buchstaben aAsgelassen. Dazwischen rief er immer nur: „Mayday, Mayday".

Da das Flugzeug zwei Triebwerke hatte, hätten wir im Normalfall weiterfliegen können. Aber durch die eingeschlagene Leuchtkugel gab es eine lichterlohe Explosion. Es dauerte auch nicht lange und der ganze rechte Flügel stand in Flammen, inklusive dem Treibstoff in den Flügeltanks.

Es nutze nichts. Wir mussten runter und die brennende Kiste landen. Erschwerend kam noch hinzu, dass sich das rechte Fahrwerk nicht mehr ausfahren ließ. Ich sag immer, es gibt Tage, da kannst du besser im Bett bleiben.

Jan versuchte, das Ding auf dem Rumpf zu landen. Kurzum, wir machten eine Bruchlandung vom Allerfeinsten. Ich hatte noch schlechte Erfahrungen vom letzten Mal in Afrika. Da sind

Nick und ich auch mit einem Flugzeug abgeschmiert. Der Pilot hatte eine Menge Alkohol im Blut. Hier wusste ich, dass Jan nicht betrunken war. Und zudem war er ein erfahrener Kampfpilot. Also standen die Chancen gar nicht so schlecht hier wieder heil herauszukommen.

Ich hörte Antonio auf einer der Rücksitze seinen Bruder Emilio anschreien, er solle doch endlich seine Zigarre ausmachen. Er dagegen saß noch immer im Geschützturm und lies die eine oder andere Salve aus dem Gatling Maschinengewehr in Richtung Lager fliegen. Und das Schlimmste war, er lachte und zog genüsslich an seiner Zigarre.

Wir hielten uns alle irgendwo fest. Jan stellte die Motoren ab. Kurz vor dem Aufschlag gab es eine gespenstische Stille. Nur die Windgeräusche waren zu hören. Und dann klatschten wir auf.

Das Flugzeug grub sich mit der rechten Seite zuerst in den Sand, fing sich an zu drehen und rutschte noch einige Zeit seitwärts auf dem sandigen Boden. Durch die Panzerung im Rumpf war die Maschine so stabil, dass sie nicht auseinanderbrach. Das war unser Glück. Dann wurde es still um uns. Nur die Flammen waren zu hören. Wir mussten uns beeilen, denn sie erreichten schnell das Innere der Maschine.

Ich ließ den zwei älteren Herren und Bernado den Vortritt. In der Zwischenzeit raffte ich noch ein paar Gewehre und Munition zusammen und sprang nach Bernado ins Freie. Jan kletterte aus dem Seitenfenster in die Freiheit. Wir rannten ein paar Meter. Weg vom Flugzeug. Weg von dem Feuer. Eine große Explosion zerriss Jans Traum. Wir sortierten unsere Knochen und fragten einen nach dem anderen, ob es ihm gut ginge.

Es dauerte nicht lange und eine Anzahl von Militärwagen steuerte auf uns zu. Ich verteilte die Waffen schnell an meine Mitstreiter. Wir schossen was die Gewehre hergaben. Aber irgendwann ging uns die Munition aus. Ziemlich hilflos verschanzten wir uns hinter irgendwelchen Baumstämmen, die hier in der Gegend herumlagen. Verzweiflung machte sich breit. Die Angreifer kamen immer näher. Und keine Möglichkeit der Flucht. Wir saßen in der Falle und kauerten uns hinter den Stämmen fest.

Ein Kugelhagel nach dem anderen machte uns zu schaffen. Wir konnten deutlich vernehmen wie die Fahrzeuge näherkamen. Ich machte mir Sorgen um Emilio und Antonio. Sie waren nicht mehr die Jüngsten und somit war weglaufen keine Option. Selbst uns anderen, die erheblich jünger waren, bot sich keine Möglichkeit zur Flucht. Ich sah noch Emilio, wie er aus Verzweiflung seine halbe Zigarre auffraß.

Bernado lag am Boden und hielt sich am Gewehrlauf fest. Antonio lehnte an einem

Baumstamm und schaute mich mit angstvollen Augen an, als wollte er fragen: 'Was gedenkst du jetzt zu tun?' Ich wusste es nicht. Die Übermacht war zu groß. Wir hatten nichts mehr entgegenzusetzen. Im Grunde warteten wir auf unser Ende.

Ich schaute noch ein letztes Mal kurz über den Baumstamm, der mir bis zu diesem Zeitpunkt den nötigen Schutz bot. Keine zweihundert Meter waren die Guerillakämpfer entfernt. Sie kamen mit Vollgas auf uns zu. So, wie wir denen zugesetzt hatten, würden sie kurzen Prozess mit uns machen. Meine Gedanken rasten. Ich suchte verzweifelt nach einem Ausweg. Keine Möglichkeit in Sicht. Dann schloss ich die Augen. Meine letzten Gedanken galten Veronica.

Plötzlich hörte ich ein MG aus einer anderen Richtung feuern. Es schoss unentwegt. Die Geschosse flogen über unsere Köpfe. Bei jedem zehnten Geschoss war eine Leuchtkugel enthalten. Aber sie trafen nicht uns. Diese Kugeln waren für die Guerillakämpfer bestimmt. Vorsichtig schaute ich über den Baumstamm und sah, dass ein Geländewagen nach dem anderen in Flammen aufging oder sich überschlug. Unsere Verfolger starben im Kugelhagel oder wurden verwundet. Auch Granaten von einer Panzerfaust flogen über uns. Ein heilloses Durcheinander ergab sich den Kämpfern.

„Wer zum Henker hat sich zu unserem Schutzengel gemacht?", fragte ich laut.

„Keine Ahnung," rief Antonio. „Aber die schießen nicht schlecht. Wenn wir Glück haben, kommen wir mit einem blauen Auge davon."

Emilio lachte laut. „Ich weiß wer uns gerade aus dem Schlamassel haut." Dann schmiss er seine abgekaute Zigarre weg und steckte sich vor Vergnügen eine Neue an.

„Wer?", fragte ich. Doch Emilio lachte bloß, zog an seiner Zigarre und hielt sich bedeckt. Zum ersten Mal klang sein Lachen wie ein Gesang der Hoffnung. Ich war froh, dass uns jemand zu Hilfe kam, aber ich wusste nicht wer es war, noch wusste ich, wie lange die Schießerei noch anhalten würde.

Die überlebenden Guerillakämpfer setzten zum Gegenschlag an. Wir hielten die Köpfe tief unten und hofften, dass uns nicht am Ende doch noch eine Kugel erwischen würde.

Wenn gerade keiner schoss, versuchte ich, mir einen Überblick zu verschaffen. Ich schaute rasch über den Baumstamm, um dann schnell wieder die Deckung zu suchen. Es gab keine Chance, an irgendwelche Waffen von den Kämpfern zu kommen. Die waren noch zu weit weg. Da war nichts zu machen. Wir mussten hoffen, dass unserem Beschützer, wer er oder sie auch immer waren, die Munition nicht ausging. Irgendwann, ich kann nicht einmal sagen, wie lange das Spektakel dauerte, aber irgendwann hörte die Schießerei auf. Kein Schuss war mehr zu hören. Nur das Knistern des Feuers der brennenden Wagen, die überall herumlagen und das Knallen einzelner Patronen, die im Feuer explodierten.

Nur sehr langsam und mit äußerster Vorsicht schaute ich mich um. Auch die anderen kamen vorsichtig aus ihrer Deckung. Die meisten Guerillakämpfer überlebten das Massaker nicht. Nur zwei der Angreifer lagen schwer verwundet im Sand und stöhnten vor Schmerzen. Das wir mit heiler Haut aus dem Schlamassel herausgekommen waren, grenzte schon an ein Wunder.

Ich sah auf den Hügel, von dem unsere Befreier geschossen hatten. Nach meinem Gefühl musste dort eine halbe Armee in Stellung gegangen sein. Wer auch immer die Männer waren, sie kamen zur rechten Zeit. Von weitem konnte ich jemanden winken sehen. Ich konnte zwar nicht erkennen, wer es war, aber ich winkte zurück. Dann verschwand die Person. Mit den anderen machte ich mich auf den Weg zu den Guerillakämpfern oder was noch von denen übriggeblieben war. Jeder nahm sich eine Waffe und sicherte die Umgebung. Ich befragte einen der Verletzten, aber er sprach nur portugiesisch, was mir zur Gewissheit verhalf, dass nicht nur kolumbianische

Söldner, sondern auch Kämpfer aus dem Ausland angeheuert wurden.

Bernado war derjenige, der sich mit dem Mann unterhalten konnte. Kurz danach verstarb er an seinen Verletzungen, hatte aber auch keine nützlichen Informationen. Er war auch nur einer derjenigen, die hinter der kläffenden Meute herliefen.

Der Zweite in der Runde war ein Österreicher, was für meine Kommunikation mit ihm erheblich einfacher wurde. Ich schaute mir seine Unterarme an. Es war keine Tätowierung von einem Skorpion zu sehen. Ich fragte zuerst nach seinem Namen. Franz Xaver hieß er, kam wie gesagt, aus Österreich, genauer aus der Steiermark. Er wuchs unterhalb von Graz auf, in einem kleinen Dörfchen Namens Wildon. Es liegt am Fluss Mur. So viel konnte er mir sagen. Mir schien, er sagte bis dahin die Wahrheit, dann wurde er bewusstlos, was mir jetzt gar nicht weiter half. Wir versorgten ihn mit dem Nötigsten. Vielleicht hatte er ja noch mehr Informationen.

Nach ein paar Minuten hörten wir Motorengeräusche. Schnell suchte jeder Munition auf, die nicht verbrannt war und verschanzte sich so gut es ging. Die Hoffnung war da, dass unsere Befreier uns ein zweites Mal helfen würden.

Ein einzelner Zehntonner LKW fuhr die Piste entlang. Genau auf uns zu. Wir hielten die

Gewehre im Anschlag und stellten uns auf ein heftiges Gefecht ein. Jeder von uns hatte den Finger am Abzug. Jeder. Außer Emilio. Der rauchte genüsslich seine Zigarre, was mich persönlich zur Weißglut brachte. Ich schrie ihn an, er solle gefälligst seine Knarre in die Finger nehmen. Aber er ignorierte mich.

Ohne dass ein Schuss fiel, stoppte der Zehntonner genau neben uns und aus dem Seitenfenster schauten zwei junge Damen heraus. Jetzt ratet mal, wer uns hier in der Wildnis besuchen kam. Genau. Es waren Veronica Mattis und Anna Elena Trova, die lachend und mit roten Wangen durchs Fenster äugten.

Dann stiegen die zwei Grazien aus und fragten mit einem doofen Unterton: „Nah Jungs, wie war euer Tag? Hattet ihr viel Spaß bei eurem Rundflug?"

Ich war fassungslos. Mir blieb die Luft weg. Ich rang nach Worten. Und dann schrie ich die beiden Damen an, wie gefährlich es ist für zwei Frauen, allein hier mit so einem Lastwagen herumzufahren. Die beiden sagte keinen Ton und taten so, als wären sie völlig überrascht. Emilio zog mich am Ärmel und flüsterte mit leiser Stimme, dass die beiden Damen, die ich da gerade versuchte stramm stehen zu lassen, eigentlich unsere Schutzengel seien. Ab dem Augenblick verstand ich gar nichts mehr. Und das Schärfste war, dass die Zwei sich über mich lustig machten und so taten, als seien sie erschrocken über meinen Befehlston.

Veronica nahm mich an die Seite und schaute mich mit ihren Rehaugen an. Damit nahm sie mir alle Kraft meiner Autorität. Mit anderen Worten, ich hatte nichts mehr zu melden. Woher können die Frauen das? Zuerst ist man Oberhaupt der Truppe und im nächsten Augenblick nimmt dich eine Frau an die Hand, sagt keinen Ton und das ist ja das Schlimme, sie sagt keinen Ton, schaut dir in die Augen, hypnotisiert dich wie ein Orakel und du fällst um wie ein Baum. Dann nahm sie mich in ihre Arme, küsste mich und flüsterte mir ins Ohr: „Ich hatte solche Angst um dich."

Damit war der Sturz meiner Herrschaft besiegelt. Ich hielt sie ganz fest. Dabei lief mir eine Träne über die Wange. „Ich hatte keine Ahnung, dass du uns aus dem Schlamassel herausgeboxt hast."

Veronica schaute mich kurz an. „Anna hatte die Idee euch zu suchen und gegebenenfalls zu unterstützen."

„Ja", sagte ich. „Das ist euch gelungen."

Irgendwann vernahm ich den Geruch einer dampfenden Zigarre. Emilio stand ungeniert neben uns, rauchte wie eine Dampflok und grinste mal wieder blöd daher. Dann meinte er, ob es noch lange dauern würde mit dem Herumgeknutsche oder ob wir in der nächsten

Zeit die Arbeit wieder aufnehmen könnten. Schließlich seien wir hier nicht zum Vergnügen. Ich wollte gerade etwas sagen, doch Veronica ergriff das Wort. Sie wies Emilio zurecht und das vom Allerfeinsten. Da passte ihm kein Hut mehr. Ich hätte losbrüllen können vor Lachen, aber ich verkniff mir die Genugtuung ihn bloßzustellen, denn wir waren immer noch auf einer schwierigen und gefährlichen Mission. Da ist man aufeinander angewiesen und lässt den anderen nicht im Regen stehen. Ich dachte nur, wer so eine Frau an seiner Seite hat, der braucht keine Knarre. Die Frau ist selbst die Waffe.

Anna kam zu mir mit den Worten: „Wir haben eine interessante Entdeckung auf dem LKW gemacht."

„Ja genau", sagte ich. „Woher habt ihr das schöne Stück?"

„Den haben die Gringos direkt vor unserem Hotel abgestellt. Es war wohl die Nachhut, die nachschauen wollte, was mit ihren Kameraden geschehen war. Und wir waren der Meinung, diesen Laster könnten wir auch gut gebrauchen. Und das war keine schlechte Idee, denn wir haben etwas gefunden was uns eventuell weiterhelfen könnte."

„Und was ist mit denen geschehen die zuvor Eigentümer dieses feinen Gefährtes waren?", fragte ich.

„Sagen wir mal so“, mischte sich Veronica ein. „Die feinen Herren, die uns einen Besuch abstatteten, gibt es nicht mehr.“

„Aha“, meinte ich. „Dann schauen wir uns mal eure Entdeckung näher an.“

Auf dem LKW fanden wir mehrere Kisten Munition, Handgranaten, Schnellfeuergewehre und ein Scharfschützengewehr namens Barrett M82 A1 mit einem Kaliber 12,5 x 99 mm NATO. Ein echter Hammer unter den Präzisionswaffen. Das Ding hat auf zweieinhalb Mailen noch so eine Durchschlagskraft wie eine 44 Remingten Magnum. Wie gesagt, ein echter Hammer.

„Mit dem ganzen Zeug hättet ihr die Gringos noch eine ganze Weile hinhalten können,“ musste ich feststellen.

„Ja“, meinte Anna. „Aber was noch viel interessanter ist, ist diese Kiste.“ Sie holte eine kleine Blechkiste hervor. Eine unscheinbare kleine. Groß wie ein Schuhkarton. Als wir den Deckel öffneten, kamen Briefe, Zeichnungen und ein paar Karten zum Vorschein. Diese Briefe waren auf Spanisch geschrieben. Ich überreichte sie zur Übersetzung Emilio. Doch Veronica nahm sie mir ab.

„Gib mal her.“ Sie öffnete den ersten Brief.

„Du kannst auch Spanisch?“, ich war verwirrt.

„Ich kann eine Menge Sprachen. Unter anderem Portugiesisch, Schwedisch, Polnisch, Suaheli, Somali, Italienisch und halt Spanisch."

Ich staunte nicht schlecht. Meine Freundin konnte sich mit der halben Welt unterhalten. Ich hob ganz wichtig meine Hand und verkündete voller Stolz: „Ja und ich kann Englisch, Plattdeutsch und über andere Leute." Da war das Gelächter groß.

Nachdem sich die Bande wieder beruhigt hatte, schauten wir uns die Karten an, die als letztes in der Blechkiste lagen. Sie schienen schon etwas älter zu sein. Sie wurden auf ein Papier gezeichnet, das so nicht mehr hergestellt wurde.

Es dauerte etwas, bis wir uns zurechtfanden, da die Karten von Hand gezeichnet wurden. Auf der einen konnte man Kolumbien erkennen und auf der anderen war Venezuela abgebildet. Und dann war da noch eine Dritte, die das Grenzland von Kolumbien zu Venezuela zeigte.

Veronica war die Erste, die auf ein Symbol tippte. Zuerst hielt ich es für einen Kaffeefleck. Aber beim näheren Hinschauen konnte man die Initialen CvHM 1923 erkennen. Zumindest glaubten wir das.

Irgendwann rief jemand, dass der Österreicher wieder ansprechbar war. Ich ging mit den Karten zu ihm. Zuerst schaute ich in seine glasigen Augen, aber nach ein, zwei Minuten funktionierte er wieder. Ich zeigte ihm die Karten. Ein Leuchten begann in seinen Augen.

„Was weißt du darüber?", fragte ich ihn rasch.

Er zögerte einen Moment, aber als ich ihn mit der flachen Hand einen Nackenschlag verpasste, wurde er gesprächiger. Ich hatte ihn ja nicht verprügelt. Ich würde sagen, ich habe seinen Denkapparat auf Vordermann gebracht. Das traf es schon eher. Ich fragte nach den Initialen CvHM1923. Der Österreicher schaute sich die Karte in aller Ruhe an. „Carlotte von Hessler Mine 1932. Alfons von Hessler wanderte nach dem Ersten Weltkrieg von Österreich nach Kolumbien aus. Er hörte von Silber im Grenzland zu Venezuela. Er erwarb die Schürfrechte für dieses Gebiet, kaufte sich Hacke und Schaufel und fing 1923 an zu buddeln. Die Mine hatte er nach seiner Frau genannt 'Carlotte von Hessler'. Sie war aber nicht sonderlich ergiebig. 1933, zehn Jahre später gab er das Schürfen auf."

„Und woher weißt du das alles?", wollte ich wissen.

„Ich hab in der Schule aufgepasst", bekam ich zur Antwort. „Wir haben in Erdkunde Kolumbien durchgenommen und da wurde Alfons von Hessler erwähnt. Außerdem wuchs er in Graz auf. Das sind nur ein paar Kilometer von meinem Heimatort entfernt. Da ist es nicht verwunderlich, dass wir etwas über ihn wissen sollten."

„Super", sagte ich. „Und wieso liegt wohlbehütet Kartenmaterial von seiner Mine in einem der Lastwagen von den Gringos hier?"

Der Österreicher zögerte einen Moment. Aber als ich die Hand erhob, plauderte er wie ein Äffchen.

„Ich war vor einiger Zeit in der Nähe von Turbana. Das ist ein Ort südlich der Hafenstadt Cartagena. Wir saßen mit ein paar Männern von den Guerilla auf einer Finca. Das war so ein Landsitz mit Kokainanbau. Aber der Gutsherr hatte auch eine große Anzahl von Weinreben und produzierte seinen eigenen Wein. Und so saßen wir dort und ließen uns volllaufen. Ich war erst ein paar Monate in Kolumbien und somit war mein Spanisch nicht so gut. Aber was die Männer im Suff von sich gaben, verstand ich sehr wohl. Es handelte sich um die Mine von dem Hessler. So wie ich das mitbekommen habe, ist das ein Geheimversteck für Männer mit viel Geld."

Bei diesen Worten wurde ich ganz hellhörig. „Was meinst du mit ein Geheimversteck für Männer mit viel Geld?"

„Na ja", sagte der Österreicher. „Es ist das ideale Versteck für Pedro Kordales, Morrison und wer weiß noch für wen. Die haben sich dort ein Domizil aufgebaut. Die Mine liegt am Tuparro River. Dort ist eine Insel mitten im Fluss. Etwa fünf, sechs Kilometer weiter fließt er in den Orinoco. Von dort ist es ein leichtes nach

Venezuela abzuhauen. An einer Stelle ist der Fluss etwas breiter, ähnlich wie ein See. Da kommt man nur mit einem Wasserflugzeug hin. Rundherum ist da nur Dschungel, Sumpf und Moskitos, so groß wie Toilettenhäuschen, da ist zu Fuß kein hinkommen. Nur durch die Luft kommt man dort hin. Und von dort können dich die Wachen schon von weitem sehen und dich abknallen wie Tontauben. Die Mine an sich liegt schätzungsweise hundert, zweihundert Meter südwestlich vom Tuparro River entfernt. Und dort stehen ebenfalls Wachen, die dich aufs Korn nehmen."

Er grinste ziemlich frech bei seinem letzten Satz. Ich wollte ihn für seine Frechheit gerade eine knallen, aber er hatte recht. Wenn es stimmte, was er sagte, dann wäre es sehr schwierig, wenn nicht sogar unmöglich, so an die Bande ranzukommen.

„Was hat dich nach Kolumbien getrieben?", wollte ich wissen, um etwas vom Thema abzulenken.

„Ich bin in Österreich straffällig geworden. Hab Autos geklaut und sie über Tschechien nach Russland verkauft. Ich hab mit ein paar Kumpels Juwelierläden ausgeraubt. Tja – und dann war die Justiz schwer hinter uns her. Ich bin dann zur Fremdenlegion nach Algerien abgehauen, war viel im Nahen Osten und Afrika unterwegs. Nach zwei Jahren kamen die auf die Idee, mich und noch einen Haufen anderer, nach Französisch-Guyana zu schicken. Zuerst waren wir eine ganze Weile dort, bis ein gewisser Morrison uns für eine andere Mission gebrauchen konnte."

Bei dem Namen Morrison wurde meine Aufmerksamkeit enorm gesteigert. „Wer ist Morrison?"

„Morrison ist der Polizeichef von Bogota, hier in Kolumbien. Er ist viel mit einem Gefängnisdirektor zusammen. Ich kenne nur nicht mehr seinen Namen."

Jetzt wurde mir einiges klar. Nick und ich wurden persönlich von Morrison am Flughafen Bogota abgeholt, was mich ziemlich stutzig machte. Wochenlang wurden wir auf Eis gesetzt, um keinen Wirbel um Pedro Kordales zu machen. Somit konnte die ganze Brut weiterhin ihre Geschäfte abwickeln. Erst als Nick und ich die Sache in die eigenen Hände nahmen, wurde es für Morrison zu heiß. Im Gefängnis von Tunja warnte er uns noch. Wir sollten besser verschwinden. Aber wir hatten die Warnung ignoriert oder vielmehr nicht für wahr haben wollen.

Meine Gedanken kreisten, es gab nur zwei Orte wo Nick sich aufhalten könnte, sollte er noch leben. Erstens im Gefängnis von Tunja, was ich persönlich ausschloss oder in dieser Mine von Alfons von Hessler, was für mich mein größter Favorit war. Wenn ich jemanden verschwinden lassen würde, hätte ich denjenigen in der Mine versteckt.

Ich machte unserem Österreicher einen Vorschlag. „Pass mal auf. Wie war noch mal dein Name?", fragte ich ihn, denn ich hatte mir ihn nicht gemerkt.

„Franz Josef Xaver. Das ist mein vollständiger Name. Aber alle nennen mich Franz."

„Okay Franz. Ich mache dir einen Vorschlag. Es gibt zwei Möglichkeiten hier aus der Sache herauszukommen. Erstens, du schließt dich uns an und hilfst uns, die Bande von Pedro Kordales hinter Schloss und Riegel zu stecken. Ich dagegen werde alles daransetzen, dass du rehabilitiert wirst, damit du die Chance hast, zurück nach Hause zu kommen. Oder zweitens, du spielst nicht mit, dann werden wir deinen Leichnam den Behörden überstellen, die können dich dann hinter irgendeiner Gefängnismauer verscharren. Du hast die freie Auswahl."

Franz wurde ganz blass um die Nase, meinte aber, die erste Variante wäre die Bessere.

„Das heißt für mich im Klartext?", fragte ich verschärft nach.

„Ich werde die Seiten wechseln. Das scheint mir für meine Zukunft gesünder zu sein," dabei zog er sein Halstuch etwas los, um besser Luft zu bekommen. „Aber so wie ich verwundet bin, werde ich keine große Hilfe für euch sein."

Ich winkte lässig ab. „Da mach du dir mal keine Sorgen, wir haben Eins-A-Pflegepersonal." Dabei zeigte ich auf Emilio, der ein paar Schritte neben uns stand, eine Zigarre rauchte und sein blödes Grinsen aufsetzte.

Franz hielt sich die Stirn fest und meinte aus Verzweiflung: „Wäre ich bloß in Österreich geblieben."

*

Wir nahmen unsere Sachen, stiegen auf den LKW und fuhren zurück zum Stützpunkt. Franz setzten wir vorne auf den Beifahrersitz. Somit war er weit genug von den Waffen entfernt, die auf der Ladefläche lagen. Ich traute ihm nicht. Eigentlich hätte er liegend transportiert werden müssen, das ging nur auf der Ladefläche. Aber so konnte er keine Dummheiten machen und wir hatten ihn besser unter Kontrolle. Anna und Veronica saßen mit ihm vorne. Da machte ich mir keine Sorgen, dass er auf irgendwelche dummen Gedanken kommen könnte. Die Damen wären in der Lage gewesen, ihn bei voller Fahrt aus dem Laster zu werfen, da kannten die beiden keinen Spaß.

Der Einzige, der ziemlich geknickt war, war Jan. Er trauerte um sein Flugzeug. Konnte ich auch verstehen. Von dieser Sorte Flugzeuge gab es nicht mehr viele. Aber ich machte ihm Mut und erzählte ihm von einem riesigen Schrottplatz in Tucson Arizona, der den Spitznamen 'The Boneyard' hatte, was so viel wie der Knochenhof hieß. Dort standen tausende von Flugzeugen, die entweder verschrottet werden sollten oder verkauft wurden. Ich versicherte ihm, dass ich jemanden kannte, der es ihm ermöglichte, sich ein neues Flugzeug auszusuchen und wieder schick herrichtete.

Jan bekam wieder gute Laune und etwas Farbe ins Gesicht. Emilio bot ihm eine Zigarre an, die Jan dankend annahm. Jetzt hatte ich zwei mit einem grinsenden Gesicht dort sitzen und beide rauchten uns vergnüglich die Gegend voll. Was man nicht alles für eine Freundschaft tut.

Nach etwa zwei Stunden hielt der Laster plötzlich an. Zuerst wussten wir nicht warum. Also stiegen wir von der Ladefläche herunter. Ich wollte Veronica gerade zur Rede stellen, da sah ich das Dilemma.

Wir standen auf einem Hügel und konnten weit ins Land schauen. Schwarzer Rauch und offene Flammen waren zu sehen. Unser Stützpunkt, das verlassene Dorf, stand in Flammen. Veronicas Computeranlage, Emilios russischer Generator plus seine dicken Zigarren und all unsere Sachen. Wichtige und unwichtige Dinge wurden zum Raub der Flammen.

Sie waren vor uns da. Die Gringos, die Guerillakämpfer. Sie hatten uns aufgelauert und als sie merkten, dass niemand anwesend war, hatten sie nichts Besseres zu tun, als uns die Hütten anzustecken.

Ich war stinksauer. Emilio meinte, wir sollten zurück auf die Plantage fahren, das wäre der sicherste Ort für uns.

„Das ist auch der einzige Ort, wo wir zur Zeit hin können", sagte ich zu ihm. „Nur für unseren Franz sind das noch einmal drei bis vier Stunden Strapazen, bis wir dort sind."

Ich machte die Beifahrertür auf, um zu sehen, wie es unserem Mitfahrer ginge. Die Damen kümmerten sich schon um ihn. Aber so eine Fahrt mit einem Durchschuss in der Lunge, war auch für einen Österreicher kein Pappenstiel. Und ob er diese Tortur überstehen würde, wussten wir zu diesem Zeitpunkt auch nicht. Wir konnten auch kein Lager aufschlagen, das wäre hier auf offenem Feld viel zu gefährlich gewesen. Also machten wir uns auf den Weg zur Plantage.

Es wurde Mitternacht, als wir die Hofeinfahrt erreichten. Franziska machte für alle etwas zu Essen. Franz brachten wir in einem der Zimmer unter. Ein Arzt kam noch zu späterer Stunde. Er war der Meinung, er könne den Österreicher nicht operieren. Beim Lungendurchschuss wäre eine

Operation ohne die erforderlichen Mittel nicht durchführbar.

Ich dachte nur: 'Der Quacksalber hat doch keine Ahnung.' Aber gut, ich hatte es ja nicht zu melden. Das machten in diesem Fall andere. Also wurde Franz Xaver in das nächste Hospital geschickt. Keine leichte Aufgabe. Wir waren weit von der nächsten Stadt entfernt.

Veronica machte den Vorschlag, ihn mit dem Zehntonner LKW ins Hospital zu transportieren. Emilio und Antonio meldeten sich freiwillig für diesen Auftrag. Emilio meinte, er hätte sowieso noch etwas zu erledigen. Ich war der Meinung, Emilio gingen die Zigarren aus. Wie auch immer.

Franz Xaver wurde auf einer Matratze auf die Ladefläche des Zehntonners verfrachtet und los ging die Reise.

Nach zwei Tagen kamen die beiden Vagabunden wieder zurück. Franz Josef Xaver sah ich nie wieder. Er ist später nach Österreich zurückgekehrt. Veronica bemühte sich, dass er straffrei aus der Sache herauskam. Ich hörte später, dass er sich als Pfleger ausbilden lies. Das fand ich allemal besser, als in der Fremdenlegion Kopf und Kragen zu riskieren.

In der Zwischenzeit machten wir uns Gedanken, wie wir ungesehen zur Mine gelangen könnten. Kein einfaches Unterfangen.

Laut Plan war die Mine rundum mit dichtbewachsenem Busch und Urwald umgeben. Von dort war kein herankommen. Nur über den Fluss gab es die einzige Chance. Er war an jener Stelle breit und offen. Die Frage war jetzt, wie kommt man an die Mine, ohne dass uns die Wache sofort erkennen würde. Keiner hatte einen brauchbaren Plan. Tagelang zermarterte ich mir den Kopf, aber auch mir fiel nichts Gescheites ein. Bis Anna zu mir kam.

Sie erzählte mir von einem Unternehmen, das sie vor vielen Jahren in der Ukraine durchgeführt hatte. Die Aktion war ähnlich gelagert wie unser Fall. Sie erklärte mir haarklein, wie sie vorgehen würde. Ich überlegte mir ihren Vorschlag und stimmte zu. Dieses Unternehmen war nicht ganz ungefährlich, aber auch die anderen hielten es für möglich.

Alles begann damit, dass wir Jan ein Wasserflugzeug organisieren mussten. Franziska hatte einen Vetter zweiten Grades. Er hieß Ernesto und hatte eine Flugschule, flog aber manchmal auch Touristen in entlegenste Winkel des Landes. Als Franziska ihren Vetter nach einem Flugzeug fragte, zog er sich wie ein Pillewurm. Erst als ich ihm versicherte, dass er im schlimmsten Fall ein Neues bekommen würde, wurde er ruhiger und überließ uns das gute Stück.

Als ich Ernesto die Zusage machte, schaute mich Jan von der Seite an. Er sagte keinen Ton, aber seine Blicke sagten alles. Ich wandte mich zuerst Franziska zu und bedankte mich für ihren Einsatz bei ihrem Vetter. Dann versicherte ich Jan, dass er ein Flugzeug bekommen würde. So manches Mal kam ich mir vor wie ein Händler auf dem arabischen Basar. Dabei wusste ich gar nicht, ob die Regierung, für die ich arbeitete, überhaupt die Kosten übernehmen würde. Egal, das Problem würde später geklärt werden. Zurzeit hieß es, uns die Guerillakämpfer vom Hals zu halten, Nick Baker zu finden, Pedro Kordales hinter Schloss und Riegel zu stecken und rauszubekommen, wer Morrison wirklich war.

Die Vorbereitungen liefen auf Hochtouren. Da kam die Hiobsbotschaft. Ernestos Flugzeug, was für uns von enormer Wichtigkeit war, stand mit einem Motorschaden auf dem Flughafen von Bogota. Er musste dort notlanden und war für uns nicht mehr verfügbar. Ich hatte das Gefühl, dass alle Flugzeuge, mit denen ich es zu tun hatte, nacheinander zu Bruch gingen. Hatte wohl ein schlechtes Omen auf die Kisten. Vielleicht war es auch gut so, nicht mit so einem Ding herumzufliegen. Wer weiß, wo ich sonst noch abgeschmiert wäre. Wir mussten die Strategie ändern.

Zuerst mussten wir unerkannt bis zum Grenzland von Venezuela kommen. So wie unsere Fahrzeuge aussahen, vor allem der große Militärlaster, würde uns sofort jeder Gringo von hier bis Venezuela erkennen. Also wurden die Fahrzeuge kurzerhand umlackiert.

Emilio hatte noch verschiedene Farben in seiner Scheune stehen. Mir hätte ja rot oder blau vollkommen gereicht. Aber als Bernado mit dem Lackieren anfing, meinten Veronica und Anna ebenfalls mitzupinseln. Am Ende sahen unsere Fahrzeuge aus wie die Karren aus der Hippiezeit der Achtundsechziger. Überall bunte Blumen auf dem Blech. Ich schlug die Hände über dem Kopf zusammen. „Damit fallen wir garantiert auf", sagte ich aus Verzweiflung. Das war zu viel des Guten. Ich drückte Bernado einen Eimer mit blauer Farbe in die Hände. „Kipp noch etwas rote Farbe dazu und wir sind wieder auf dem alten Stand."

Bernado ließ die Arme hängen. „Muss ich den ganzen Scheiß noch mal machen?"

„Besser ist das", sagte ich mit etwas lauterer Stimme zu ihm. „Wir kutschieren doch nicht mit so einem Zirkusauto durch die Gegend."

Anna und Veronica schauten mich mit scharfen Augen an. Beide ließen den Pinsel aus Protest fallen. Dann rümpften sie die Nase und verließen die Scheune. Bernado stand ziemlich allein da mit Pinsel und Farben. Jan, der sich das Spektakel von der Eingangstür angeschaut hatte, kriegte sich vor Lachen nicht mehr ein. Er kam dann zu mir, hob die Pinsel auf, die die Damen so lieblos in den Dreck fallen gelassen hatten und meinte noch zu allem Überfluss: „Du hast die Truppe ja toll unter Kontrolle." Dabei grinste er genauso blöd wie Emilio, nur ohne Zigarre. „Komm, lass uns lieber sehen, dass wir das Kunstwerk vollenden." Dann gab er mir einen der zwei Pinsel, tauchte sie in den Farbeimer, den Bernado noch immer festhielt und fing an zu streichen. Ich stand da, schüttelte den Kopf, atmete tief durch und begab mich an die Arbeit, den Laster wieder einigermaßen hübsch zu machen.

Es dauerte eine Weile, bis ich mit den beiden Frauen wieder reden konnte. Aber irgendwann waren sie mir wieder gut und verstanden auch, dass es unmöglich war, mit so einem Ding durch die Gegend zu fahren. Zwei Tage noch und die Vorbereitungen waren abgeschlossen.

Um nicht erkannt zu werden, begann die Reise ins Grenzland in der Abenddämmerung. Wir nahmen nur den Laster von den Gringos mit all den Waffen im Gepäck. Bernado meinte, umso weniger Fahrzeuge, desto weniger würden wir auffallen. Da ich dies für eine gute Idee hielt, stimmte ich zu. „Dann bist du auch der Fahrer von dem Gefährt", sagte ich schnell, bevor einer auf die glorreiche Idee kam, ich müsste das Ding chauffieren. Zu meiner Überraschung waren alle dafür. Normalerweise war immer einer gegen meine Ideen. Egal was ich auch vorschlug.

Bernado saß also am Steuer. Anna setzte sich auf den Beifahrersitz neben ihn. Sie würde ihn beizeiten wachhalten, sagte sie zumindest. Der Rest der Truppe nahm hinten auf der Ladefläche Platz.

Ich weiß nicht, wie lange wir unterwegs waren, es war weit nach Mitternacht. Die Morgendämmerung setzte schon ein, da blieb der Laster plötzlich stehen. Da keiner wusste, warum Bernado hielt, blieben wir ruhig sitzen. Dann hörte ich seine Stimme: „Straßensperre voraus!"

Die Spannung auf dem Laster stieg. Mein Herz schlug mir bis zum Hals. Ich flüsterte den anderen zu: „Wenn die uns hier erwarten, dann gibt das eine blutige Auseinandersetzung."

Ich fragte Bernado: „Wie weit ist die Straßensperre entfernt?"

„Etwa hundert Meter", gab er zur Antwort.

Der Laster setzte sich wieder in Bewegung. Die Spannung war zum Zerreißen. Dann stoppte er abrupt. Laute Stimmen waren zu hören. Dann hörte ich Anna, konnte aber nicht verstehen, was sie sagte, denn sie sprach in Spanisch. Veronica, die neben mir saß, hielt meine Hand. Sie hielt sie ganz fest. Dann hörten wir Schüsse. Aber nur aus einer Waffe. Kurze, präzise Schüsse. Wie bei einer Hinrichtung. Ich wollte gerade heraus, um Anna zu Hilfe zu eilen, aber Veronica hielt mich zurück.

Dann schlug die Tür vom Laster zu. Das Fahrzeug setzte sich wieder in Bewegung. Es gab noch einen kräftigen Ruck und wir passierten die Straßensperre. Bernado hatte die zwei Pickups von der Straße geschoben, die uns den Weg versperrten. Ich konnte beim Vorbeifahren noch vier oder fünf Männer erkennen, die tot über der Motorhaube lagen oder im Sand ihr Ende fanden.

Wir wussten zuerst nicht, was sich genau abgespielt hatte. Hinterher erzählte Bernado, dass Anna ausgestiegen war und ihren weiblichen Scharm ausgespielt hatte. Als die Männer unvorsichtig wurden, erschoss sie einen nach dem anderen. Wieder machte Anna Elena Trova mir Angst. Sie war wie die schwarze Witwe. Eine Spinne, die ihren Liebhaber, ohne mit der Wimper zu zucken tötete.

Es dauerte noch sechzehn Stunden, bis wir am Tuparro River ankamen. Bis dahin bestand der Weg nur aus Sand und Schlamm. Bernado war früher schon einmal hierhergefahren, um mit einigen Leuten Urlaub zu machen. Sagte er wenigstens. Ich vermute, er hatte schon früher schwarze Geschäfte gemacht, konnte es ihm aber nicht nachweisen.

So manche Gedanken kreisten durch meinen Kopf. Schlussendlich wusste ich bis dahin gar nichts. Ich wusste nicht einmal, ob diese Mine überhaupt existierte oder ob Nick dort versteckt wurde, wenn er noch lebte. Alles war so ungewiss. Bernado hielt den Laster etwa einhundert Meter vor dem Tuparro River in einer Lichtung an, so konnte uns keiner vom Fluss aus sehen. Bis zur Mine waren es noch gut zwanzig Kilometer.

Der Plan war folgender. Ein, zwei Bäume fällen, sie ins Wasser lassen und mit der Strömung bis an die Mine treiben lassen. Wir würden uns in den Baumkronen verstecken und somit unerkannt vorstoßen können.

Ich hatte den Vorschlag, die Bäume mit der Axt zu fällen, damit so wenig Geräusche wie nötig anfielen. Emilio war da ganz anderer Ansicht. Er holte eine mordsmäßig große Kettensäge vom Laster. Sie war unter einer alten, schäbigen Decke versteckt.

„Ich fang doch nicht mit so einer alten Axt an Bäume zu fällen. Das kann ja machen wer will", sagte er nur. Dann steckte er sich eine dicke Zigarre an und fing an zu sägen. Er konnte zwar vor lauter Qualm vom Tabakstummel nichts sehen, aber er sägte fröhlich drauf los. Aber nicht nur die Zigarre rauchte, sondern die Kettensäge auch. Was ein Zeichen dafür war, dass die Kette von dem Ding so stumpf wie ein Flacheisen war.

Bis der erste Baum fiel, vergingen mehrere Minuten. Ich hatte das Gefühl, er feilte den Baum, anstatt ihn einfach umzusägen. Aus Sicherheitsgründen stand ich fünfzig Meter entfernt. Auch die anderen machten einen großen Bogen um Emilios Arbeitsbereich. Ich lehnte an einem der Bäume und schaute mir das Spektakel in aller Ruhe an. Als der erste Baum fiel, machte Emilio die Säge aus und verkündete voller Stolz: „So macht man das." Dabei setzte er sein breites Grinsen auf. In diesem Moment hatte ich starke Zweifel, ob die Mission überhaupt Erfolg haben würde.

Ich schaute zu Jan rüber. Der verdrehte nur die Augen und meinte: „Wir haben es nur mit Vollprofis zu tun."

Da ich befürchtete, dass Emilio sich am Ende noch mit der Kettensäge umbringen könnte, beschlossen wir, es bei einem Baum zu belassen. Die Zeit drängte.

Mit Hilfe des LKW's und etwas Überredungskunst, schafften wir den Baum, inklusive seiner mächtigen Krone, ins Wasser. Damit er uns nicht zuvor weg schwamm, banden wir ihn mit einem Seil fest. Dann warteten wir, bis die Abenddämmerung einsetzte.

Da Antonio und Emilio nicht mehr die Jüngsten waren, beschlossen wir oder vielmehr ich, dass die beiden Rentner beim LKW zurückbleiben sollten. Zuerst gab es Proteste von den älteren Herren, aber als Veronica und später auch Anna den Zweien gut zuredeten, wurden sie einsichtig. Auch

Bernado war der Meinung, dass jemand auf den LKW aufpassen sollte.

Wir waren zu fünft, die das Wagnis eingingen, mit einem Baum getarnt, bis an die Mine heranzuschwimmen. Jeder nahm sich eine Waffe und Munition und setzte sich auf den Stamm. Als alle ihren Platz gefunden hatten, machte Antonio das Seil los.

Langsam ließen wir uns mit der Wasserströmung treiben. Der Fluss war breit genug und somit schwammen wir in aller Ruhe flussabwärts.

Nach etwa einer Stunde kamen wir unserem Ziel näher. Das war der Moment, wo wir uns in der Baumkrone versteckten. Es war die perfekte Tarnung. Niemand konnte uns sehen. Und was noch besser war, keiner hatte einen Schimmer, dass wir denen gleich gehörig auf den Zahn fühlen würden. Langsam trieben wir immer weiter. Leise, fast lautlos kamen wir dem Ziel näher.

Ungefähr in Höhe der Mine verbreiterte sich der Fluss und eine kleine Insel tat sich auf. Wir hatten Glück, Vollmond war angesagt. Somit konnten wir ziemlich gut das Gelände erkennen. Der Plan war, rechts um die Insel herum zu treiben, da sich der Eingang der Mine auf dieser Seite befand.

Aber so wie uns das Glück hold war, trieben wir links um die Insel. Das war ganz blöd. Entweder mussten wir von hieraus herüberschwimmen oder wir trieben noch einige hundert Meter weiter flussabwärts und mussten den ganzen Weg zu Fuß durch den Busch laufen. Anna und Veronica ergriffen zuerst die Initiative. Sie ließen sich ins Wasser gleiten und schwammen zur Insel herüber. Bernado, Jan und ich folgten ihnen. Wir Männer sind ein paar Meter weiter ins Wasser gekommen. Es war hier tief und wir hatten genug zu tun, um mit Waffen und Gepäck nicht unterzugehen.

An Land fragte ich Veronica, wie sie als Frau mit dem schweren Zeug überhaupt schwimmen konnte. „Oooch", meinte sie, „Ich hatte gesehen, dass an der Stelle das Wasser ganz flach war. Wir sind quasi zur Insel herübergelaufen. Ich gab euch allen ein Zeichen. Aber ihr hattet ja nichts besseres zu tun, als in der Gegend herum zu schauen aber nur nicht auf mein Zeichen zu achten. Außer Anna. Sie hat sofort verstanden was ich meinte." Eins zu null für die Damen.

Wir durchquerten die Insel, die vielleicht nur fünfzig Meter breit war. Das Einzige was störte, war, dass die Insel dicht bewachsenen war. Wir hätten ja am Strand drumherum laufen können, aber da war die Gefahr zu groß, erkannt zu werden. Mitten durch den Busch zu laufen war eine echte Schinderei. Fünfzig Meter hört sich nicht viel an, aber bei dem ganzen Gestrüpp und den Schlingpflanzen, war das echte Knochenarbeit. Wir konnten auch nicht die Machete einsetzen, um uns einen Weg durch das

Dickicht zu bahnen. Das würde nur unnötige Geräusche produzieren. Und dann waren da noch die Tiere, die beißen und giftig sind. Wir hofften nur, dass die Viecher anderswo beschäftigt waren und uns in Ruhe ließen.

Es dauerte eine Stunde, bis wir auf der richtigen Seite der Insel waren. Die Mädels suchten sich einen Platz für eine gute Schussposition. Wir Männer nahmen nur unsere Waffen und genügend Munition mit. Und noch einmal schwammen wir lautlos durch das Wasser. Nur dieses Mal ging es leichter, da wir das Gepäck zurückließen.

An der anderen Seite angekommen, gab ich den Frauen ein Zeichen. Ich konnte nicht erkennen, ob sie es gesehen hatten, aber so wie ich Veronica verstanden hatte, achtete sie ja auf alles. Ich schaute Jan an und zuckte mit den Schultern. Der winkte lässig ab. „Die lassen uns nicht aus den Augen. Da wette ich drauf."

„Bist du dir sicher?", fragte ich skeptisch.

„Hundert pro. So scharf wie die auf dich sind, werden sie jeden Schritt von dir beobachten."

Ich verstand zwar nicht ganz, aber irgendwie hatte ich ein gutes Gefühl, dass jemand auf mich aufpasste.

Wir schlichen uns zur Mine heran. Ich ging als erstes die Steintreppe hinauf. Noch nicht ganz oben angekommen, kam jemand und schaute aus der Mine ins Freie. Als er mich erkannte, starrte er mich eine Sekunde an. Er griff zu seinem Revolver, der in seinem Gürtel steckte. Aber bevor er ihn herausziehen konnte, flog sein halber Schädel an die Wand. Der Mann war schon tot, bevor er auf den Boden fiel. Jetzt wusste ich, dass Veronica mein Zeichen erkannt hatte. Da kam mir eine Idee. Zuerst beseitigte ich so gut es ging den Toten. Dann ging ich die Steintreppe wieder herunter. Jan und Bernado standen da und schauten mich fragend an.

„Wir müssen die Bande aus der Mine locken. Den Rest erledigen die Frauen", flüsterte ich ihnen zu.

„Und wie?", fragte Bernado.

„Mit einer Flöte", gab ich zur Antwort.

Jetzt waren die beiden total durcheinander. Aber das machte nichts.

„Zuerst verstecken wir uns im Unterholz."

Bernado hielt mich am Ärmel und fragte: „Wo sollen wir denn jetzt eine Flöte herbekommen? Du Schlauberger."

Für so eine Frechheit hätte ich dem Kleinen eine Ohrfeige geben können. Aber es gab bessere Mittel jemanden zu Raison zu bringen.

„Schaue und lerne", gab ich ihm zur Antwort.

Ich nahm eine Patrone aus dem Magazin. Bernado verstand noch immer nicht was ich vorhatte. Nur Jan grinste bis an die Ohren. Also, ich nahm die Patrone und entfernte die Kugel. Anschließend schüttete ich das Pulver aus. Fertig war die Flöte. Damit mir kein Rest Pulver beim reinblasen in die Nase flog, wusch ich die Patronenhülse in einer kleinen Pfütze aus. Ich probierte das Lockmittel sofort aus und blies darauf wie auf einer Panflöte. Es war zwar nur ein Ton, aber es funktionierte.

Einer nach dem anderen kam aus der Mine, um zu schauen, wo der geheimnisvolle Ton herkam. Sie standen alle wie die Lehmige im Eingang. Und dann ging es ganz schnell. Eine Salve nach der anderen durchbrach die Stille der Nacht. Die Männer hatten keine Chance zurück in die Mine zu flüchten. Sie fielen herunter oder blieben tot im Eingang liegen.

„Und woher wissen wir, ob sich nicht noch jemand in der Mine versteckt hält?", wollte Bernado wissen.

„Wissen wir nicht", erwiderte ich. „Wir werden wohl oder übel in die Mine eindringen müssen und jeden, der nicht wie Nick Baker aussieht, in die ewigen Jagdgründe schicken."

Jan war der Erste, der protestierte. „Ich bin doch nicht mitgekommen, um am Ende in einem Leichensack nach Hause zu kommen."

„Mach dir keine Sorgen, du gibst mir nur Feuerschutz. Wir werden Bernado hineinschicken."

Es war zwar dunkel und ich konnte meine Freunde nur als Silhouette erkennen, aber bei Bernado war ich mir sicher, dass er in diesem Augenblick kreidebleich wurde. Ich beruhigte meinen Gefährten. „Du musst da nicht hoch. Das ist nicht dein Job. Da gehe ich ganz allein rein."

Mir war bei der ganzen Mission auch nicht ganz wohl, aber das war ich Nick schuldig. Und zudem hatte ich auf der Insel zwei Schutzengel sitzen. Somit wurde das Risiko minimiert.

Ich schlich zum Eingang. Ein Ast, der am Boden lag, sollte mir von Nutzen sein. Ich nahm einen Hut von einem der toten Gringos, steckte ihn auf den Ast und hielt ihn vorsichtig in den Eingang. Ein Schuss und der Hut hatte ein Loch.

Hab ich mir doch gedacht. Wenn das mein Hut gewesen wäre, hätte ich jetzt auch ein Loch in meinem Schädel. Ich wartete einen Moment. Dann hörte ich leise Schritte. Ein Schuss von der Insel und dann vernahm ich nur noch einen dumpfen Aufschlag. Wieder einer weniger. Ich wartete noch ein, zwei Minuten, dann ging ich rein.

Es war nur wenig Licht in der Mine. Hier und da hing oder stand eine Petroleumlampe, die etwas Licht in die Dunkelheit brachte. Ich ging weiter hinein. Da ich die Mine nicht kannte, bewegte ich mich sehr vorsichtig. Schritt für Schritt erkundete ich jeden Winkel dieser von Menschenhand erschaffenen Höhle.

Es gab nicht viel Licht, nur so viel, dass der Weg ein wenig erkennbar war. Schemenhaft konnte man die Strukturen der in Felsen geschlagenen Wände erkennen. Ich wunderte mich sowieso, aus welchen Gründen ein Mensch so nahe am Fluss anfing eine Mine zu buddeln. Das Risiko, das die Mine permanent unter Wasser stehen würde, war nach meiner Einschätzung viel zu hoch. Aber vielleicht lag ich ja auch völlig falsch. Ich bin ja auch kein Geologe. Man hatte wohl gedacht, dass man tonnenweise Gold aus den Felsen kloppen und mit einem Schiff abtransportieren könnte. So wie andere eine Kiesgrube betreiben. Ich musste bei dem Gedanken schmunzeln. Alles Spinner diese Goldsucher. Dann holte mich die Realität zurück.

„Schmeiß die Knarre weg," hörte ich eine Stimme rufen.

Ein Schauer lief mir über den Rücken. Ich konnte nicht erkennen wer mich ansprach. Ich schaute nur in ein schwarzes Nichts, aus der die Stimme kam. So sehr ich mich auch anstrengte, ich konnte nichts erkennen. Meine Gedanken kreisten. Wenn ich jetzt in dieses dunkle Loch schießen würde, könnte es sein, dass er mir zuvorkam, oder mir meine eigenen Geschosse als Querschläger um die Ohren flogen. Ich war in keiner guten Position.

„Na los, mach schon," brüllte mich die Stimme an.

Ich legte meine Waffe auf den Boden. Ganz vorsichtig, um den Kerl nicht noch nervöser zu machen. Jetzt hieß es Nerven behalten. Er hatte den Finger am Abzug. Das war eine Situation, die mir gewaltig gegen den Strich ging. Wenn ich nur einen Hauch einer Chance hätte sehen können, dem Kerl hätte ich den Garaus gemacht. Aber dort, wo der Mann stand, war es dunkel. Man konnte nichts, aber auch gar nichts erkennen.

„Jetzt geh ein paar Schritte zurück," brüllte er weiter.

Ich tat es. Dann hörte ich eine zweite Stimme. Ganz leise, aber doch klar.

„Robert?" Ich hörte diese Stimme nicht zum ersten Mal. Es war Nick. Aber ich wollte sicher gehen.

„Nick," rief ich. „Bist du es?"

Dann hörte ich einen dumpfen Aufschlag.

„Halt die Schnauze!", rief die erste Stimme.

Ich hörte ein leises von Schmerzen durchtränktes Stöhnen.

Von der Freude, Nick gefunden zu haben, durchfuhr mich eine Mischung aus Angst und

Wut. Angst, dass diese Verbrecher mir in den nächsten zwei Sekunden die Lampen ausblasen könnten. Denn diese Männer hatten nichts zu verlieren. Und die Wut, nichts dagegen unternehmen zu können.

Jemand machte Licht in diesem dunklen Loch. Das Erste, was ich sah, dass jemand eine Laterne mit einem Streichholz anzündete. Aber da war noch jemand. Und dieser jemand hielt Nick mit der einen Hand am Haarschopf und mit der anderen ein langes Messer an die Kehle. Wir hatten eine Menge in der Ausbildung gelernt, aber es gibt Augenblicke im Leben, die stehen in keinem Handbuch. Ich musste mit ansehen, wie sie meinem besten Freund die Kehle durchschneiden wollten.

Ich sah auf meine Waffe, die ein paar Schritte vor mir lag. Die Zeit würde zu lange dauern, bis ich sie an mich nehmen, entsichern und abfeuern könnte. In der Zeit könnten sie Nick dreimal den Hals durchschneiden. Ich fühlte mich so verlassen und hilflos.

„Was sind eure Bedingungen?", fragte ich, um Zeit zu gewinnen. Die Situation war hoffnungslos. Aber ich wollte es wenigstens versuchen.

Einer der beiden Gringos hob nur seinen Revolver und zielte auf mich. Dann ging es ganz schnell. Zwei ohrenbetäubende Schüsse knallten hinter mir. Beide Gringos wurden erschossen. Sie waren auf der Stelle tot.

„Wir verhandeln nicht."

Und diese Stimme kam von keiner Geringeren als von Anna Elena Trova. Ihr könnt euch nicht vorstellen, wie froh ich war, dass diese Frau, obwohl ich zuerst strikt dagegen war, sie in unser Unternehmen aufzunehmen, jetzt neben mir stand. Sie hat Nicks und auch mein Leben auf tollkühne Art gerettet. Ab diesem Augenblick war sie meine beste Freundin.

Nick kniete noch immer auf dem Boden. „Ich war gerade dabei, die Bande fertig zu machen," hauchte er noch, dann kippte er vor Erschöpfung zur Seite.

Anna und ich kümmerten uns sofort um ihn. Er zitterte am ganzen Körper. Schnell legten wir ihn auf eine Decke, deckten ihn noch mit anderen zu und versuchten ihn wieder warm zu bekommen. Nick war völlig unterernährt und entkräftet. Anna hatte noch etwas Schokolade im Rucksack. Als Nick davon aß, wurde er ruhiger und das Zittern ließ langsam nach. Ich schaute noch nach ein paar Decken, um ihm noch mehr Wärme zu geben. Ein offenes Feuer in der Mine schien uns zu gefährlich, da wir Sorge um eine Kohlenmonoxidvergiftung hatten. Die Petroleumlampen an den Wänden gingen vielleicht noch, aber ein offenes Feuer im Innern der Mine war für uns ein no go. Zudem legte ich Jacken und Kleidungsstücke der toten Gringos über Nick und versuchte so, seine Körpertemperatur wieder auf Vordermann zu bringen.

Es dauerte nicht lange und einer nach dem andern trudelte in die Mine ein. Zuerst sah ich Veronica. Sie hatte Anna Rückendeckung gegeben, gefolgt von Jan und Bernado. Sie hatten die Nachhut gebildet. Die drei informierten uns, wie die Lage vor Ort sei, gingen aber recht zügig wieder zum Eingang, um ihn zu sichern. Veronica blieb bei uns. Wir gaben Nick noch etwas Schokolade. So langsam bekam er wieder Farbe im Gesicht, was uns Hoffnung gab, ihn hier lebend herauszubekommen.

Wir warteten bis zum Morgengrauen. Dann beschlossen wir, Nick wieder in die Zivilisation zurückzubringen. Kurz um, wir fällten Bäume und bauten uns ein Floß. Darauf errichteten wir eine kleine Anhöhe, auf die wir Nick legten, damit er bei unserer Fahrt über den Orinoco nicht nass würde.

Gesagt, getan. Wir hatten es geschafft, ihn aus dem Busch über den Fluss bis zur Plantage von Antonio zu schaffen. Es hat einige Anstrengungen gekostet, aber wir haben Nick nach Hause bringen können. Den Rest hatte Franziska organisiert. Sie päppelte Nick wieder auf. Es hat sechs Wochen gedauert, bis er wieder einigermaßen der Alte war.

Und genau nach sechs Wochen kam die Frage von Nick, auf die ich gewartet hatte. Ich hatte schon mit den anderen gewettet, dass er mir diese Frage stellen würde, aber sie meinten, dass würde er nicht tun.

Jetzt passt auf: Es war beim Abendessen. Wir saßen alle in der Küche um den großen Tisch. Franziska verteilte das Essen auf jeden Teller. Es gab Paella, wie jeden zweiten Abend, ein spanisches Reisgericht aus der Pfanne. Ich glaube Nick hatte zuletzt etwas auf den Teller bekommen, da stellte er diese Frage: „Warum hat das so lange gedauert?" Dabei schaute er mich mit scharfen Augen und einem Ton der Überlegenheit an. Franziska verstand die Situation nicht und war fassungslos. Sie entschuldigte sich sofort bei Nick. Ich hob langsam die Hand, ließ Nick aber nicht aus den Augen. Dann BÄÄÄÄN schlug ich mit der flachen Hand auf den Tisch, dass es nur so knallte.

„Ich hab gewusst, dass du diese bescheuerte Frage stellst."

Alle um den Tisch waren fassungslos und glaubten nicht, was sie da hörten. Franziska verstand gar nichts mehr.

„Ich hab gewusst, dass du diese bescheuerte Frage stellst," wiederholte ich mich. „Das macht der extra, um mich klein zu halten." Ich zeigte mit dem Finger auf den Rüpel. „Das hat so lange gedauert, weil ich mal ohne dich meinen Sommerurlaub verbringen wollte," schnauzte ich Nick an. „Was glaubst du wohl, was wir hier fabriziert haben, um dich wieder an diesen Tisch zu bekommen. Meinst du vielleicht, wir haben hier nur auf der Sonnenbank gelegen und uns einen schönen Tag gemacht? Wir haben Kopf und Kragen riskiert, um deinen Arsch zu retten. Wenn du damals nicht in den scheiß Bus gestiegen wärst, wäre vieles anders gelaufen."

Ich hatte mich richtig in Rage geredet. Ich weiß nicht mehr, was ich dort am Tisch noch alles gesagt oder geschrien habe. Aber in diesem Augenblick kamen all meine Sorgen und Ängste um Nick heraus.

Dann war absolute Stille im Raum. Man hätte buchstäblich eine Stecknadel fallen hören können. Nick saß am Tisch und sagte keinen Ton. Langsam begann er, seine Paella zu essen. Mit ruhiger Stimme sagte er: „Ich meine ja nur. Ohne dich war die Zeit ganz schön langweilig."

Mit einem Schlag brach lautes Gelächter los. Ein gewaltiger Druck ließ von mir ab. Die monatelange Anspannung, das nicht wissen wo Nick war und wie es um ihn stand. Die permanente Auseinandersetzung mit den paramilitärischen Einheiten, wo keiner wusste, wer Freund oder

Feind war. All dieses verflog an diesem Abend im Gelächter, wie eine Rauchfahne im Wind.

Nach dem Essen ging ich aus dem Haus. Die Luft war mild und ein Duft von geschnittenem Gras und geröstetem Kaffee umhüllte mich. Ich setzte mich auf die Bank, die einige Schritte entfernt auf der Plantage stand.

Dort saß ich schon eine ganze Weile, als Nick kam. Er setzte sich ohne Worte neben mich. Die Ruhe, die wir dort genossen, war wie Balsam für die Seele.

„Danke." Das war das Erste, was er zu mir sagte.

„Keine Ursache," erwiderte ich. „Du hättest das gleiche für mich getan."

Nick schaute mich lange und intensiv an. Dann rang er um Worte. „Die haben mir ganz schön zugesetzt. Wenn du nicht rechtzeitig gekommen wärst, dann hätten die mich einfach kaltgestellt. Ich war für sie nur noch Ballast."

„Ich war nicht der Einzige, der dich da rausgeholt hat. Ich hatte gute Helfer. Wenn du dich bedanken willst, geh ins Haus, dort sitzen die wahren Helden."

Nick nickte zustimmend.

Veronica und Anna waren die Ersten, die zu uns kamen. Dicht gefolgt von Jan, Antonio, Emilio, und Bernado. Die Truppe war vollzählig.

„Und wie geht's jetzt weiter?", fragte Bernado.

„Nick will den ganzen Schweinestall auf den Kopf stellen und hier richtig aufräumen," gab ich zur Antwort. „Hab ich doch so richtig verstanden, oder?", fragte ich Nick noch einmal zur Sicherheit.

„Ich hätte es nicht schöner sagen können", meinte er. Dabei grinste er übers ganze Gesicht. In diesem Moment hatte ich das Gefühl, dass Nick wieder der Alte war.

Wir waren noch eine ganze Weile an dieser Bank.

*

Am nächsten Morgen gab es ein deftiges Frühstück. Und wie das so ist, hatte jeder etwas zu erzählen. Nur Nick nicht. Er war still. Ich konnte sehen, wie er tief in seine Gedanken versunken war. Zuerst trank er nur seinen Kaffee. Dabei strich er sich nachdenklich übers Haar.

„Wir benötigen ein Flugzeug." Das waren die ersten Worte, die er an diesem Morgen herausbrachte. Mit einem Schlag war es mucksmäuschenstill.

„Was? Was hat er gesagt?", fragte Jan, der Nick wohl richtig verstanden hatte, aber noch einmal sicher gehen wollte.

„Wir benötigen ein Flugzeug", wiederholte Nick.

„Hab ich doch richtig verstanden," sagte Jan. „Ab jetzt gibt es wieder schöne Zeiten." Und dann bekam er so ein Lächeln im Gesicht, wie wenn Kinder Weihnachten erleben.

„Wir werden uns das passende Fluggerät selbst zusammenschustern und dann den Gringos ordentlich die Hölle heiß machen."

„Und wo sollen wir so ein Flugzeug herbekommen?", fragte Jan ganz vorsichtig.

„Weiß ich noch nicht. Aber irgendwo steht so ein Ding herum und wartet auf uns", meinte Nick.

Ich legte sofort Protest ein. „Ich bin dagegen. Jedes Mal, wenn ich in so einem Ding einsteige, ist die Wahrscheinlichkeit groß, dass ich mit dem ganzen Gelumpe abstürze. Ich bleib auf festem Grund. Das ist sicherer. Mir reicht es schon, wenn ich in die großen Verkehrsmaschinen einsteigen muss."

Nick nahm einen Schluck Kaffee aus seiner Tasse. „Du mein guter Freund brauchst nicht in das

Flugzeug einsteigen. Das machen Jan, als Pilot und Antonio und Emilio als Bordschütze. Die sind nicht mehr so gut zu Fuß. Wir beide und der Rest der Truppe, werden vom Boden aus operieren. Aber zuerst besorgen wir uns das Flugzeug. Ich habe nur noch keine Ahnung, wie wir das anstellen werden."

Da meldete sich Anna zu Wort. „Franziska hat doch einen Vetter mit einer Flugschule. Vielleicht können wir ihn ja fragen, ob er uns nicht rüber fliegen könnte."

Nick, der noch keinen blassen Schimmer von Franziskas Vetter hatte, wurde gleich hellhörig.

„Was denn für ein Flugzeug?", fragte er interessiert.

„Das ist so ein etwas älteres Gerät'", sagte Antonio etwas lapidarisch. „Das Flugzeug steht in Bogota mit einem Motorschaden."

Franziska ging aus der Küche und holte ein Bild von dem guten Stück. „Das ist schon etwas älter."

Nick schaute sich das Bild genauer an. Auch Jan ließ einen Blick darüber schweifen. Dabei wurden seine Augen immer größer. „Das ist eine Grumman HU 16. Auch Albatros genannt. Das ist ein Amphibienflugzeug, die wurden von Mitte der vierziger bis Ende der fünfziger gebaut. Die Küstenwache der USA haben sie viel benutzt. Mit dem Ding kannst du auf dem Rollfeld wie auch auf dem Wasser starten und landen. Die hatten eine Reichweite von ungefähr viertausendfünfhundert Kilometer. Die haben sie im Atlantik oder auch viel im Pazifik eingesetzt. Das wäre genau das, was wir benötigen." Jan strahlte übers ganze Gesicht.

„Hat dein Vetter das gute Stück noch?", fragte Nick.

„Ich denke schon", meinte Franziska.

„Meinst du, dein Vetter würde uns das Flugzeug wohl borgen, wenn der Motor wieder intakt wäre? Es wäre sehr wichtig."

Etwas unsicher ging Franziska zum Telefon. Dann sprach sie irgendetwas auf Spanisch. Wir saßen noch alle gespannt am Küchentisch, bis sie den Hörer wieder auflegte. „Er ist einverstanden und kommt heute Nachmittag damit vorbei."

„Dann läuft der Motor ja wieder von dem guten Stück", musste ich feststellen.

Jan sprang auf, schrie „Hurra" und machte ein Freudentänzchen. Alle freuten sich mit ihm.

„Ich wusste gar nicht, dass man den Kerl so schnell glücklich machen kann", sagte Nick und trank den letzten Schluck Kaffee aus seiner Tasse.

Es wurde Nachmittag. Nick und ich saßen auf der Bank auf der Plantage und besprachen den weiteren Ablauf unserer Mission. Die anderen reinigten ihre Waffen oder genossen die Nachmittagssonne.

Motorengeräusche störte die Stille. Es war Ernesto, der mit der Albatros eintrudelte. Er überflog zwei Mal die Plantage und landete einige Meter hinter den Kaffeepflanzen auf einer grünen Wiese. Der Erste, der zu uns kam, war Jan. Er freute sich wie ein kleiner Hund, der einen Ball zugeworfen bekam.

Wir gingen hin und begrüßten Ernesto. Er war ein echter Gigolo, dass konnte ich sofort erkennen. Einer, der die Herzen der Frauen im Nu verdrehte. Einer, der sich für unwiderstehlich hielt. Aber er sprach nur spanisch. 'Irgendwann muss ich diese Sprache auch mal lernen', dachte ich. 'Und sonst laufe ich Gefahr, dass so ein spanischer Pferdehändler mich ganz geschmeidig über den Tisch ziehen wird.'

Zum Glück war Veronica schnell zur Stelle. Sie konnte sich hervorragend mit dem spanisch sprechenden Ernesto unterhalten. Nach meinem Geschmack zu gut. Ich verstand kein Wort, aber ich konnte sehen, wie sie ihm schöne Augen machte. Und als sie sich bei ihm einhakte und sie zusammen zum Haus gingen, platzte bei mir ein Ventil.

„Den stampf ich jetzt ein", zischte ich durch die Zähne. Nick hielt mich am Ärmel zurück. „Lass die beiden, Veronica macht das sehr gut."

„Ja, das sehe ich auch", schnaufte ich.

Nick, der mich noch immer am Ärmel hielt, gab mir einen kräftigen Ruck. „Veronica macht das sehr gut", wiederholte er sich. „Ich kann nur ein wenig spanisch. Aber wie ich verstanden habe, verhandelt sie mit ihm die Albatros zu kaufen. Hab etwas Vertrauen zu deinem Mädchen."

„Zu Veronika habe ich ja Vertrauen, nur nicht zu diesem Möchtegern-Casanova."

„Vertrau ihr", sagte mein bester Freund. Dabei zwinkerte er mir ein Auge zu. Was mich nicht unbedingt ruhiger stimmte.

Wir gingen zusammen ins Haus. Nur Jan nicht. Der blieb beim Flugzeug und inspizierte es durch und durch. Der war von dem Ding gar nicht mehr weg zu bekommen.

Im Haus waren die Gespräche zuerst sehr entspannt. Bis Ernesto während der Unterhaltung Veronica zu nahe kam. Da war Schluss mit lustig. Da habe ich dem Gigolo auf Hochdeutsch erklärt wo seine Grenzen sind. Und zwar nur auf Deutsch. Ich glaube, er hatte es auch ohne Übersetzung verstanden. Ab diesem Augenblick konnte man mit dem Mann vernünftig reden. Wenn man dem

Hahn die Federn stutzt, dann fliegt er nicht mehr so hoch. Antonio und Franziska hatten ihm auch noch ein paar Takte dazu gesagt. Anna hatte sich dann um ihn gekümmert oder beziehungsweise, ihm klar gemacht, wie die Spielregeln bei uns waren. Danach bekamen wir das Flugzeug. Nicht ganz billig, aber wir haben es bekommen. Ich glaube, er wollte das Ding sowieso verkaufen. Auf einer ziemlich plumpen Art und Weise trieb er den Preis in die Höhe. Er hatte herausgefunden, dass wir dringend ein Flugzeug benötigten. Zudem hatte er Unruhe in die Truppe gebracht. Für jemanden, der etwas verkaufen will, ein riskantes Spiel. Aber er hatte es geschafft. Wie gesagt, ich musste unbedingt Spanisch lernen. Jan hatte das Vergnügen Ernesto zurückzufliegen. Dabei konnte er die Eigenschaften des Flugzeuges genauer erkunden.

Es war schon acht Uhr abends und die Dämmerung setzte ein. Ich machte mir Sorgen, da wir nur eine Wiese als Landebahn hatten und keinen ausgeleuchteten Flughafen mit Landefeuer. Ich stand an der Wiese und wartete. Veronica kam zu mir. Sie gab mir einen Kuss auf die Wange. Dann stellte sie sich neben mir mit den Händen auf den Rücken gefaltet und wiegte sich hin und her, wie ein kleines Mädchen, dass in der Eisdiele auf ein Eis wartete.

„Danke, dass du dich so für mich eingesetzt hast", sagte sie.

Ich legte meine Hände ebenfalls auf den Rücken, wippte ein wenig wie ein Schulmeister auf meinen Zehen und machte eine Handbewegung wie ein Dirigent. „Na ja", tat ich ganz wichtig. „Es ist schon gut, dass du so einen starken Mann an deiner Seite hast. Allein wärst du sicherlich verloren in dieser grausamen Wildnis."

„Sicherlich", dabei schaute sie sehr hilflos drein und dann konnten wir nicht mehr. Wir lachten laut los, lagen uns in den Armen und küssten uns lange und sehr intensiv.

Motorengeräusch durchbrach die Stille.

„Da ist Jan", rief Veronica.

„Ganz schön spät dran", entgegnete ich.

„Er musste noch eine Kleinigkeit mitbringen", sagte sie und schaute sich die Landung der Albatros an. Oder, was man noch erkennen konnte, bei der Dunkelheit.

„Was meinst du mit einer Kleinigkeit?" Ich war neugierig.

„Lass dich überraschen, mein Guter."

Jan landete sicher auf der Wiese. Mir war es immer ein Rätsel, wie er die Dinger auch noch im Dunklen seriös auf festen Grund bekam. Er stellte die Motoren aus und ließ die Maschine ausrollen. Wir gingen zur Albatros, die jetzt ruhig am Boden stand. Da Jan die Landelichter an der Maschine noch nicht ausgeschaltet hatte, konnten wir den Weg bis zu ihm gut erkennen. Jan öffnete die Tür. Er schaute zufrieden aus. Oder besser gesagt, er hatte einen Heidenspaß mit seinem neuen Fluggerät.

"Hat etwas länger gedauert. Musste noch zu so einem Zwischenhändler."

„Hauptsache wir haben die Sachen." Veronica freute sich.

Nichts wissend und voller Spannung fragte ich: „Was für Sachen?"

Jan drückte mir einen schweren Karton in die Hände.

„Würde mich mal jemand aufklären? Was habt ihr beiden denn mal wieder ausgeheckt?"

Jan schaute Veronica an. „Kann es sein, dass du Geheimnisse vor deinem Lover hast?"

„Nee", meinte sie. „Bin nur noch nicht dazu gekommen, ihm alles zu erklären."

'Na toll', dachte ich mir. 'Zeit hatte sie genug.'

Und schon kam der nächste Karton, den Jan mir auf den Ersten klatschte.

„Kommt da noch mehr oder bin ich der Einzige, der den Muli hier spielt?"

„Da kommt noch ne ganze Menge", sagte Jan und schaute mich mit so einem hilflosen Dackel-Blick an.

Ich legte die schweren Dinger erst mal zur Seite. „Wenn ihr so ein Geheimnis um den Kram macht, dann könnt ihr euren Scheiß auch selbst wegräumen." Ich war allmählich, ich will jetzt nicht sagen sauer aber genervt.

„Beruhige dich Brauner", sagte Veronica. „Jan ist nach Cartagena geflogen und hat mir eine Computeranlage und was da noch alles zugehört, mitgebracht. Meine letzte haben die Gringos ja in diesem kleinen Dorf mit angesteckt und verbrannt."

Fassungslos stand ich da. „Und dafür macht ihr so ein Geheimnis daraus?"

Veronica lächelte mich an. „Ich werde mal schnell den Wagen holen, damit wir das ganze Zeug zügig ins Haus bekommen."

„Ja, mach das. Aber verlauf dich nicht in der Dunkelheit."

„Ich doch nicht." Sie zwinkerte mir noch ein Auge zu und verschwand.

Das einzige Licht, was noch schien, waren die Lampen im Innern der Maschine. Jan stand in der Tür mit einem Karton in der Hand. Nachdem Veronica gegangen war, legte er ihn an die Seite.

„Ihr seid mir vielleicht ein Pärchen", meinte er. Dabei kicherte er so blöd, was meine Stimmung nicht gerade verbesserte. Dann ging er nach vorne ins Cockpit.

„Du weiß doch wie sie ist", rief ich ihm nach.

„Eben!", rief er zurück.

'Oh man', dachte ich nur.

Es dauerte nicht lange und Veronica kam mit dem Zehntonner zurück.

„Einen größeren Wagen hast du nicht gefunden?", fragte ich sie mit einem kleinen sarkastischen Unterton.

„Nee", gab sie mir zur Antwort. „Keinen mit einer Beleuchtung auf der Ladefläche." Eins zu null für Veronica.

Die Sachen wurden schnell verladen und die Computeranlage im Haus aufgebaut. Drei Tage dauerte es, bis Veronica herausfand, dass Morrison sich in Mexiko aufhielt. Aber wo Pedro Kordales steckte, wusste keiner zu diesem Zeitpunkt. Er war wie vom Erdboden verschluckt.

In der Zwischenzeit pinselten wir die Albatros etwas um. Wir fanden es nicht besonders hilfreich, wenn dort noch Flugschule von Ernesto auf dem Ding stand. Es war zwar auf Spanisch, aber das Flugzeug war so bunt angemalt, da wären wir garantiert mit aufgefallen. Jeder nahm sich etwas Farbe und einen Pinsel und in null Komma nix hatte die Maschine einen neuen Anstrich. Alle waren Stolz wie Oskar. Nur ich nicht. Wenn jeder eine andere Farbe nimmt, bleibt das Ding bunt.

Nick und Veronica gingen in der Zwischenzeit die einzelnen Standorte von Morrison durch, in der Hoffnung, mehr von Pedro Kordales herauszufinden. Aber als er aus der Tür kam, um etwas frische Luft zu schnappen und das bunte Flugzeug sah, lachte er laut los und verschwand wieder ins Haus.

Ich war verzweifelt. Ich nahm einen großen Eimer und füllte ihn mit allen Farben, die zur Verfügung standen und rührte das ganze Zeug kräftig um. Es war leicht rosa oder rosarot. Nicht unbedingt die Tarnfarbe, die ich mir erhofft hatte, aber andere Farbe war nicht mehr da. Ich war der Verzweiflung nahe. Antonio war es, der uns rettete. Er holte noch Farbe aus seinem Bunker unter der Scheune. Da war noch so ein alter Schrank mit diversen Farben. Am Ende hatten wir so ein helles Grün. Gut, das ging auch.

Anna hatte sich in der Zwischenzeit etwas von der rosaroten Farbe an die Seite geschafft und pinselte die Propeller der Maschine damit. Hellgrüner Rumpf und rosarote Propeller. Ich ging ins Haus, ich hatte die Schnauze voll. Sollten sie doch das

Ding anmalen, wie sie wollten, ich würde ja sowieso nicht darin einsteigen.

In der Küche bekam ich erst mal einen Kaffee von Franziska. Im Wohnzimmer waren Nick und Veronica immer noch mit der Suche nach Pedro Kordales beschäftigt. Das Zimmer sah aus wie ein Kontrollzentrum der Nato. Überall Bildschirme und Hochleistungsrechner. Veronica hatte sich in diverse Satelliten eingehackt. Von der Materie hatte sie richtig Ahnung. Den Job verstand sie aus dem Effeff. Ich dagegen verstand davon gar nichts. Alles böhmische Dörfer. Ich war froh, wenn ich ein Videogerät richtig eingestellt bekam.

Franziska brachte noch ein paar selbst gebackene Kekse zu uns. Jetzt stand ich da, mit meiner Tasse Kaffee in der einen und den Keks in der anderen Hand.

Neugierig schaute ich mir ein Satellitenbild auf einem der Bildschirme an. Dabei krümelte ich etwas vom Keks auf Veronicas heilige Tastatur. Da war das Geschreie groß. Sie wischte und pustete was das Zeug hielt, um mein Missgeschick wieder zu bereinigen. Bei der ganzen Wischer- und Putzerei, hatten wir plötzlich ein Satellitenbild, dass die beiden zuvor noch nicht hatten. Es zeigte eine Hazienda mit vielen militärischen Fahrzeugen mitten in Mexiko, nicht weit vom Standort des Herrn Morrison.

Veronica starrte auf den Bildschirm. Noch ein paar Klicks auf der gerade geputzten Tastatur und schon hatten wir Echtzeitbilder. Ich stellte die Tasse Kaffee auf dem Nebentisch ab. Den Keks steckte ich schnell in den Mund, damit er nicht noch mehr Unheil anrichten konnte.

Auch Nick ließ seine Augen nicht mehr vom Bildschirm. „Kannst du die Bilder noch etwas näher heranholen?"

„Kein Problem."

Die Bilder wurden gestochen scharf.

„Da kannst du ja sehen ob die ihre Schnürsenkel richtig gebunden haben", meinte ich.

Es dauerte nur ein paar Minuten, dann zeigte Nick auf eine Person, die in der Mitte von ein paar Männern stand.

„Beobachte immer die Person, die im Mittelpunkt steht. Wie sie sich bewegt oder sich verhält. Ob sie Befehle gibt oder Befehle entgegennimmt. Dann hast du den Chef der Truppe."

Veronica schaltete noch einen zweiten Satelliten dazu. Jetzt konnten wir ihn genau erkennen. Es war Pedro Kordales, der meist gesuchte Verbrecher südlich vom Rio Grande.

Endlich hatten wir ihn gefunden. Die Freude war groß. Jetzt war es an der Zeit schnell zu handeln.

Veronica ließ ihn nicht mehr aus den Augen. Wir gingen zu Jan.

„Wir haben Pedro Kordales gefunden", sagte Nick zu ihm.

„Wo?", wollte Jan wissen.

„In Mexiko, in der Wüste von Sonora, fünfzig Kilometer nördlich von Cananea. Da hat der Bursche sein Camp aufgeschlagen."

„Wie habt ihr ihn gefunden?", wollte Jan wissen.

„Mit präziser Genauigkeit und dem scharfen Auge eines Adlers haben wir diesen Schurken ausfindig gemacht", gab ich zur Antwort.

„Ach was", winkte Nick ab. „Robert hat seinen Keks über Veronicas Computeranlage gekrümelt. Da hat Veronica bitterböse geschaut. Das hättest du sehen müssen, wie die kleine Französin ihren Computer geputzt hat. Na ja. Und dabei hatten wir zufällig Pedro Kordales auf dem Schirm."

„Kannst du nicht einmal die Schnauze halten, wenn ich Jan von meinen Abenteuern erzähle?", fragte ich, wobei ich mir das Lachen nicht verkneifen konnte.

„Sorry, ich wusste nicht, dass du Jan von deinen Abenteuern berichten wolltest." Nick grinste übers ganze Gesicht.

„Okay ihr zwei Spaßvögel. Wie ist der Plan?", fragte Jan.

„Wir werden deine Albatros etwas um modellieren," erklärte Nick. „Mein Gedanke ist, wir bauen die Maschinengewehre, die auf dem Zehntonner liegen, in deine Albatros ein."

„Das ist genau nach meinem Geschmack", sagte Jan. „Kommt mal mit, ich hab da so eine Idee."

Wir folgten ihm. Er zeigte uns eine Luke im vorderen Rumpf der Maschine. Da dieses Flugzeug auch auf dem Wasser landen konnte, wurde diese Luke auch als Notausstieg verwendet. Man gelangte quasi unter dem Armaturenbrett zwischen Pilot und Copilot in den vorderen Teil des Rumpfes. Und genau dorthin wollte Jan das MG montieren. Der Schütze schaute mit halben Oberkörper aus der Maschine und hatte somit einen freien Überblick. Das zweite MG wurde auf ein schwenkbares Stativ an der hinteren Einstiegstür montiert. Während des normalen Fluges konnte die Tür geschlossen bleiben. Kam der Einsatz, wurde die Tür geöffnet und mit Hilfe des schwenkbarem Stativ, das MG in die gewünschte Position gebracht.

Wir fanden die Idee großartig. Da diese Maschine auch für schwere Lasten ausgelegt war, legten wir noch Stahlplatten auf den Boden. Wenn mal einer auf die glorreiche Idee kam, zurückzuschießen. Zudem baute Jan den Kraftstofftank vom

Zehntonner LKW in die Maschine ein. Er meinte, das würde die Reichweite enorm erhöhen. Jetzt war nur noch die Frage, wer alles in der fliegenden Festung mitfliegen sollte.

Nick schaute etwas verlegen zur Seite, dann kam er mit der Hiobsbotschaft. „Ich sage dir, wer alles in das Ding einsteigt. Das ist Jan als Pilot, Emilio als vorderer Bordschütze. Antonio als hinterer MG- Schütze. Dann Bernado für alle Fälle und wir zwei. Jetzt weißt du wer alles mit fliegt.

„Hey, Moment mal. Du sagtest wir bleiben am Boden", protestierte ich. „Antonio, Emilio und die anderen alle fliegen mit dem Ding. Du hast versprochen, dass wir am Boden bleiben. Du hast es versprochen!"

Mir wurde Angst und Bange, wenn ich nur daran dachte, mit Jan in ein Flugzeug zu steigen. Jedes Mal, wenn ich in so ein Ding einstieg, fiel der Vogel vom Himmel.

„Ja", entgegnete Nick. „Das wäre, wenn wir in dieser Gegend bleiben könnten. Aber Pedro Kordales hatte entschieden, sich in Mexiko aufzuhalten. Das sind zweitausend Kilometer von hier und ich bin nicht willens, diese zweitausend Kilometer mit dem Auto durch die Gegend zu chauffieren, nur weil der gnädige Herr nicht mit einem hochmodernen Fluggerät fliegen möchte."

„Hochmodernes Fluggerät!", rief ich. „Jan will an dem Ding alles umbauen. Wer weiß, ob die Kiste überhaupt noch starten kann. Geschweige denn, bis Mexiko fliegt. Und zudem ist die Schüssel schon über zwanzig Jahre alt. Von wegen hochmodernes Fluggerät."

Jan kam noch hinzu, der das Gespräch mit anhörte. Eine Stunde hatten die beiden auf mich eingeredet, wie auf ein krankes Pferd, bis ich mich endlich bereit erklärte. „Aber, wenn Jan dieses Mal wieder das Ding zerschreddert, war's das. Dann steig ich nie wieder in so einen fliegenden Sarg. Man sollte das Glück nicht zu oft herausfordern."

„Mach dir mal keine Sorgen", sagte Nick. „Wir beide werden gar nicht mitbekommen, wie Jan die Albatros landen wird."

„Wie meinst du das, wir werden es gar nicht mitbekommen?", fragte ich mit einer Portion Skepsis.

„Na ja. Wir werden springen. Wir werden uns aus viertausend Metern aus dem Flugzeug fallen lassen und mit dem Fallschirm zu Boden gleiten. Wie früher."

„Wow, wow, wow! Das meinst du doch nicht im Ernst?", protestierte ich. „Das sind zwanzig Jahre her, dass wir so einen Blödsinn fabriziert haben. Du glaubst doch nicht allen Ernstes, dass ich mit so einer Tüte über meinem Kopf aus viertausend Metern springe!"

„Doch, das glaube ich", meinte Nick. Dabei hatte er so ein blödes Grinsen im Gesicht. Das musste er sich wohl von Emilio abgeschaut haben.

„Und wo sollen wir die Fallschirme herbekommen?" Ich hatte die Hoffnung, dass wir so schnell keine bekommen konnten.

„Antonio hat noch welche in seinem Bunker aus den Zweiten Weltkrieg. Die müssten eigentlich noch gehen."

„Bist du bescheuert, mit so einem Ding aus der Steinzeit aus dem Flugzeug zu springen?" Ich brüllte Nick an. „Du kannst doch nicht ganz dicht sein, mit so einem alten Lappen aus der Albatros zu hüpfen. Vielleicht hat Franziska daraus ja schon längst Gardinen gemacht. Dann hast du den alten Rucksack auf dem Rücken, springst aus viertausend Metern, ziehst an deiner bescheuerten Reißleine und das Ding ist leer. So schnell kannst du deine Arme gar nicht bewegen, dass du einigermaßen heile unten ankommst. Du wirst aufklatschen wie eine Fliege vor der Windschutzscheibe."

„Ach, meinst du?", fragte Nick mit ruhiger Stimme. „Kann ich mir gar nicht vorstellen, dass die alten Fallschirme nicht mehr funktionieren sollten."

„Da kannst du dich drauf verlassen, dass die Dinger nicht mehr funktionieren. Ich werde garantiert nicht mit so einem altertümlichen Rucksack aus dem Flugzeug springen! Das kannst du dir von der Backe schmieren." Ich war außer mir. Wie konnte Nick so einen Unfug von mir verlangen?

Es dauerte nicht lange, da kam Antonio auch schon mit den ollen Dingern um die Ecke. Ich schaute Nick an. Er hatte immer noch dieses blöde Grinsen im Gesicht.

„Nee. Auf keinen Fall werde ich diesen Plunder anschnallen."

Dann brach ein lautes Gelächter aus.

„Natürlich werden wir nicht mit so einem alten Kram springen. Emilio hat flammneue organisiert. Das sind keine Fallschirme wie wir sie früher hatten, das sind hochmoderne Gleitschirme, halt Paragleiter. Mit denen kannst du auf den Zentimeter genau landen."

Ich konnte es nicht fassen. Da haben die beiden mich ganz schön aufs Glatteis geführt. Oder besser gesagt, die beiden hatten mich tierisch verarscht.

Mein Blutdruck stieg rasant nach oben. Ich hatte so einen Hals. Meine Nackenhaare standen aufrecht. Ich war drauf und dran, denen ordentlich meine Meinung zu sagen. Da kam

Veronica um die Ecke und fragte, wie die Vorbereitungen liefen.

„Robert ist total begeistert", meinte Nick. „Er gibt zu allen Details seine Zustimmung." Und dann strahlte er wie ein Honigkuchenpferd.

Veronica kam zu mir, nahm mich in den Arm und sagte, dass sie sehr stolz auf mich sei. Ich schaute in ihre rehbraunen Augen. Da war der Widerstand gebrochen. Mal wieder. Nick und Antonio lachten laut los. Ich dagegen nahm sie in den Arm, küsste sie und zeigte den beiden Clowns den Finger. Nachdem wir uns alle wieder beruhigt hatten, verschwand Veronica wieder in Haus. Sie hätte noch zu arbeiten.

„Okay", sagte ich. „Wie geht es jetzt weiter?"

Die MG's sind in der Albatros eingebaut", begann Nick. „Jan versucht heute noch den Zusatztank in die Maschine zu setzen. Wir werden uns die Fallschirme vornehmen und kontrollieren, ob sie richtig gefaltet sind. Morgen früh um sechs werden wir starten und die ersten Absprünge üben."

So war es dann auch.

Am nächsten Morgen flogen wir nicht höher als eintausend Meter. Als ich an der offenen Tür der Albatros stand und in die Tiefe schaute, wurde mir ganz flau in der Magengegend. Es war schon so lange her, dass ich gesprungen bin. Aber Nick meinte, es sei wie Fahrradfahren. Das verlernt man nicht. Ich zögerte einen Moment. Da bekam ich einen Schubs von hinten und schon war ich in eintausend Metern ganz allein für mich. So hatten wir es in der Ausbildung gelernt, wer nicht sofort sprang, wurde kurzerhand herausgeschmissen.

Jan hatte zwar die Geschwindigkeit reduziert, aber der Windstoß, den man beim Austreten der Maschine bekam, war doch enorm. Mit anderen Worten, bei einer Geschwindigkeit von ungefähr zweihundert Kilometern in der Stunde, ist der Windstoß, den man bekommt, wie ein Schlag mit dem Vorschlaghammer. Jan hätte die Geschwindigkeit auf einhundertfünfzig Stundenkilometer herabsetzen können. Das wäre erheblich angenehmer gewesen. Aber er war der Ansicht, dass bei viertausend Meter die Maschine nicht auf Höhe gehalten werden könnte. Er meinte nur, ich solle mich nicht so anstellen. Wäre besser für die Gesundheit. Da der Kreislauf angeregt würde. 'Von wegen Gesundheit. Am Arsch. Das macht der doch extra, nur um mir eins auszuwischen', dachte ich. Nick lass meine Gedanken. Er meinte, dass wir noch eine Menge Sprünge absolvieren müssten, um richtig fit zu sein.

Bei jedem Sprung, den wir machten, wurden wir besser und besser. Hinterher machte es richtig Spaß, mit den Paragleitern durch die Lüfte zu fliegen. Da machte die Absprung-Geschwindigkeit auch keinen Unterschied mehr. Wenn man die Thermik, also die Aufwinde, richtig nutzte, konnte man sich wie einen Korkenzieher nach oben schrauben. Und was für mich so interessant war, man konnte wirklich punktgenau auf der Stelle landen, was für unseren Einsatz von enormem Vorteil war.

*

Es dauerte drei Tage, bis wir die Albatros fertig hatten. Dann war es so weit, das Flugzeug wurde getankt, mit Proviant bepackt und mit genügend Munition versehen. Veronica gab mir noch eine Leuchtpistole. Sie meinte, nur für alle Fälle. Das war für mich in dieser Situation nicht unbedingt beruhigend. Sie blieb mit den anderen zurück. Sie war unser Auge. Nur mit ihrer Hilfe konnten wir schnell und zielstrebig operieren. Der Abschied fiel mir schwer. Ich hatte keine Ahnung, ob und wann ich sie wiedersehen würde.

Dann starteten wir durch. Der Flug verlief ohne Zwischenfälle. Emilio hatte noch die glorreiche Idee, in Kuba zwischenzulanden. Seine Zigarren gingen langsam zur Neige. Nick machte ihm einen

Strich durch die Rechnung. Für so einen Blödsinn hätten wir keine Zeit.

„Vielleicht könnten wir auf dem Rückflug shoppen gehen", meinte Nick. „Wenn wir diesen Einsatz überleben werden. Ansonsten musst du später mal nach Kuba fliegen."

Wie gesagt, der Flug verlief ohne Zwischenfälle. Wir flogen tief übers karibische Meer, so dass wir vom Radar nicht erfasst werden konnten. Vorbei an Panama, Costa Rica, Nicaragua, Honduras, überquerten Guatemala. Als wir das Hochland von Mexiko überflogen, sahen wir die gewaltigen Gebirgszüge der westlichen Sierra Madre. Die Sonne ging zu diesem Zeitpunkt unter. Das Licht schien in einem goldgelben Ton, manchmal sogar in einem leichtem rosa. Ein echtes Naturschauspiel wurde uns geboten.

Nick kam mit einer Überraschung zu mir. Er hatte ein Funksprechgeräte für diesen Einsatz organisiert oder vielmehr, Emilio hatte noch eins im Keller. Das Einzige was neu an dem Ding war, waren die Batterien.

Noch zwei Stunden, bis wir am Zielort ankamen. Ich versuchte etwas zu schlafen. Aber die Motorengeräusche der Albatros, die Falllöcher, in die die Maschine manches Mal herein geriet und die Gedanken an den bevorstehenden Einsatz, machte das Einschlafen schwer. Aber irgendwie musste ich doch wohl eingenickt sein. Nick weckte mich eine halbe Stunde vor Absprung. Er gab mir einen Kaffee aus Jans Thermoskanne und ein paar Kekse von Franziska. Das Schöne daran, hier durfte ich krümeln. Da war keine Tastatur von Veronica im Weg.

Und dann war es so weit. Wir flogen eine Höhe von viertausend Meter. In dieser Höhe ist die Luft eiskalt. Nick hatte die Idee, dass, wenn wir in dieser Höhe abspringen würden, die Motorengeräusche der Albatros nicht am Boden zu hören seien. Da am Boden aber im Sommer milde Temperaturen herrschen, hatte niemand daran gedacht, dass wir in eisigen Lüften ausstiegen. Ich zumindest hatte keine lange Unterhose an. Ich sag euch, das war richtig kalt, als ich in viertausend Metern am Fallschirm hing. Ich hielt das für eine saudoofe Idee. Aber Nick hatte es so beschlossen. Und fertig! Die Idee an sich war ja nicht schlecht. In der Dunkelheit landen, keine Motorengeräusche, kein Aufsehen, keiner ahnte, dass wir denen gleich die Hölle heiß machen würden. Alles rundum ein guter Plan. Wenn es nicht so eisig kalt gewesen wäre.

Als ich mit der ganzen Ausrüstung landete, war ich durchgefroren bis auf die Knochen. Auch Nick ging es nicht besser. Schnell mussten wir die Fallschirme zusammenraffen, um keinen Verdacht zu schöpfen. Keiner wusste von uns, wie viele Wachen sie postiert hatten, noch wussten wir nicht, wo sie sich zu diesem Zeitpunkt aufhielten.

Es war zappenduster. Die Möglichkeit etwas zu sehen quasi unmöglich. Nur die Hazienda in etwa zweihundert Meter war zu erkennen. Ich nahm mein Gewehr und schaute durch das Zielfernrohr. Der Hof war mit wenig Licht beleuchtet. Auch Nick schaute durch sein Fernglas.

Wir observierten das Gelände schon eine ganze Weile, bis Scheinwerferlicht in der Ferne auftauchte. Ein Fahrzeug fuhr die Straße entlang. Sie schlängelte sich durch das Gelände. Das Licht der Scheinwerfer leuchtete mal links, mal rechts, dann hoch und runter, so wie die Straße verlief. Dann wendete sich der Wagen wieder ab, so dass man die Rücklichter erkennen konnte. Wir atmeten auf. Im selben Augenblick fuhr der Wagen durch eine Kurve und hielt direkt auf uns zu. Erst jetzt konnten wir im Scheinwerferlicht erkennen, dass die Straße zur Hazienda nur zwanzig Meter hinter uns war.

Wir hatten noch keine richtige Position bezogen und uns dementsprechend getarnt. Bei der Dunkelheit waren wir ziemlich sicher, dass uns niemand entdecken konnte. Also beobachteten wir alles, um die Lage richtig einzuschätzen. Das mitten in der Nacht ein Wagen mit vollen Scheinwerfern auf uns zurasen würde, war theoretisch möglich, aber in dieser Gegend kaum zu glauben. Aber dennoch war es so. Wir nahmen fix unsere Sachen und sprangen in einen Graben, der neben der Straße verlief. Der Wagen wurde langsamer und hielt einige Meter vor uns an. Ein Suchscheinwerfer wurde zudem noch eingeschaltet.

Dann hatten sie uns entdeckt. Drei Männer stiegen aus und zielten mit ihren Gewehren auf uns. Sie quatschten irgendetwas auf Spanisch. Eins war sicher, diese drei Burschen fragten garantiert nicht nach dem Weg. Das war auch für mich verständlich.

Langsam bewegten wir uns aus dem Graben. Mit erhobenen Händen standen wir vor den Gringos, die immer noch ihre Waffen auf uns richteten. Nick stand hinter mir, so konnte ich nicht sehen, was er tat, oder nicht tat.

Er flüsterte mir zu: „Wenn ich jetzt sage, lässt du dich fallen.“

Einer der Gringos schrie uns an, wir sollten die Schnauze halten. Und dann ging es ganz schnell.

Nick rief: „Jetzt.“

Ich ließ mich fallen. Bevor ich den Boden berührte, hörte ich Schüsse aus einem Schalldämpfer. Die drei Gringos waren auf der Stelle tot. Ich lag am Boden und schaute zu Nick herüber, der mit einer Pistole im Anschlag dastand und sich vergewisserte, ob die drei ausgeschaltet waren.

Ich kam langsam auf die Füße und schaute mir die Männer an, die gerade von uns gegangen waren.

„Du bist immer noch so schnell wie früher. Woher hast du die Pistole?"

„Dieses ist ein Colt 1911, Kaliber 45 aus dem Zweiten Weltkrieg. Wobei dieses Model schon im Jahre 1911 bei den US-Streitkräften eingeführt wurde", berichtete Nick, als wolle er mich in Waffenkunde unterweisen.

„Ich weiß was das für eine Knarre ist," sagte ich. „Ich wollte nur wissen, woher du diese Bleispritze hast."

„Von Antonio." Nick zuckte unschuldig mit den Schultern. „Der hatte dieses schöne Stück noch im Keller. Ich hab noch schnell eine Plastikflasche über den Lauf gestülpt. Quasi als Schalldämpfer. Muss ja nicht jeder wissen, dass wir hier Schießübungen veranstalten."

Es waren noch keine zwei Minuten vergangen, da erschoss Nick drei Männer, ohne mit der Wimper zu zucken. Manchmal war es erschreckend, wie abgestumpft man doch geworden war. Die einzige Rechtfertigung, die mir in den Sinn kam, dass wir nur Menschen töteten, die nichts anderes im Schilde führten, als andere ins Verderben zu stürzen. Auch diese drei Kandidaten waren nicht im Begriff uns zum Kaffee einzuladen. Dessen war ich mir sicher.

Um nicht Verdacht zu schöpfen, legten wir die toten Männer ins Auto und fuhren einige

Kilometer von dem Anwesen weg in Richtung Norden. Wir hatten Glück. Niemandem ist die kleine Auseinandersetzung aufgefallen.

Nach ein paar Minuten Fahrt fuhren wir rechts in einen Feldweg. Wobei es keinen großen Unterschied zwischen Straße und Feldweg gab. Jedenfalls legten wir die Toten hinter einer Reihe Felsen ab. Dabei fiel uns eine Menge Benzin in Kanistern auf, die der Wagen im Kofferraum hatte. Wahrscheinlich war der Kraftstoff für das Stromaggregat bestimmt, da es so weit draußen keine offiziellen Stromanbieter gab. Die Hazienda war wie eine Insel. Alles, was benötigt wurde, musste herangeschafft werden.

Wir fuhren zurück bis zu der Stelle, an der unsere Sachen versteckt waren. Wir luden alles ein und fuhren ein paar hundert Meter zurück. Hier verließen wir die Straße und machten einen großen Bogen um das Anwesen. An einer Stelle, die uns geeignet schien, versteckten wir den Wagen. Dann gingen wir ca. fünfzig Meter weit auf eine Anhöhe. Von dort bekamen wir eine gute Ansicht auf das Gelände. Manchmal braucht man einfach Glück im Job. Obwohl es noch dunkel war und wir nicht viel sehen konnten, versteckten wir uns so gut es ging. Erst im Morgengrauen machten wir unsere Tarnung perfekt.

Wir lagen geschlagene fünf Stunden auf der Lauer. Nachts war es in der Wüste von Sonora im nördlichen Teil von Mexiko kühl. Da können die Temperaturen schon mal bis an den Gefrierpunkt kommen. Aber tagsüber, besonders um die Mittagszeit, da leistet die Sonne ganze Arbeit. Wie so Grillhähnchen lagen wir im Sand. Da fängt der Job an, echt schwer zu werden. Wir hatten zwar genügend Wasser zum Trinken, da die drei toten Gringos uns noch mit Wasser beliefert hatten, oder vielmehr, es lag noch genügend auf der Rücksitzbank. Aber bei gefühlten einhundertfünfzig Grad auf dem Pelz, da fängt man doch gehörig an zu schwitzen.

Es dauerte noch eine ganze Weile, bis sich endlich etwas auf der Hazienda bewegte. Eine Delegation von Männern und Frauen kamen aus dem Haus. Ich zählte fünf Männer und vier Frauen. Also neun Menschen liefen über den Campus. Unter anderem auch Pedro Kordales. Er hielt sich in der Mitte der Menge auf. Sie unterhielten sich. Beziehungsweise Pedro Kordales schrie die Leute an.

„Typisch Chef", dachte ich laut.

„Jeep", flüsterte Nick. „So ist das, wenn man den falschen Vorgesetzten hat. Da kannst du dich noch so bemühen, aber egal was du machst, du bist immer der Loser. Der Alte ist immer im Recht und du als kleiner Angestellter, in so einem Laden, bekommst ständig was vor die Schnauze."

Ich hätte laut loslachen können. Nick hatte das Talent, die Sache immer aus dem richtigen Blickwinkel zu sehen.

Und dann kamen noch zwei aus dem Haus. So wie die beiden Kameraden aussahen, hatten sie zu tief in die Flasche geschaut. Und jetzt wurde es interessant. Als die zwei Trunkenbolde die anderen erreicht hatten, passierte folgendes: Zuerst hörte man die zwei irgendetwas auf Spanisch lallen. Der Wind stand günstig für uns und so konnten wir auch bei dieser Entfernung noch jedes Wort verstehen. Beziehungsweise Nick. Wie gesagt, ich konnte zu diesem Zeitpunkt noch kein Spanisch. Das hat mir Veronica später mal auf eine schöne Art und Weise beigebracht. Aber das ist ein anderes Thema.

Jedenfalls standen die beiden betrunkenen Gringos vor Pedro Kordales und lallten ihm etwas auf Spanisch vor, was für mich schon wie ein Kunstwerk war. Aber ich glaube, wenn man tief genug in die Flasche schaut, bekommt man das in jeder Sprache hin. Jetzt standen die beiden da, wie zwei Pelikane im Vollrausch. Und dann ging es ganz schnell. Pedro Kordales zog eine Waffe aus seiner Weste und knallte einen der beiden direkt in den Kopf. Es war eine Hinrichtung.

„Jetzt weißt du, was ich meine", flüsterte Nick mir zu. „Der Alte hat immer Recht und als Angestellter bekommst du immer einen vor den Latz geknallt."

Für einen Moment war Stille. Die Leute um Pedro Kordales waren wie gelähmt. Keiner sagte einen Ton, noch bewegte sich jemand.

„Hier in Mexiko ist ein Leben nicht viel Wert", kommentierte ich die letzte Aktion.

„Und das wird noch viel weniger Wert sein, wenn wir solchen Leuten wie Pedro Kordales nicht ganz schnell das Handwerk legen. Eins sage ich dir, Robert. Wenn ich die Möglichkeit bekomme, Kordales sauber eins zu verpassen, dann knall ich das Arschloch ab. Vor einem Jahr hatte ich den Kerl in den Knast gesteckt und die Behörden waren der Ansicht, dass Pedro Kordales ein harmloser Mensch sei, der auf freien Fuß gesetzt werden musste. Das Resultat hast du eben gesehen. Der macht auch vor Frauen und Kindern nicht halt, wenn es seinem Vorteil dient. Ich werde den gleichen Fehler nicht ein zweites Mal machen und ihn vor eine Gerichtsbarkeit stellen. Die lassen ihn wieder auf freien Fuß und dann beginnt der ganze Zauber von vorne. Nein! Wenn ich ihn zu fassen kriege, dann knipse ich das Schwein aus. Aber ich will auch Morrisen in die ewigen Jagdgründe schicken. Und am besten beide zusammen. Also warten wir ab, ob es nicht noch eine bessere Chance gibt als diese hier. "

Ich dachte einen Moment über Nicks Worte nach. Er hatte recht. Wenn wir diesem Verbrecher nicht

Einhalt boten, dann würden in nächster Zukunft noch mehr Tote seinen Lebensweg säumen.

Nach einer Weile fiel uns auf, dass Jan sich mit seinem Flugzeug noch gar nicht blicken gelassen hatte. Eigentlich sollte er schon längst in größerer Höhe über dem Areal fliegen. Aber nichts von ihm war zu hören, noch zu sehen.

Nick funkte ihn mit den altertümlichen Funkgeräten an. Außer einem Rauschen war da nichts zu vernehmen.

„Du lässt dir aber auch jeden Mist andrehen", kommentierte ich Nicks Versuch, die Albatros anzufunken.

„Halt doch einfach die Schnauze", entgegnete er mit einem Kopfschütteln.

Ich konnte mir ein Grinsen nicht verkneifen. Auch Nick lächelte ein wenig und versuchte es von Neuem. So oft er es auch versuchte, wir bekamen keine Verbindung zu Jan.

Dann passierte genau das, womit wir nicht gehofft hatten, aber mit rechnen mussten. Eine Menge Militärfahrzeuge, bis an die Zähne bewaffnet, kamen die Straße entlang.

„Da kommen Pedro Kordales Kindermädchen", sagte Nick.

„Hauptsache die wilde Horde sieht uns nicht, sonst sehe ich schwarz für unsere Zukunft", meinte ich und steckte den Kopf noch tiefer in meine Deckung.

„Das du immer so negativ denken musst", sagte Nick mit leiser Stimme.

„Ja genau, aber jetzt flüstern. Das sind mir die Richtigen", protestierte ich. „Die Gringos sitzen doch noch alle in ihren Karren. Die können uns gar nicht hören. Und sehen auch nicht."

„Okay. Hast ja recht. Ich versuche es noch einmal, vielleicht kann er etwas für uns tun." Nick funkte Jan nochmals an. Keine Reaktion.

„Hast du das Ding überhaupt eingeschaltet?", fragte ich. Dabei beobachtete ich den Militärconvoy, der immer näherkam, durch mein Zielfernrohr.

„Natürlich habe ich", weiter kam Nick nicht mit seiner Ausführung. „Du hattest recht. Das Ding ist aus. Das Funkgerät hat einen Wackeligen im Schalter." Nick war empört.

„Super das wir die Vorkriegsmodelle eingepackt haben", sagte ich etwas zynisch. „Im richtigen Augenblick machen die Dinger schlapp und lassen uns im Regen stehen."

Nick versuchte noch einmal Kontakt mit Jan aufzunehmen. Nichts zu machen. Das Funkgerät brachte keinen Ton heraus. In der Zwischenzeit kam der Convoy auf der Hazienda zu stehen. Die Männer stiegen aus. Einige wurden als Wachen abkommandiert. Sie verteilten sich um das Anwesen. Einer der Gringos hatte die glorreiche Idee, direkt auf uns zuzulaufen. Er hatte uns nicht gesehen, machte aber den Fehler seinen Kontrollgang in unserer Richtung abzuhalten.

Wir verhielten uns ganz ruhig. Kein Ton kam aus uns heraus und keine Bewegung verriet unsere Position. Der Mann lief schnurstracks an uns vorbei, ohne zu ahnen, dass sein Schicksal schon besiegelt war.

Ich wartete einen Moment. Dann schaute ich mich ganz langsam und vorsichtig um. Er hatte mich nicht bemerkt. Ich sah, wie er erst stehen blieb und dann seine Waffe durchlud. Der Mann ging ganz vorsichtig zu dem Auto und untersuchte es gründlich. Als er zurückkam und ganz nah vor uns war, sprang Nick zu meiner Überraschung auf, stach sein Messer dem Mann in den Hals und riss ihn zu Boden. Der Mann war auf der Stelle tot. Ich schaute schnell zu den anderen Wachen, um zu sehen, ob uns jemand beobachtet hatte. Wir hatten Glück. Keiner hatte den Vorfall bemerkt. Nick bedeckte den Toten mit Sand und Gestrüpp. Anschließend nahm er seine alte Stellung neben mir ein.

„Wenn wir nicht schnell eine Lösung finden, dann wird die Bande ihren Kumpel vermissen. Sie werden ihn suchen und irgendwann finden", sagte ich im Flüsterton. Dabei kaute ich auf einem Stück Trockenfleisch.

„Ich weiß", meinte Nick.

„Wenn Jan nicht bald mit der Albatros vorbei schneit, dann werden wir uns irgendwann verdrücken müssen", fuhr ich fort. „Versuch doch noch einmal eine Verbindung herzustellen. Vielleicht überlegt sich der Kernschrott noch einmal, ob er mitspielen will. Ansonsten bearbeite ich den Plunder mit dem Hammer."

„Sei nicht immer so pessimistisch", sagte Nick und fummelte an dem Gerät herum. „Die brauchen viel Liebe und Zuwendung. Da kann man nicht einfach so mit dem Hammer drohen. Da sind solche Funkgeräte sehr sensibel. Am Ende sind diese zarten Geräte eingeschnappt und verweigern jede Kommunikation."

Ich schaute Nick an, schaute zur Sonne, dann wieder zu Nick.

„Kann es sein, dass die Sonne dir nicht gut bekommt?", fragte ich mit einer leichten Unsicherheit.

„Nö, alles gut."

„Eigentlich bist du ja ein intelligenter Mann. Aber manchmal habe ich das Gefühl, dass du hier und da einen Aussetzer hast."

„Meinst du?", fragte er. Dabei setzte er seine Unschuldsmiene auf . „Vielleicht hast du ja recht und ich habe wirklich einen an der Klapse. Wer weiß das schon?"

Ich verdrehte nur die Augen. „Alter, wenn ich irgendwelche Funktionsstörungen an dir feststelle, darf ich dir dann eine ballern, damit du wieder geradeaus läufst?" Ich hatte ein Grinsen im Gesicht, dass die Mundwinkel von einem Ohr zum anderen reichten. Nick lächelte nur.

Es dauerte noch eine geschlagene Stunde oder zwei. So genau weiß ich das nicht mehr. Da kamen zu unserer Überraschung Töne aus dem alten Funkgerät. Zuerst abgehackt, aber dann immer besser zu verstehen. Wir beobachteten den Himmel. Jan sollte wie besprochen, in größerer Höhe über das Anwesen fliegen. Wir waren der Meinung, dass er sich erst mal mit uns absprechen müsste, bevor er irgendetwas dummes anstellen würde.

Nick nahm das Funkgerät. „Jan", sagte er leise, aber dennoch gut verständlich in das Mikrofon. „Wo steckst du?"

„HIER", rief Jan.

„Was heißt hier?", fragte ich.

„Weiß ich doch nicht." Nick war leicht genervt.

„Dann frag den Trottel, wo er mit seinem Vogel herumschwirrt und wieso es so lange gedauert hat, bis er hier eingetrudelt ist."

Nick hielt das Funkgerät in den Händen. „Frag doch selber nach. Schließlich ist er ja dein Freund."

Ich konnte es nicht fassen.

„Dann gib mir das olle Ding schon her", blaffte ich ihn an. „Mimimi", vielmehr fiel mir nicht ein.

Ich drückte die Sprechtaste von dem riesigen Ding. „Jan, kannst du mich hören?"

„Klar und deutlich", kam es aus dem Lautsprecher.

„Sag mal, du König der Trödler und Schlendriane. Kannst du mir mal erklären, warum du um Stunden später hier aufschlägst? Wir liegen geschlagene fünf Stunden im Sand und warten auf dich. Nick sieht aus wie ein gekochter Hummer. Und ich bin auch nicht besser dran."

Einen Moment war es still. Nur das leise Rauschen war zu vernehmen.

„Sorry", kam es aus dem Lautsprecher. „Aber Emilio hatte mich gebeten kurz noch einmal nach

Kuba rüberzufliegen. Er brauchte noch ein paar Zigarren."

Mir fiel das Funkgerät beinahe aus der Hand. Ich brauchte ein paar Sekunden, um das zu realisieren, was mir gerade vorgetragen wurde. Ich sah nur, wie Nick aus Verzweiflung seine Stirn in den Sand legte.

„Kannst du das Letzte noch einmal wiederholen?" Nur damit ich mir sicher war, nichts Falsches verstanden zu haben. „Du bist noch einmal nach Kuba geflogen, um Zigarren für Emilio zu kaufen?"

„Nicht kaufen. Mitbringen sollte ich welche. Von kaufen war nie die Rede."

Nick und ich starrten uns an. Auf diese blöde Antwort waren wir beide nicht gefasst.

Jan meldete sich wieder. „Ich will euch beiden da unten ja nicht das Bad in der Sonne vermiesen, aber ich sehe auf der Straße zur Hazienda eine Menge Militärfahrzeuge. Ich an eurer Stelle, würde mich so schnell es geht verdrücken. Ich würde ja am liebsten dazwischenfunken und denen ordentlich Feuer unterm Hintern machen. Aber die Albatros ist kein Kampfjet. Die holen mich runter, bevor ich bis drei zählen kann."

Nick dachte nach, was mich wiederum nervös machte. Wenn Nick in so einer Situation still wurde und nach einer Lösung suchte, dann verhieß das nichts Gutes.

„Was gibt's denn da noch zu überlegen?", fragte ich. „Wir hauen hier ab und überlegen uns eine neue Strategie."

Nick sagte immer noch nichts.

„NICK", sagte ich etwas lauter, um seine Aufmerksamkeit zu erlangen. „Huhu", versuchte ich es noch einmal. „Hörst du mir überhaupt zu? Wir verdrücken uns und überlegen etwas Neues."

Nick sagte immer noch nichts, beobachtete weiterhin mit seinem Fernglas die Straße, das Gelände und die Hazienda. Nervös schaute ich zu ihm. Meine Finger tippten wie bei einem Klavierspieler im Sand.

„Und?", fragte ich. „Ist der Herr gewillt irgendetwas zu unternehmen? Ich bekomme schon leichte Zuckungen in meinen Füßen. Die wollen eindeutig hier weg."

„Ich werde hier nicht verschwinden, bevor ich Pedro Kordales nicht ins Jenseits befördert habe", sagte Nick mit einer sehr energischen Stimme.

„Ja toll", entgegnete ich ihm. „Du gehst da ganz mutig hin und lässt dich in die Birne schießen. Dann bist du ein ganz mutiger Held."

Nick schaute mich an und knirschte mit den Zähnen.

„Nick", sprach ich meinen besten Freund an. „Wir halten den geordneten Rückzug und überlegen uns etwas Neues. Ich kann ja verstehen, dass du mächtig sauer auf die Bande bist, aber dahinlaufen wie ein Irrer, dass hilft uns auch nicht."

„Was schlägst du vor?", fragte er.

„Ich denke, wir nehmen den Geländewagen und verdrücken uns, bevor es zu spät ist."

Nick schaute wieder durch sein Fernglas. Dieses Nichtstun machte mich rasend.

„Nick, schau mal. Auf der Hazienda sind, was weiß ich, fünfzig oder sechzig gut ausgebildete Kämpfer. Auf der Straße dorthin vielleicht nochmal so viele. Das sind bestimmt hundertfünfzig Mann und mehr und die haben alle Gewehre und schießen auf uns. Das ist nicht gut für unsere Gesundheit. Das musst du doch verstehen. Ich bin der Meinung, wir sollten so schnell es geht, den ganz großen Flitzer machen und die Sache von einer anderen Seite aufziehen."

Nick legte sein Fernglas zur Seite. „Gut. Ist dir vielleicht aufgefallen, dass die Straße, auf der der Convoy unterwegs ist, die einzige Straße ist? Selbst wenn wir mit dem Geländewagen losfahren sollten, so wie wir aussehen kommen wir niemals an dem Convoy vorbei."

„Lass mich mal machen", entgegnete ich ihm. „Pack deine Sachen zusammen und dann nichts wie weg hier."

Wir schlichen rückwärts ganz vorsichtig aus unserer Deckung und gingen in gebückter Haltung bis zu unserem Geländewagen. Ab hier konnte uns keiner von der Straße oder Hazienda sehen. Es sei denn, jemand von der Wache streunerte hier herum. Und so war es dann auch.

Einer der Gringos hatte sich wohl auf den Weg gemacht, um seinen Kumpel zu suchen, den Nick kurz zuvor ausgeschaltet hatte. Der kam so unpassend, wie ein Wespenschwarm beim Picknick.

Ich war gerade damit beschäftigt, unsere Sachen im Wagen zu verstauen, als wir den unerwarteten Besuch bekamen. Nick stupste mich kurz an. Ich drehte mich um, sah den Mann auf uns zukommen und dachte nur: 'Konnte der Type nicht einfach woanders herumlaufen?'

Nick sprach ihn auf Spanisch an. „Ola", was so viel wie 'hallo' heißt. Das war das Einzige, was ich zu diesem Zeitpunkt auf Spanisch verstand.

Der Mann kam immer näher. Mit vorgehaltener Waffe ging er vorsichtig auf uns zu. 'Na super', dachte ich bei mir. 'Wenn er noch seine Kumpels ruft, dann sind wir völlig in der Uhr.'

Und so war es dann auch.

Der Mann rief nach seinen Freunden. Die hatten ihn wohl nicht richtig verstanden, denn als er ein zweites Mal nach ihnen rief, drehte er seinen Kopf ein wenig zur Seite, um besser verstanden zu werden. Es war nur eine Sekunde, die er unaufmerksam war. Eine Sekunde in seinem Leben, die er nicht aufgepasst hatte und ihm sein Leben kostete. In dem Augenblick, als er zur Seite schaute, zog Nick sein Messer und katapultierte es ihm aus vier Schritten Entfernung direkt in den Hals. Der Mann sagte keinen Ton. Er war wie versteinert. Lautlos brach er zusammen. Nur der dumpfe Aufschlag seines Körpers auf den Boden war zu hören.

„Na super", sagte ich. „Jetzt haben wir noch einen hier herumliegen."

Nick zog das Messer dem armen Teufel aus dem Hals. Er kontrollierte den Puls, um sicher zu gehen, dass der Tote auch wirklich tot sei. Es wäre nicht das erste Mal, dass ein Totgeglaubter wieder lebendig wurde und uns eine Menge Scherereien machte. Also, sicher ist sicher.

Dann kam mir eine Idee. Nick zog das Hemd vom toten Gringo an und setzte seinen Hut auf. Das war so ein großer Sombrero, wie die Mexikaner ihn hier oft trugen. Ich nahm den Hut von dem anderen Toten, den Nick eine Stunde zuvor im Sand vergraben hatte. Sein Hemd passte mir nicht. Brauchte ich gar nicht ausprobieren. Er trug, glaube ich, Kindergröße. Außer sein Hut. Der passte. Er war zwar nicht ganz so schick wie Nick seiner und hatte ein ausgefranstes Loch in der Krempe, aber er passte.

Um uns wie echte Bauern aus dieser Gegend zu verkleiden, musste unsere Gesichtsfarbe noch etwas nachgedunkelt werden. Ich machte die Motorhaube vom Geländewagen auf und öffnete den Öldeckel. Dort ist immer etwas schwarzes Öl drunter. Wir rieben unsere Gesichter damit ein. Mit etwas Sand vermischt bekam es eine dunkle Ockerfarbe. Genau so musste das aussehen. Nur Nick meinte, den Sand wegzulassen. Mit dem schwarzen Öl im Gesicht sah er beinahe wie ein afrikanischer Mitarbeiter aus.

Und dann ging die Reise los. Wir fuhren, so gut es ging, im großen Bogen um die Hazienda und dann auf die Straße. Es dauerte nicht lange und der angekündigte Convoy kam uns entgegen. Wir fuhren an die Seite, um ihn passieren zu lassen. Ein Fahrzeug nach dem anderen fuhr an uns vorbei. Wir hielten die Köpfe nach vorne, um unsere Gesichter mit der großen Hutkrempe zu bedecken. Jetzt war mein Hut im Vorteil. Mit dem Loch in der Krempe, konnte ich den ganzen

Convoy gut beobachten, ohne dass jemand mein Gesicht erkennen konnte.

Wir hatten es fast geschafft. Es waren vielleicht noch neun oder zehn Militärfahrzeuge, die an uns vorbeifahren mussten. Da blieben die Fahrzeuge direkt neben uns stehen. Jemand stieg aus einem LKW aus und kam auf uns zu. Er war bewaffnet mit einem Schnellfeuergewehr. Dann kam noch jemand und dann noch einer. Am Ende stand ein halbes Dutzend Männer um uns herum.

Nick drehte das Seitenfenster herunter. Einer der Männer hielt seinen Lauf vom Gewehr auf uns und fragte, wo wir herkamen und wohin wir wollten. Nick erklärte ihm, dass wir Bauern seien und auf dem Weg zu unserem Feld waren.

Jemand klopfte auch an mein Fenster. Ich drehte ebenfalls die Scheibe herunter und schaute dem Gringo direkt in seine braunen Augen. Das war für den Kerl eine echte Provokation. Er riss die Tür vom Wagen auf und zerrte mich heraus. Dabei schrie er wie ein Verrückter und fuchtelte ständig mit seinem Gewehrlauf vor meinem Gesicht herum. Die anderen standen um uns herum und lachten laut. Ich dachte nur: 'Wenn nicht gleich ein Wunder geschieht, dann sind wir tot.' Meine Gedanken kreisten. 'Wie kommen wir hier wieder lebend heraus?'

Der Kerl verlangte von mir, dass ich in die Knie gehen sollte. Das ging mir persönlich aber gewaltig gegen den Strich. Also tat ich so, als würde ich ihn gar nicht verstehen. Vom Prinzip tat ich das ja auch nicht, weil der Typ nur Spanisch quatschte. Ich zuckte mit den Schultern, in der Hoffnung, etwas Zeit zu gewinnen. Vielleicht würde sich eine bessere Gelegenheit ergeben, hier mit heiler Haut herauszukommen.

Nick rief dem Mann, der mir gegenüberstand, zu, dass ich seit Geburt gehörlos sei und das ich ihn gar nicht verstehen konnte. Mir gegenüber erklärte er in Zeichensprache, was er dem Mann gerade erklärt hatte. Zuerst verstand ich gar nicht was Nick von mir wollte. Selbst mit seiner Ausführung einer von mir noch nie gesehenen und schlecht vorgeführten Zeichensprache, war es fast unmöglich, zu erkennen, was Nick mir mitteilten mochte. Bis ich verstanden hatte, worum es ging, hielten mich die Männer, die immer noch um uns herum standen, für einen hilflosen alten Kautz.

Ich habe meine Rolle wohl so gut gespielt, dass selbst der Mann mit dem Gewehr vor mir, die Verzweiflung bekam und mich vor Wut so nach hinten gestoßen hatte, dass ich rücklings in den Sand fiel. Dann ging er weg. Einfach so, ohne Kommentar. Irgendein anderer Mann kam vom vorderen Teil des Convoys zu der Truppe Männer, die noch lachend um uns standen. Ich nehme mal an, es war einer der Kommandierenden und befahl den Männern, zurück in ihre Fahrzeuge zu steigen. Ich war vielleicht froh, dass sie auf den Kerl gehört hatten. Weiß der Geier, was die Bande mit uns noch alles angestellt hätte. Der Convoy setzte sich wieder in Bewegung und fuhr langsam an uns vorrüber.

Als er etwa fünfzig Meter entfernt war, fragte ich Nick wer ihm denn die Zeichensprache beigebracht hätte. Er schaute mich entgeistert an. „Ich war bei der Eliteschule in Westpoint", sagte er ganz stolz.

„Ja", meinte ich. „Wenn du reingegangen wärst, dann hättest du vielleicht noch etwas lernen können. Nur vor der abgeschlossenen Tür stehen, hilft nicht."

Nick bekam Schnappatmung. Das war zu viel für den armen Kerl. Er wollte sich gerade richtig Luft machen, da gab es ein lautes Getöse oder vielmehr einen lauten Knall. Es war Jan mit der Albatros, der im Tiefflug über den Convoy donnerte und eine Menge Flugbenzin über ihn abregnete. Uns flogen die Hüte weg, so tief flog der Kerl über unsere Köpfe hinweg. Dann zog er die Maschine im Steilflug nach oben und verschwand in einer der Wolken, die gerade über das Land zogen.

Der Convoy kam zum Stehen. Ich riss die hintere Tür von unserem Wagen auf und nahm die Leuchtpistole aus dem Rucksack. 'Für alle Fälle', hatte Veronica mir gesagt. Ich schoss eine Leuchtkugel in den von Benzin überschwemmten Convoy. Eine riesen Stichflamme explodierte vor unseren Augen. Obwohl wir fünfzig oder sogar einhundert Meter entfernt waren, spürten wir noch eine enorme Druckwelle. Schwarzer Rauch bildete sich über den brennenden Fahrzeugen. Wie ein großer Pilz, der in den Himmel stieg. Die halbe Gegend stand in Brand. Jetzt wusste ich auch, warum Jan den Kraftstofftank von dem Zehntonner in die Albatros gebaut hatte. Mit so einer Menge Flugbenzin konnte man eine halbe Stadt in Schutt und Asche legen. Wir nahmen unsere Gewehre und schossen auf alles, was aus den brennenden Fahrzeugen heraussprang oder fiel.

Es dauerte nicht lange und die Albatros kam im Sturzflug zurück. Der alte Gauner kam direkt aus der Sonne und flog ein zweites Mal über das brennende Inferno. Ich kann es nicht beschwören, aber ich meinte gesehen zu haben, dass Emilio mit einer dicken Zigarre zwischen den Zähnen, vorne im Bug der Albatros stand und das Bordgeschütz bediente. In der Seitentür stand Antonio am zweiten MG. Die zwei Alten schossen was das Zeug hergab auf alles was sich bewegte. Das war Luftunterstützung vom Allerfeinsten.

Wir hatten aber noch ein weiteres Problem. Die Leute von der Hazienda waren gewarnt. Nicht das ich mir irgendwelche Sorgen gemacht hätte, aber ich fand es ratsamer, so schnell wie möglich von dieser Stelle zu verschwinden. Nur Nick hatte mal wieder irgend welche Einwände. Er war der

Meinung, wir könnten nachschauen, ob Pedro Kordales zwischen den Toten sei. Ich glaubte nicht, was ich da gerade hörte.

„Bist du nicht ganz gescheit? Du willst nachschauen, ob dein alter Kumpel zwischen den ganzen Leichen liegt? Kann es sein, dass dir die Sonne zu heiß auf deinen Dickschädel gebrannt hat? Da kommen gleich die Leute von der Shiloh Ranch und machen uns die Hölle heiß. Wenn die sehen was wir hier angerichtet haben, dann werden sie bestimmt nicht mit einem Blumenstrauß vorbeischneien. Die Bande wird stinksauer sein. Und wenn wir hier noch herumstehen wie die Ölgötzen, dann werden die uns bestimmt nicht nach dem Weg fragen. Die werden sofort schießen, das steht fest. Und wir wissen nicht, wer da noch alles auf dem Weg ist zu diesem Treffen. Ich habe ja Verständnis für deine Situation, aber manchmal ist es besser, man verschwindet für eine gewisse Zeit."

Nick sagte keinen Ton. Er war nicht damit einverstanden, das konnte ich in seinen Augen ablesen. Nur widerwillig stieg er in den Wagen ein.

„Ich fahre", sagte ich. „Sonst kommst du noch auf die glorreiche Idee umzudrehen und doch nachzuschauen."

Mit Vollgas fuhren wir von dem Ort des Geschehens. 'Erst mal Platz schaffen zwischen den Gringos und uns.' Das war mein Gedanke.

Wir fuhren schon eine ganze Weile, als Nick mir eine Frage stellte. „Wer sind eigentlich die Leute von der Shiloh Ranch?"

Ich fing laut zu lachen an. „Du weißt nicht, wer die Leute von der Shiloh Ranch sind?", fragte ich ihn.

„Nein. Klär mich auf. Ich habe keinen blassen Schimmer."

Ich musste mich erst einmal wieder einkriegen, so komisch fand ich die Situation. Als ich mich wieder einigermaßen gefasst hatte, sagte ich zu ihm: „Also, die Leute von der Shiloh Ranch ist eine amerikanische Serie. Ich glaube aus den Siebzigern. Das ist irgendwie so ein Western, der bei uns immer Sonntagnachmittags im Fernsehen lief. Die müsstest du doch als alter Amerikaner kennen."

Nick schüttelte langsam den Kopf. „Ich habe damals immer nur die Enterprise geschaut. Oder irgendwelche Agentenfilme, wie zum Beispiel James Bond 007 mit Sean Connery. Für Western hatte ich nichts übrig."

„Und?" Ich war neugierig. „Konntest du denn irgendetwas für deinen Job aus den Filmen lernen?"

„Das Leben und die Wirklichkeit hat nichts mit dem zu tun, was uns Hollywood verkaufen will", sagte Nick mit ruhiger Stimme. „Und du? Hast du etwas aus den Western gelernt, die Sonntagnachmittags bei euch im Fernsehen liefen?"

„Na klar, hab ich", sagte ich voller Stolz.

„Und was, wenn man fragen darf?"

„Sauf keinen Whisky aus der Zeit des Wilden Westens, der brennt dir Löcher in die Socken. Ich habe mal einen probiert, aus dem Jahre 1889. Ich sag dir, du kannst besser Salzsäure saufen wie das Zeug. Das Einzige, was man damit machen kann, ist, ihn als Rohrreiniger zu benutzen. Wenn ich jetzt noch drüber nachdenke, wie die Cowboys sich früher das Zeug hinter die Backe kippten, bekomme ich heute noch Brandblasen auf der Zunge."

Nick hielt sich mit beiden Händen das Gesicht. Ich wusste nicht, ob aus Verzweiflung oder aus Müdigkeit. Als er die Hände wegnahm, lächelte er ein wenig.

„Du bist vielleicht ein Spinner", meinte er. Dann gab er mir einen freundschaftlichen Klaps auf meine Schulter. Die Spannung ließ nach, was ich persönlich als gutes Omen gesehen hatte.

Wir fuhren noch eine ganze Weile, als plötzlich die Albatros von hinten über uns hinwegschoss. Dann winkte sie mit den Flügeln, indem Jan die

Maschine kurz nach rechts und links steuerte. Da wussten wir, dass es den Jungs gut ging.

Es dauerte auch nicht lange und Jan meldete sich über das Funkgerät. „Hier ist der schwarze Ritter. Kann mich jemand hören?"

Nick und ich schauten uns an. Dann fingen wir beide laut an zu lachen.

„Gib mir mal das Funkgerät", sagte ich zu Nick.

Ich nahm das Gerät und sagte mit hoher Stimme: „Hier sind die beiden Burgfräulein. Was wünschet der edle Herr?"

Und dann konnte ich nicht mehr vor Lachen.

„Hier, mach du weiter?" Ich gab Nick das Funkgerät. Ich musste ja noch fahren. Wenn ich weiter mit dem Idioten im Flugzeug gesprochen hätte, wären wir sicherlich kopfüber im Graben gelandet.

„Hey Jan. Hier ist Nick", begann er seine Ansprache. „Kannst du mich hören?"

Einen Moment war es still. Nur das Knacken und Rauschen war zu vernehmen.

„Hallo Jan", versuchte es Nick ein zweites Mal. „Kannst du mich hören?"

„Klar und deutlich", funkte Jan zurück.

„Okay", meinte Nick. „Gibt es irgendwo eine Piste, wo du die Albatros sicher auf den Boden bringen kannst?"

„Ich stehe schon", kam es aus dem Lautsprecher. „Ich habe den Vogel einfach auf der Straße runter gebracht. Ich stehe etwa fünf Meilen nördlich von euch. Bin auf so einem Parkplatz für Touristen. Der führt zu einer Aussichtsplattform."

„Du bist schon unten?" Nick war überrascht.

„Ja man", sagte Jan mit einer ruhigen Stimme. „Ich hatte gedacht ihr zwei Streuner hättet Lust mit uns ein kleines Pläuschchen zu halten."

„Nee", meinte Nick. „Aber ich wäre interessiert mit dir noch einmal eine Ehrenrunde über die Hazienda zu drehen. Ich möchte mir die ganze Sache noch mal von oben anschauen. Wäre das möglich Herr Jan Jansen?"

„Kein Problem", meinte Jan. „Wenn du dich ruhig hinten hinsetzen kannst, dann sollte dem Rundflug nichts im Wege stehen. Ende und aus."

„Was hast du vor?", fragte ich. Ich hatte zwar eine Vorstellung was Nick dachte, aber ich wollte es persönlich von ihm hören.

„Wir werden uns die ganze Sache nochmal von oben anschauen. Wenn wir viel Glück haben, befindet sich Pedro Kordales mitten im ganzen Chaos. Die Straße zur Hazienda ist dicht. So wie

241

Jan den Angriff durchgezogen hat, kommt da zur Zeit keiner rein noch raus. Das ist mal sicher. Und jetzt will ich nur sicher gehen, dass das auch so lange bleibt, bis wir Verstärkung bekommen."

„Was denn für eine Verstärkung?", wollte ich wissen.

„Die mexikanische Armee kann uns hier gut weiterhelfen."

Ich musste wohl sehr verwirrend dreingeschaut haben und zuckte mit den Schultern.

„Und weiter. Meines Wissens ist auch die mexikanische Armee hier kein verlässlicher Partner. Die sind doch genauso korrupt wie die Polizei in Kolumbien."

„Vertrau mir", erwiderte Nick. „Ich hab da noch eine Karte im Ärmel."

„Na, da bin ich aber mal gespannt, ob dein Gegenspieler nicht auch noch mit gezinkten Karten spielt und wir hinterher alle noch in so einem mexikanischen Gefängnis versauern werden."

„Vertrau mir", sagte Nick mit ruhiger Stimme. „Ich habe da so meine Verbindungen."

„Ja, genau die, die kenne ich", sagte ich etwas spöttisch.

Nick verdrehte nur die Augen. Er wusste, dass ich auf den kolumbianischen Polizeipräsidenten Morrison anspielte. Er war zuerst auch der wichtigste Mann in Kolumbien, bis sich herausstellte, dass dieser Morrison ein zweites Spiel mit uns spielte. Wochenlang hatte er uns im kolumbianischen Busch versauern lassen. Und jetzt wusste Nick mal wieder einen, der uns weiterhelfen konnte. In letzter Zeit hatte uns diese Geschichte ganz schön mitgenommen. Da konnte man schon für die eine oder andere Kleinigkeit aus der Haut fahren.

„Ich habe da noch eine Karte im Ärmel. So was von einem beschissenen Sprung."

„Wenn du eine bessere Idee hast, dann spucks aus. Ich bin für jeden guten Einfall zu haben. Wenn du aber nichts zu servieren hast, dann würde ich dir raten, dass du einfach deine überspannten Nerven etwas zur Ruhe kommen lässt und dir die Gegend anschaust."

Das hatte gesessen. Eins zu null für Nick. Ich hatte wirklich keine bessere Idee und war nur gereizt, weil nichts so funktionierte, wie es sein sollte.

Nach ein paar Minuten Fahrt kamen wir zu dem besagten Parkplatz. Eigentlich war das nur eine Verbreitung der Fahrbahn. Jan hatte die Albatros mitten darauf geparkt. Es war ja auch die einzige Straße zur Hazienda. Wenn also jemand dort hinwollte, dann konnte Jan das Empfangskomitee spielen und Antonio oder Emilio mit dem Bord-MG einen Willkommensgruß versenden.

Wir stellten unseren Wagen am Straßenrand ab. Jan kam uns entgegen und fragte nach unserem Befinden. Als wir ihm die Geschichte mit den drei Gringos erzählten, von denen wir den Geländewagen geerbt hatten und das Benzin im Kofferraum, wurde er ganz hellhörig.

„Wir werden das Benzin in den Zusatztank kippen und einen zweiten Angriff starten", kam es spontan aus ihm heraus.

„Meinst du, die Albatros kann den Kraftstoff gut vertragen?", wollte Nick wissen. „Nach meinem Wissen bekommt doch so ein Flugzeug nur Kerosin."

„Nee", meinte Jan. „Wir brauchen das Benzin nur als Waffe. Quasi als Brandbeschleuniger. Das funktioniert wunderbar. Für die Motoren der Albatros ist das Zeug nicht zu gebrauchen. Zu wenig Oktan. Darum kommt das Benzin in den Zusatztank. Um Verbrecher auszuräuchern, gibt es nichts besseres."

Wir nahmen die Kanister aus dem Geländewagen und füllten einen nach dem anderen in den Zusatztank der Albatros.

Nur einer durfte nicht mitmachen. Emilio. Der stand mit seiner qualmenden Zigarre ein paar

Schritte neben uns. Wir waren alle der gleichen Ansicht, dass eine Wagenladung Benzin und eine brennende Zigarre nicht wirklich zusammenpassten. Also stand der alte Mann auf der anderen Seite der Straße und genoss das Nichtstun. Und wenn er den Anschein machte, zu uns rüber zu kommen, dann schrien alle, er solle doch bitte schön mit dem alten Stumpen dortbleiben. Ich konnte jedes Mal sehen, wie der alte Gauner grinste. Er genoss es, uns ein wenig zu nerven. Und das Nichtstun wahrscheinlich auch.

Nachdem wir mit dem Befüllen der Zusatztanks fertig waren, machte Emilio die Zigarre aus und stieg in die Maschine.

„Viel zu gefährlich, mit einer brennenden Zigarre in ein Flugzeug einzusteigen", meinte er noch und grinste dabei so doof, dass seine schwarzen Zähne zu sehen waren. Oder was man noch Zähne nennen konnte.

Ich schaute Nick an. „Irgendwann bringe ich den alten Mann noch um."

Nick lachte laut los.

Wir stiegen in die Maschine. Ich setzte mich neben Jan auf den Kopiloten Sitz, um einen besseren Überblick zu bekommen. Jan ließ die Motoren an und machte einen kurzen Abcheck. Dann starteten wir durch.

Immer schneller fuhren wir über diese holprige Straße. Ich hoffte nur, dass das Fahrwerk den Belastungen standhielt. Wir hatten die Startgeschwindigkeit noch nicht ganz erreicht, da tat sich eine Kurve vor uns auf. Ich dachte nur: 'Das wird knapp.' Ich spürte, wie sich meine ganzen Muskeln anspannten.

„Bist du dir sicher was du da machst?", rief ich Jan zu.

Auch die anderen waren mucksmäuschenstill.

„Sicher, bin ich sicher. Gib mir mal lieber Kaffee aus der Thermoskanne." Er grinste wie Emilio.

Mir blieb fast das Herz stehen, als wir nur noch einige Meter von der Kurve entfernt waren.

„Was ist jetzt?", brüllte ich. „Zieh endlich an dem alten Prügel, damit wir abheben."

Jan drückte die Gashebel noch ein wenig nach vorne, um das Letzte aus den Motoren rauszuholen. Dann endlich zog er am Steuerknüppel und die Albatros verlor den Boden unter ihren Rädern. Langsam stiegen wir in die Höhe.

„Sag mal, bist du bescheuert?", fragte ich Jan. „Wir wären beinahe in den Maisacker gehämmert."

„Ach was", winkte er lässig ab. „So schnell schmieren wir hier nicht ab. Was ist eigentlich mit meinem Kaffee?", fragte er mit einer Ruhe in seiner Stimme, die mich zur Verzweiflung brachte.

„Schaust du dir die Start- und Landepisten nicht vorher an, bevor du so einen fliegenden Bus in Betrieb nimmst?" Ich war immer noch sichtlich angespannt.

„Och, manchmal mach ich das, aber nicht immer hab ich die Zeit dazu." Diese Ruhe, die er versprühte, war schon unheimlich.

„Was ist eigentlich mit meinem Kaffee", fragte er ein zweites Mal.

Ich gab ihm seinen heißersehnten Kaffee, bevor er noch auf dumme Gedanken kam.

„Sag mal, und das ist immer gut gegangen? Du hast die Flugzeuge immer gut nach oben gebracht und auch sicher wieder runter?", wollte ich von Jan wissen, um eine einigermaßen gute Garantie zu bekommen, oder irgendeine zu hören.

„Eigentlich schon", begann er. „Gut ein-, zweimal ist etwas schiefgelaufen. Aber nichts dramatisches."

„Wie oft?", hakte ich nach.

„Weiß ich nicht mehr", druckste Jan herum.

„Wie oft?", fragte ich ein zweites Mal. Aber dieses Mal energischer.

„Weiß ich nicht", sagte er nur und schaute aus dem Seitenfenster.

„Ich will wissen, wie oft du so ein Flugzeug verschrottet hast."

„Fünfzehn Mal. So, jetzt weißt du es", schrie Jan mich an.

„Fünfzehn Mal hast du ein Flugzeug zerlegt?", fragte ich. „Sag das das nicht wahr ist." Denn ich konnte es kaum glauben. So viele Unfälle hatte ich noch nicht einmal mit dem Auto.

„Ja", sagte Jan mit leiser Stimme. „Es ist wahr. Ich konnte aber nichts dafür. Es war der Alkohol. Früher habe ich gesoffen wie ein Kesselflicker. Da machte die Maschine was sie wollte. Und manchmal kam sie auf die glorreiche Idee, einfach abzustürzen. Wie gesagt, ich konnte nichts dafür. Einmal, es war in Pakistan, da war die Startbahn einfach zu kurz. Am Ende war ein Abhang, den bin ich dann runter gerauscht. Zehn Wochen lag ich in einem Militärkrankenhaus, bis die mich wieder zusammengeflickt hatten. Wie gesagt, ich konnte da nichts gegen machen."

Mir wurde angst und bange beim Zuhören. Mein erster Gedanke: 'Wir haben hier einen Alkoholiker an Bord. Und der sitzt auch noch am

Steuerknüppel.' Mein zweiter Gedanke: 'Hauptsache der Mann greift jetzt nicht zur Flasche und besäuft sich auch noch.' Ich musste wohl ziemlich nervös drein geschaut haben, als Jan mir seine Story erzählt hatte.

„Ich trinke seit zehn Jahren keinen Alkohol mehr. Ich habe es sogar so weit geschafft, dass ich ganz normal mit anderen ein Bier trinken kann ohne rückfällig zu werden. Also entspann dich und genieße die Aussicht."

Mir fiel ein Stein vom Herzen, das könnt ihr mir glauben. Ich wurde allmählich ruhiger. Aber den Gedanken das Jan in früheren Tagen Alkoholiker war, beschäftigte mich noch eine ganze Weile.

Wir flogen zuerst die Straße entlang. Somit konnten wir sehen, ob sich noch mehr Militärfahrzeuge auf dieser Straße aufhielten. Die nächsten fünfzig Meilen war kein Mensch zu sehen.

Jan flog die Albatros wie einen Kampfjet. Und ich auf dem Beifahrersitz. Das war schlimmer als eine Fahrt in der Achterbahn. Wir stiegen auf zwei tausend Meter an. Jan steuerte die Albatros so, dass wir die Sonne im Rücken hatten. so konnte uns der Gegner schlecht ausmachen. Emilio hatte sich unter das Armaturenbrett der Albatros nach vorne begeben und stand hinter seinem Bordgeschütz. Also, wir im Sturzflug auf die Hazienda, ich auf dem Beifahrersitz und Emilio mit seiner Zigarre zwischen den Zähnen, vorne im Bug. Er drehte sich kurz zu uns um und grinste über das ganze Gesicht. Dann machte er sich bereit, auf alles zu schießen, was sich auf dem Gelände bewegte.

Wir hatten vielleicht noch dreihundert Meter bis zum Boden, da zog Jan den Steuerknüppel ganz an sich ran. Wie ein Pfeil schossen wir über die Hazienda. Die Gringos auf dem Boden hatten keine Ahnung, was ihnen gerade blühte. Wir kamen aus der Sonne und waren somit für den Feind schlecht zu erkennen. Im richtigen Augenblick machte Jan die Ventile vom Zusatztank auf. Eine Menge Benzin ergoss sich auf alles, was unter uns war. Dann gab es eine riesige Stichflamme und alles stand in Flammen.

Auch Antonio schoss aus der Seitentür, was die Bleispritze hergab. Eins war sicher, die drei hatten richtig Spaß bei diesem Angriff. Sie genossen ihre Stunde. Nur ich und Nick, der im hinteren Teil der Albatros saß, hatten wirklich Probleme, mit so einer Art des Fliegens. Mit anderen Worten, mir war speiübel. Mein ganzer Magen drehte sich wie ein Karussell und auch Nick hatte sich den Rundflug anders vorgestellt. Bernado versorgte die beiden Rentner, wenn es die Möglichkeit zuließe, mit Munition.

Jan zog die Maschine wieder steil nach oben, dann in die Waagerechte und mit einer kurzen

Rechtsdrehung verschwanden wir über einer Hügelkette und aus der Sicht der mexikanischen Guerilla.

„Das war mal ein voller Erfolg" sagte Jan. Dabei strahlte er übers ganze Gesicht.

Wir zogen noch einmal eine Schleifc übcr das Areal. Aber dieses Mal aus einer sicheren Höhe, von der wir ausgingen, dass kein Mensch uns ernsthaft mit irgendeiner Waffe schaden konnte. Wir schauten uns das Desaster von oben an. Die ganze Gegend stand unter Flammen und dicke Rauchschwaden zogen über das Land. Ich schaute ins hintere Teil der Maschine und sah Nick, wie er an der offenen Tür stand, um einen genaueren Blick auf die Hazienda zu werfen.

Zuerst wollte ich zu Nick, um die nächsten Schritte zu beraten. Aber mein Magen ließ keine Konversation mit meinem Freund zu. Im Klartext, wenn ich versucht hätte nach hinten zu gelangen, ich glaube ich hätte die ganze Bude zu gekotzt.

Wir drehten noch eine Schleife. Dieses Mal flog Jan die Maschine nur knappe fünfhundert Meter über das Gelände, nur um sicherzugehen, dass wir kein Gegenfeuer zu erwarten hatten. Emilio stand die ganze Zeit vorne im Bug an seinem Bordgeschütz. Auch Antonio befand sich an seinem MG in der Seitentür, um im Ernstfall schussbereit zu sein.

Jan ging das Wagnis ein, noch tiefer zu fliegen. Und plötzlich, wie aus dem Nichts, wurden wir beschossen. Die Kugeln schlugen wie Hagelkörner in die Tragflächen und in den Rumpf der Maschine ein. Jetzt war der Spaß zu Ende. Ich hielt mich krampfhaft an meinem Sitz fest. Wohl wissend, wenn es ganz schlecht für uns laufen würde, wir mit dem Vogel abstürzen könnten, oder vielleicht Verletzte oder Tote zu beklagen hätten.

Jan riss die Maschine nach rechts weg. Blitzschnell schob er den Gashebel für die zwei Sternmotoren nach vorne, um die maximale Leistung herauszuholen. Dann machte er eine Linksbewegung, um den Angreifern zu entkommen. Emilio, der noch immer im vorderen Teil des Rumpfes stand, hatte alle Hände voll zu tun, um nicht aus der Maschine zu fallen. Ich weiß nicht, wie er es geschafft hatte, in seinem Alter noch so standhaft hinter dem Bordgeschütz zu stehen. Noch dazu bei so einem waghalsigen Manöver, wie wir es gerade durchlebten.

Ich konnte bei dem Ganzen hin und her nur kurz in den hinteren Teil der Albatros schauen. Nick saß wieder auf seinem Platz und hatte wohl die gleichen Gedanken, wie ich sie hatte. 'Nur jetzt heil hier herauskommen.' Antonio befand sich, wie sein Bruder, hinter seinem MG und schoss auf die Schützen, die uns gerade ziemlich viele Löcher in die Maschine geschossen hatten.

Es war ein heilloses Durcheinander in der Albatros. Oder ich empfand es nur so. Jan flog über den immer noch brennenden Convoy, der auf der Straße zum Erliegen gekommen war. Die dicken Rauchschwaden waren unsere Rettung. Sie waren wie ein dichter Vorhang, durch den wir hindurch fliegen konnten und ungesehen verschwanden.

„Hippie jay jay", rief Emilio. Dabei hielt er die geballte Faust in der Luft und machte eine Siegerpose. Dann drehte er sich zu uns um und grinste uns frech wie ein Lausbub ins Gesicht.

„Unglaublich", dachte ich laut.

„Das kann man wohl sagen", sagte Jan, der gerade die Systeme der Albatros kontrollierte.

„Kein Zahn in der Schnauze, aber ein auf Rambo machen." Ich versuchte, das eben erlebte zu verarbeiten. Dann schaute ich nochmals in den hinteren Teil, um sicher zu gehen, dass niemand verletzt wurde.

Nick kam nach vorne. „Wie sieht's bei euch aus? Alles Roger?"

„Ja, alles Roger." Ich war immer noch etwas angespannt. „Der Einzige, der richtig Spaß in den Backen hat, ist Emilio. Wenn's nach ihm ginge, würden wir noch ein paar Mal in den Schlamassel reinfliegen, nur um zu sehen, ob nicht doch noch irgendwo so'n Gringo herumschwirrt, den man über den Haufen schießen könnte."

„Ich denke, wir werden erst mal sicher landen und sehen, was der Vogel für einen Schaden genommen hat", meinte Nick.

Wir hielten dieses für eine gute Idee und riefen Emilio, der auch prompt zurück ins Innere des Flugzeuges kam.

„War ein Mordsspaß", meinte er noch. Dann setzte er sich nach hinten zu seinem Bruder Antonio und zu Bernado. Die drei hatten sich auf jeden Fall etwas zu erzählen, denn es war ziemlich laut bei ihnen. Aber alles auf Spanisch.

„Ich kenne einen abgelegenen Flughafen oder vielmehr eine Landepiste, nicht weit von hier", meinte Nick.

„Das hört sich nach einem Plan an", stimmte Jan zu.

Wir flogen vielleicht noch zwanzig Minuten, bis wir die Landepiste erreicht hatten. Jan landete die Albatros und ließ sie bis zum Ende ausrollen. Wir stiegen alle aus und begutachteten das Flugzeug.

Das Loch in der Tragfläche, aus dem Kraftstoff auslief, war schnell geflickt. Nur der Rest der Maschine war ziemlich durchlöchert. Ein Wunder, das keinem etwas passiert war.

Bei näherer Betrachtung konnten wir feststellen, dass die Albatros nicht mehr schwimmfähig war. Und dann platzte uns zu allem Überfluss noch ein Reifen. Wir sind heil heruntergekommen, aber an ein Weiterfliegen war nicht zu denken.

Uns blieb nur eine Möglichkeit. Wir mussten das mexikanische Militär zur Hilfe rufen. Wobei dieses auch ein gewisses Risiko verbarg. Denn keiner kannte den Kommandanten der Einheit, noch wusste keiner, wie weit sie mit den Gringos von der Hazienda unter einem Hut steckten.

Jan machte sich große Vorwürfe, weil er beim letzten Überflug so tief geflogen war. Das war jetzt auch nicht mehr zu ändern. Es sei halt Berufsrisiko meinte Nick. Wobei ich nicht wusste, ob es jetzt ein Vorwurf war oder ob er Jan nur beruhigen wollte. Es wird wohl für immer ein Geheimnis bleiben.

Nick begab sich in die Albatros, um mit der nächsten Militärstation Kontakt aufzunehmen. Es dauerte auch nicht lange und die mexikanische Armee erreichte unseren Standort. Wir hatten sie mit gemischten Gefühlen erwartet. Keiner wusste, was gleich geschehen würde.

Sie kamen mit mehr als einhundert gut ausgebildeten Soldaten und rund dreißig Fahrzeugen zu uns. Zuerst umkreisten sie uns, dann blieben alle stehen. Ein Ring von Kämpfern stand um uns. Schwer bewaffnet und zu allem entschlossen.

Dann war es still. Nur der Wind war zu hören und das leise Knarren der Seitentür der Albatros.

Was würde uns jetzt erwarten? Das war wohl von allen der gleiche Gedanke. Jeder schaute sich um. Keiner sagte etwas. Nur Emilio kaute nervös auf einem Zigarrenstummel. Ich kam mir vor wie in einem 'Sergio Leone Film', wo die Guten immer siegten und mit heiler Haut herauskamen. Nur wussten wir zu diesem Zeitpunkt nicht, ob die Mexikaner auch wussten, dass wir die Guten waren.

Ein großer Mann stieg aus einem der Fahrzeuge. In toller Uniform, mit ganz viel Lametta und Klimbim an Schulter und geschwellter Brust. Er kam mit sicheren Schritten auf uns zu. Dieser Mann würde sich nicht einschüchtern lassen. Das stand fest. Er zog eine dicke Zigarre aus der Innentasche seiner schmucken Uniform. Dann nahm er ein Streichholz und zündete es an. Wie in Zeitlupe flackerte die kleine Flamme auf. Er hielt das brennende Streichholz an seine Zigarre und zog an ihr, bis dichter Rauch aus seinem Mund kam. Dann blies er die Flamme aus und warf das Zündholz zu Boden. All dieses machte er, ohne nur ein einziges Mal den Blickkontakt zu uns zu verlieren. Dabei hatte er so ein fieses Lächeln im Gesicht.

'Noch einer, der Zigarren raucht und dann blöd aus der Wäsche grinst', dachte ich bei mir.

Dieser Mann zog noch einmal an seiner Zigarre, blies den Rauch langsam und genüsslich durch seinen spitzen Mund. Er schaute sich die Glutspitze seiner Zigarre an, was die Spannung, die in der Luft lag, noch erhöhte. Es war eine echte Provokation oder vielmehr, eine Machtdemonstration. Ich schaute zu Nick hinüber, der genau wie ich, nach einem Ausweg suchte. Die Spannung war zum Zerreißen.

„Wir haben Sie gerufen", sagte ich, um eine Konversation zu starten, in der Hoffnung, herauszubekommen was dieser Mann wollte.

„Ich weiß", erwiderte der Mann in Uniform. „Eine kleine Französin Namens Veronica Mattis hat mich beauftragt, wenn sich fünf verrückte Männer mit einem altertümlichen Flugzeug bei mir melden würden, dann sollte ich mal nach dem Rechten sehen."

Ihr glaubt gar nicht, was für ein großer Stein mir vom Herzen fiel, als der Kerl den Namen meiner Freundin erwähnte. Auch die anderen atmeten tief durch.

„Woher wussten Sie wo wir sind?", wollte ich wissen.

„Wir wussten die ganze Zeit, wo Sie sich aufhalten", antwortete der große Mann.

Jetzt war ich etwas irritiert und auch die anderen waren überrascht.

„Das ist ja interessant", meinte Nick. „Das bei unserem Geheimdienst und Geheimauftrag jeder Bescheid weiß. Wer hat euch die Information zugesteckt?", wollte er genauer wissen.

„Es war Seniora Mattis, die uns mit allen wichtigen Details versorgt hat", gab der Uniformierte unverblümt zu.

'Na klar', dachte ich. 'Wer sonst? Sie hat ja zu jedem Geheimdienstrechner ein Verhältnis.'

„Deine Freundin ist ne Petze", flüsterte Nick mir zu.

Ich verdrehte nur die Augen. 'Frauen', das war mein einziger Gedanke. 'Die können nichts für sich behalten.' Wobei, wenn man ehrlich ist, es gut war, dass wir Unterstützung bekamen. Wie auch immer.

Als wir uns, ich sag mal so, beschnuppert und vorgestellt hatten, besprachen wir den Einsatz. Übrigens, der große Mann in seiner schönen Uniform, hieß Juanes, geboren in Kolumbien. Mit neunzehn studierte er in Mexiko und machte dann seine Karriere beim Militär. Jetzt half er uns, Pedro Kordales zu finden. Er hatte wohl ein ganz persönliches Interesse. Er sprach nicht viel darüber. Nur eins, Pedro Kordales hatte seine Eltern drangsaliert, ihr Haus in Brand und Asche gelegt und sie aus Kolumbien vertrieben. Juanes hatte sich auf diesen Tag gut vorbereitet. Ich hatte nur den Auftrag Pedro Kordales festzunehmen. Aber Juanes und auch Nick Baker hatten beide eine persönliche Rechnung mit dem Drogenbaron offen. Mir war nicht ganz wohl bei dem Gedanken, dass zwei Alphamännchen aufeinandertrafen. Wenn jeder den Chef spielen wollte, dann könnte es zu einer ernsthaften Auseinandersetzung kommen. Aber die Sorgen, dass sich die zwei in die Haare bekommen würden, war völlig unbegründet. Wir hatten ja auch nicht viel Zeit auszuprobieren, wer jetzt der tollste Hecht im Teich war.

Die Besprechung war kurz, aber dennoch intensiv. Vor gut einer Stunde hatten wir die Hazienda in Brand gesteckt und alles, was sich dort bewegte, bekam eine Kugel verpasst. Eines war sicher, diese Hazienda war kein gewöhnlicher Bauernhof, wo Tiere gehalten oder eine Plantage bewirtschaftet wurde. Diese Hazienda war ein Versteck oder Umschlagplatz für Drogen. Wenn auf einmal schwer bewaffnetes Militär auf so einem abgelegenen Areal aufkreuzt, dann werden sie garantiert keine Betriebsbesichtigung machen oder einen Ausflug ins Grüne unternehmen. Hier war etwas Großes im Spiel. Und bei so einem

Aufwand, den die Gringos dort betrieben, war Pedro Kordales auch nicht weit.

Wir fuhren zur Hazienda.

*

Etwa einen Kilometer vor dem Anwesen hielten wir an. Die dicken Rauchschwaden von dem Brand waren immer noch zu sehen. Juanes gab den Befehl das Gelände weiträumig zu umfahren. Die eine Hälfte fuhr rechts und die andere linksherum, bis sich der Kreis schloss. Auf Juanes Befehl zogen wir den Kreis immer enger. Die, die noch flüchten wollten, wurden festgenommen. Es gab auch noch den einen oder anderen, der versuchte, sich einen Weg frei zu schießen. Sie hatten keine Chance. Juanes Truppe machte kurzen Prozess mit dem Widerstand.

Nick und ich fuhren, mit zwei anderen Soldaten, an dem brennenden Convoy auf der Straße langsam vorbei. Immer auf der Hut, nicht in einen Hinterhalt zu geraten. Wir fuhren bis zum Haus. Das war das einzige Gebäude, das den Brandangriff von Jan Jansen nicht zum Opfer gefallen war.

Vorsichtig gingen wir in das Gebäude. Ein seltsamer Geruch lag in der Luft. Wir nahmen uns jeden Raum vor und durchsuchten ihn akribisch genau. Aber der Geruch kam woanders her. Ein Soldat von Juanes Truppe zog eine Couch zur Seite. Unter dieser befand sich eine Luke im Boden. Nicht groß. Vielleicht einen Meter mal einen Meter. Als wir die besagte Luke öffneten, führte uns eine Treppe in einen Keller. Zuerst war es stockdunkel. Jemand gab mir eine Petroleumlampe. Ich zündete sie an. Mit dem bisschen Licht, welches diese Laterne von sich gab, fand ich einen Lichtschalter. Besser gesagt, es waren zwei Schalter. Ich schaltete den Ersten an. Nichts geschah. Ich drückte auf den Zweiten und der Raum wurde durch eine kleine Lampe, die in einer Ecke hing, erhellt. Es war ein ganz normaler Keller mit Vorräten und jede Menge Krimskrams. Ich könnte schwören, es sah aus wie bei mir Zuhause.

Das Einzige was verstärkt war, war dieser Geruch. Ich kann ihn nicht beschreiben. Es war eine Mischung aus süßem und, wie soll ich sagen, ähnlich wie verbranntes Plastik. Man konnte ihn nicht richtig lokalisieren. Ich hatte das Gefühl, er würde aus den Regalen kommen, die an der Wand standen. Aber in denen war nichts, was diesen Geruch ausmachen konnte. Wir hatten nichts entdecken können.

Ich machte das Licht aus. Es war wieder stockdunkel, bis ich einen ganz feinen Lichtschein zwischen den Regalen entdeckte. Ich überlegte kurz. Dann ging ich zurück zum Lichtschalter. Ich schaltete den ersten Schalter, der sich über dem Zweiten befand und musste genau hinschauen. Zuerst konnte ich nichts erkennen, also stellte ich jemanden an die Lichtschalter, um sie zu bedienen. Erst aus der Position, von der ich den Lichtschein gesehen hatte, ließ ich den ersten Schalter bedienen. Licht an, Licht aus. Da erkannte ich, dass es hinter dem Regal noch weiter ging. Ich ließ den zweiten Schalter bedienen und im Keller war wieder Licht. Wir rissen die Regale von den Wänden und mussten feststellen, dass sich noch weitere Räume dahinter befanden.

Wir durchsuchten die Kellerräume und fanden wonach wir suchten. Ein voll intaktes Labor. Oder viel mehr, einen Ort, an dem man professionell und in großen Mengen Drogen hergestellt, verpackt und versendet hatte. Quasi eine Fabrik unter dem Haus. Nur konnte ich mir nicht vorstellen, dass das ganze Material durch die kleine Luke unter der Couch hindurch geschafft wurde. Diese Luke war nur ein Fluchtweg. Wir waren auf der richtigen Spur, das war klar. Nur von Pedro Kordales war nichts zu sehen.

Als ich so dastand und mir die ganze Fabrik der Korruption, Ausbeutung und Abhängigkeit anschaute, stand Nick neben mir und war sichtlich enttäuscht, dass wir Pedro Kordales noch nicht gefasst hatten. Auch ich hatte mir mehr erhofft, als nur eine Drogenküche vorzufinden. Ich steckte meine Hände in die Hosentaschen und atmete tief durch. Plötzlich entdeckte ich per Zufall eine kleine Schlaufe in einer Ecke. Zuerst sah es aus, als würde sie zu einem Spinnennetz gehören. Aber es war keines. Es sah nur so aus. Sofort fiel mir die Villa von Pedro Kordales ein, da hatten sie auch so eine Schlaufe. Als wir daran zogen, verschwand eine ganze Mauer in den Boden.

Ich stupste Nick an. „Ich sehe was, was du nicht siehst."

Erst verstand er nichts. Aber als ich an der Schnur zog, öffnete sich, wie von Zauberhand, eine Tür, die wie eine Wand aussah. Nicht so spektakulär wie in der Villa, aber dennoch für alle eine Überraschung. Wir gingen durch die besagte Tür und kamen durch einen Tunnel. Dieser war nicht besonders lang, aber dennoch hatte man genug Zeit, um ungesehen zu entkommen.

„Wieder so ein Loch indem sich die Ganoven dünne machten", sagte ich laut. „Jedes Mal wenn der Mensch etwas ausgefressen hat, fängt er an zu buddeln und gräbt sich einen Tunnel und glaubt, er könnte uns damit ein Schnäppchen schlagen. Und dennoch kriegen wir sie alle."

Nick war dicht hinter mir, als wir den Tunnel passierten. Am Ende befand sich ein kleiner Wald. Nicht groß, aber groß genug, um unerkannt zu verschwinden. Nick bekam diesen gewissen Blick. Das war so eine Mischung aus Konzentration und dem Blick eines Jagdhundes. Mit schnellen Schritten verfolgten wir eine Fährte. Sie war klar und deutlich in dem sandigen Boden zu erkennen. Wir wurden immer schneller, in der Hoffnung den Drogenbaron zu erwischen. Wir wussten nicht, ob diese Spur, die wir wie zwei Bluthunde verfolgten, Pedro Kordales gehörte. Aber die Hoffnung ihn zu kriegen und damit der ganzen Sache ein Ende zu setzten war groß.

Am Ende rannten wir nur noch, was zur Folge hatte, unvorsichtig zu werden. Und dann geschah genau das, was eigentlich nicht geschehen durfte.

Wir liefen in einen Canyon. Ich weiß nicht wie lange wir in diesem Riss der Erde herum gelaufen sind. Vermutlich zwei Stunden. Dann verlor sich die Spur. Der Canyon war nicht besonders tief. Vielleicht zwanzig, dreißig Meter. Wenn überhaupt. Aber es reichte, uns von oben herab aufs Korn zu nehmen. Und genauso kam es auch. Wir standen noch kurz, um die Spur wieder zu finden, als mich eine Kugel in den Oberschenkel traf. Hölle, tat das weh! Ich ließ mich hinter einem Felsvorsprung fallen. Zuerst konnte ich gar keinen vernünftigen Gedanken fassen. Aber als ich sah, dass Nick sich ein Feuergefecht mit irgendjemanden lieferte, versuchte ich aus meiner Position Nick Feuerschutz zu geben. Man war ich sauer, dass mir so ein Vollpfosten ein Loch ins Bein geschossen hatte. Ich war froh, dass meine

Schulter einigermaßen funktionierte. Jetzt das noch.

Ich schoss, was meine Waffe hergab. Ein Mann fiel schreiend von oben auf ein paar unterliegende Felsen. Es war nicht Pedro Kordales, dass konnten wir von weitem sehen. Beziehungsweise Nick gab mir ein Zeichen, dass er es nicht sei.

Ich lag noch immer hinter dem Felsvorsprung. Mein Oberschenkel blutete wie Schwein. Ich band mein Bein mit dem Gürtel ab. Jetzt fing es zu allem Überfluss auch noch an zu regnen. Die ganze Zeit schönes Wetter, aber im richtigen Moment kam das Wasser von oben und versaute die Tour. Zuerst waren es nur einzelne Tropfen, die vom Himmel fielen. Aber schnell wurde daraus ein heftiger Regen. Dann goss es wie aus Eimern. Nick lieferte sich noch immer einen Schusswechsel mit irgendjemanden.

„Nick", rief ich. „Nick, sollten wir hier nicht besser verschwinden?"

Er hörte nicht, beziehungsweise er wollte nicht hören. Er schoss weiterhin auf seine Widersacher, konnte sie aber nicht ausschalten. Verbittert versuchte Nick die Kerle zu töten.

„Nick!", schrie ich meinen besten Freund zu. „Wenn das so weiter regnet, dann kommt das Wasser wie ein D-Zug hier durchgeknallt. Und dann ersaufen wir. Wir müssen hier verschwinden, und zwar schnell."

Ich hatte es noch nicht ganz ausgesprochen, da kam die Welle mit voller Wucht auf uns zu.

Wir waren zu tief im Canyon, um schnell aufs offene Land zurückzulaufen, von dem wir gekommen waren. Das Wasser erfasste uns mit voller Wucht. Wie zwei Korken wurden wir durch den riesigen Abfluss gedrückt. Meine Waffe habe ich dabei verloren. Ich hatte genug mit mir selbst zu tun, als noch so ein schweres Ding festzuhalten, was die ganze Zeit versuchte, mich runterzuziehen. Auch Nick konnte sein Gewehr nicht lange halten. Mit hoher Geschwindigkeit schoss das Wasser durch diese Erdspalte. Und wir mittendrin.

Wir schwammen so gut es ging immer in der Mitte des Canyons. Oder versuchten es wenigstens. Das eine oder andere Mal kamen wir den Wänden bedrohlich nahe. Oder schlugen hart auf einen Felsen auf, der genau in unserer Flussrichtung lag. Mit den Füßen nach vorne konnten wir vermeiden, irgendwo mit dem Kopf aufzuschlagen. Mein Oberschenkel brannte wie Feuer, was die Konzentration erheblich beeinträchtigte. Einige Male hielt ich vor Schmerzen mein Bein fest, was zur Folge hatte, dass ich unterging oder abdriftete. Nur mit großer Anstrengung schaffte ich es wieder an die Oberfläche. Einmal hatte Nick mich am

Kragen wieder nach oben gezogen. Ich schaffte es nicht schnell genug an die Oberfläche zu kommen. Da dachte ich, dass ich mein Ende jetzt in dieser braunen Brühe finden würde. Aber ich hatte einen Freund, der auf mich aufpasste.

Irgendwann wurde der Canyon breiter und das Wasser seichter. Nick schaffte es irgendwie, mich auf einen Felsen, der aus dem Wasser ragte, zu ziehen. Es regnete immer noch wie aus Kübeln.

Da saßen wir wie zwei Schildkröten auf dieser felsigen Insel. Ringsum der reißende Fluss. Und wir mitten drin. Ich öffnete ein wenig den Gürtel und zugleich floss Blut aus meiner Wunde. Nick schaute mich an. „Hätte schlimmer kommen können."

„Hätte schlimmer kommen können? Ist das dein Ernst?", fauchte ich ihn an.

„Ja", meinte er trocken. „Wir hätten sterben können."

Ich glaubte nicht, was ich da gerade hörte. „Vielleicht tun wir das gleich noch", schnauzte ich dagegen.

„Du stirbst heute nicht." Nick klopfte mir auf die Schulter.

„Was macht dich da so sicher? Vielleicht sterbe ich ja auch an einer Blutvergiftung. Oder an Liebeskummer oder mir beißt ein Mosquito in den

Hintern. Du weißt ja gar nicht woran man sterben kann. Dir passiert ja nichts. Du läufst im dicksten Kugelhagel herum wie andere im Supermarkt einkaufen gehen. Ich dagegen bekomme garantiert ein Ding verpasst. Und wenn es das Einzige ist, was auf uns abgefeuert wird. Du brauchst dir ja keine Sorgen machen. Du bist ja unsterblich."

Nick verdrehte nur die Augen. „Mach dir keine Sorgen, ich bin ja bei dir." Und dann bekam er wieder diesen schelmischen Blick.

Ich löste noch einmal den Gürtel. Sofort lief Blut aus der Wunde. „Siehst du?", fragte ich. „Kannst du das sehen. Wenn ich nach Hause komme, sehe ich wie ein Schweizer Käse aus."

„Wie sieht denn ein Schweizer Käse aus?"

„Der hat überall Löcher", gab ich patzig zur Antwort.

„Steckt die Kugel noch?" Nick war jetzt doch leicht besorgt.

„Nee. Ist glatt durchgegangen. Tut nur höllisch weh."

„Öffne von Zeit zur Zeit den Gürtel, damit die Wunde ausbluten kann", meinte er. „Dann gibt es auch keine Blutvergiftung."

„Was meinst du, was ich hier die ganze Zeit mache? Strapse anziehen für mein Sommerkleid?

Kümmere du dich lieber darum, wie wir hier wieder wegkommen." Ich war stinksauer. Manchmal hätte ich den Kerl erwürgen können. Ich zog den Gürtel wieder stramm. Dabei hätte ich so losbrüllen können vor Schmerzen.

„Ich vermute, dass Pedro Kordales noch ganz in der Nähe ist", meinte Nick.

„Bist du sicher, dass er es war, mit dem wir um die Wette geschossen haben?"

„Ganz sicher."

„Dann würde ich vorschlagen, dass wir hier schleunigst verschwinden, bevor der Halunke den Spieß umdreht und uns jagt."

Nick war mit meinem Vorschlag einverstanden. Ich biss noch einmal auf die Zähne und dann ließen wir uns ins Wasser hineingleiten.

Die Strömung war noch gewaltig. Wo vor zwei Stunden noch ein Frosch hindurch warten konnte, da war jetzt ein reißender Fluss. Wir ließen uns einfach treiben. Gegen die Strömung anzuschwimmen war unmöglich, wenn nicht sogar tödlich. Irgendwie und irgendwo sind wir aus dem Canyon wieder herausgekommen. Wir machten uns auf den Weg zurück zu unserer Einheit. Wie so ein krankes Pferd humpelte ich neben meinem besten Freund.

Wir waren vielleicht eine Stunde gegangen, als drei Gringos aus dem Gestrüpp kamen. Jetzt konnte ich Pedro Kordales zum ersten Mal original und in Farbe sehen. Das war irgendwie ein beklemmendes Gefühl, angeschossen, ohne Waffe in der Hand und auf freiem Feld seinem Gegner zu begegnen.

Hier war jetzt Schluss. Hier würden wir unser Ende finden. Die würden uns, ohne mit der Wimper zu zucken, abknallen. Das war sicher. Wir waren irgendwo, zig Kilometer von der Einheit entfernt. Bevor die uns finden konnten, würde man uns wie zwei räudige Straßenköter verbuddeln.

Die Gringos kamen auf uns zu. Sie waren bis an die Zähne bewaffnet. Und einer der drei war Pedro Kordales. Einer der größten Drogenbarone südlich vom Pecos River. Der hatte seine Finger nicht nur in Südamerika, sondern auch im Großteil von Florida, Louisiana, New Mexico über Arizona bis rauf nach Kalifornien. Der Mann hatte Einfluss bis in die höchsten Instanzen der Politik.

Diesem Mann haben wir kräftig in die Suppe gespuckt. Wir haben ihm einer seiner besten Drogenküchen weggenommen. So ein Mann wie Pedro Kordales lässt sich nichts wegnehmen. Und wenn einer wie er in die Ecke gedrängt wird, dann beißt er um sich, wie eine Ratte, die man ersaufen will.

Die Männer blieben bis auf wenige Schritte vor uns stehen. Sie lachten laut los, als sie uns so sahen. Geschunden, verwundet, mit zerrissenen Kleidern und was am Schlimmsten war, wir hatten keine einzige Waffe, um uns zu verteidigen. Sie lachten laut und sie lachten lange. Und dann hörten sie auf zu lachen. Diese Männer bekamen dieses hässliche Grinsen ins Gesicht. Es war das Grinsen des Hasses. Es war die Wut. Diese unbändige Wut, die sie gepackt hatte.

Sie fingen ganz langsam an, um uns herum zu laufen. Ich weiß nicht mehr, was ich gedacht oder gesagt habe. Ich sah nur diese dunklen Augen. Diese mit Hass erfüllten Augen. Wie ein Rudel Haie umkreisten sie uns. Keine Möglichkeit zu entkommen. Sie hatten uns fest im Griff. Den einzigen Gedanken, den ich noch hatte, war Veronica. Standhaft, mit erhobenem Haupt, wie man es von uns verlangte, würde ich dem Tod gegenübertreten. Das war mir bewusst. Auch Nick Baker hatte keine Idee.

Pedro Kordales stellte sich vor Nick und hielt ihm den Lauf seines Gewehres unters Kinn.

„Hey", sagte ich. „Wir können doch über alles reden."

Dann bekam ich von jemanden den Gewehrkolben in den Rücken geknallt. Mit großen Schmerzen fiel ich zu Boden.

„Worüber willst du mit mir reden?", fragte Pedro Kordales. „Über die zwanzig Millionen Dollar, die ihr mir jetzt schuldet? Oder über meinen kleinen Bruder, den ihr in meinem Convoy verbrannt habt? Oder wollt ihr über den Ärger mit mir reden, den ich die ganze Zeit mit euch hatte? Hääh? Worüber willst du mit mir reden?"

Mit den Schmerzen in meinem Oberschenkel und jetzt auch im Rücken, viel mir keine gute Antwort ein. Wenigstens keine, die Pedro Kordales überzeugen könnte, uns unbeschadet gehen zu lassen.

„Ich werde euch sagen, worüber wir reden können. Ihr bezahlt den Schaden, den ihr angerichtet habt mit eurem Leben. Eigentlich sollte ich euch in Olivenöl braten. Aber ich habe keine Lust, die große Paella Pfanne heranzuholen."

Er spannte den Hahn von seinem Gewehr und war im Begriff abzudrücken und somit Nicks Leben ein Ende zu setzen.

Dieser sagte keinen Ton. Er stand ganz ruhig da und schaute Pedro Kordales in die Augen. Es war nur ein Bruchteil einer Sekunde, die Kordales unaufmerksam war. Er schaute kurz zu seinen Männern herüber. Auf diesen Augenblick hatte Nick gewartet. Er riss mit der linken Hand den Gewehrlauf von seinem Kinn und mit der rechten schlug er dem mächtigen Drogenbaron den Kehlkopf nach hinten. Dann folgten zwei Schüsse.

Sie waren fast gleichzeitig zu hören und kamen aus einer weiteren Entfernung. Das habe ich noch mitbekommen. Die zwei Begleiter von Pedro Kordales fielen tot zu Boden. Ich hatte keine Ahnung, was gerade geschehen war. Pedro Kordales lag am Boden und rang nach Luft.

Nick beugte sich über ihn und sagte: „Ich hätte dich vor einem Jahr schon töten sollen. Aber mein Gewissen war der Meinung, ich sollte dich noch am Leben lassen. Auch mein Freund Robert, den du so zugerichtet hast, dachte so. Ich bin der Meinung, ich sollte die Menschheit vor dir schützen."

Dann nahm Nick ein Messer aus Pedro Kordales Gürtel und drückte die Schneide dem Drogenbaron ganz langsam in den Hals.

Ich lag immer noch auf dem Boden. Nervös schaute ich mich um. Woher kamen die Schüsse? Und vor allem, wer hatte sie abgegeben? Ich konnte mir nicht vorstellen, dass die Schützen danebengeschossen hatten. Denn die Gringos waren tot. Und zwar präzise abgeknallt. Und wir lebten noch. Eins war sicher, wenn die uns hätten erschießen wollen, dann wären wir längst Geschichte.

Nur Nick war die Ruhe in Person. Er stellte sich aufrecht hin und suchte mit seinen Augen die Gegend ab.

„Hast du ne Ahnung, wer uns zu Hilfe gekommen ist?", fragte ich.

„Ja. Ich hab da so eine Ahnung", sagte er.

Ein Geländewagen der mexikanischen Armee kam hinter einer Düne hervor. Er fuhr direkt auf uns zu. Schließlich blieb das Gefährt neben uns stehen. Die Seitentür öffnete sich und heraus schauten zwei junge Damen. Es waren Veronica Mattis und Anna Elena Trova, die uns die Ehre gaben.

„Na ihr zwei", sagte Anna. „Hattet ihr einen schönen Tag?"

Man war ich froh die Mädels zu sehen. Die beiden Frauen lachten laut los. Meine Schmerzen ließen ein wenig nach. Ich versuchte aufzustehen, was mir nach zwei Versuchen auch gelang. Ihr glaubt ja gar nicht, wie glücklich wir waren, dass die Damen uns aus dem Schlamassel herausgeholt hatten.

Dann ging die Hintertür von dem Wagen auf. Zuerst kam dicker Rauch heraus und zuletzt ein blöd grinsender Emilio mit einer dicken Zigarre zwischen seinen schwarzen Zähnen. Er meinte, es wäre besser wenn er als Begleitschutz mitfahren würde. Ich war der Meinung, dass er sich entweder nur vor den Frauen wichtigmachen wollte, oder nur in aller Ruhe eine Zigarre rauchen konnte. Er meinte nur, er bräuchte sich nicht wichtig nehmen, er wäre es schon. Aber er würde uns ein Geheimnis anvertrauen. Wenn er bei der Einheit geblieben wäre, müsste er bei den Aufräumarbeiten helfen und das wäre für seine alten Knochen nichts mehr. So konnte er genüsslich eine Zigarre rauchen, müsste nicht zu Fuß gehen und in schöner Gesellschaft zu sein, wäre auch nicht das Schlechteste.

Veronica stieg aus dem Wagen und nahm mich in ihre Arme. Wir küssten uns lange und intensiv.

„Ich hatte solche Angst um dich", flüsterte sie mir ins Ohr.

„Da sind wir ja schon zu zweit. Ich hatte nämlich auch Angst um mich."

Sie gab mir einen kleinen Stups in die Seite.

„Wir haben Morrison", sagte sie immer noch mit leiser Stimme. Ich war überrascht.

„Wo habt ihr ihn erwischt?", fragte ich rasch nach.

„In Lincoln, New Mexico. Da haben wir ihn festgenommen."

Ich war so froh, dass wir unseren Auftrag halbwegs gut überstanden hatten.

Nick und ich wurden erst mal nach Mexiko-Stadt in ein Krankenhaus verfrachtet. Dort wurden wir so gut es ging, ärztlich versorgt. Ich musste eine Woche in der Klinik bleiben. Das Gute daran, Veronica brachte mir jeden Tag etwas zum Naschen.

Nick ging es gut. Wenigstens augenscheinlich. Nur innerlich war er wie ein Vulkan, der kurz vorm Ausbrechen war. Er war freundlich und zuvorkommend zu jedem, keine Frage. Aber innerlich kochte er wie eine serbische Bohnensuppe. In der Zeit, in der ich das Bett hüten musste, machte er lange Spaziergänge. Nachts schlief er sehr unruhig. Ich konnte sowieso nicht schlafen. Der Einschuss in meinen Oberschenkel machte mir Probleme. Ich bekam Schmerzmittel, aber die halfen nur bedingt. Tagsüber schlief ich meist nur ein paar Minuten, wenn ich Glück hatte mal eine Stunde lang. Das Treiben in dem Krankenhaus war tagsüber sehr laut. Die Schwestern und das Pflegepersonal schauten alle paar Minuten bei mir rein. Und so war an Schlafen nicht zu denken.

Es war der achte Tag. Nick machte seine Runde und kam mit einer Zeitung wieder. Er platzte förmlich in das Krankenzimmer und schmiss mir die Zeitung auf das Bett.

„Hier, lies selbst", schnaufte er.

Ich war völlig überrumpelt und wusste zuerst gar nicht, was ich sagen sollte. Ich nahm die Zeitung und sah das Foto von Morrison. Ich konnte zwar nicht lesen was dort stand, weil alles in der Zeitung auf Spanisch geschrieben war, aber Nicks Reaktion ließ mich ahnen, dass es nichts Gutes war.

Im selben Augenblick kam Veronica ins Zimmer. „Habt ihr es schon gehört? Morrison ist aus dem Gefängnis ausgebrochen."

Nick stand am Fenster und schaute heraus. Die Hände auf den Rücken gelegt, wippte er auf seinen vorderen Fußballen, wie ein Schulmeister, auf und ab.

„So eine Scheiße", zischte er durch seine Zähne.

Ich schaute Veronica an. „Wie lange ist er schon auf der Flucht?"

„Seit drei Tagen", sagte sie. „Wie konnte das geschehen?"

„Das ist doch scheiß egal, wie der Kerl abgehauen ist", fauchte Nick. „Wir sind diejenigen, die wieder hinter ihm hinterherlaufen können."

„Ich kann nicht", protestierte ich. „Ich bin verletzt. Sollen doch die den einfangen, die ihn auch laufen gelassen haben."

Nick verdrehte die Augen. „Was meinst du, wer ihn denn wohl laufen gelassen hat? Das waren seine eigenen Leute. Die haben Morrison zur Flucht verholfen. Von Lincoln nach Santa Fe sind es ungefähr zweihundert Meilen. Da ist es ein leichtes so einen wie Morrison unterwegs verschwinden zu lassen. Der hat so viel Einfluss, dass er unbehelligt am helllichten Tag durch jeden Ort in New Mexiko herumlaufen kann. Diese Festnahme von dem Kerl war nur eine politische

Entscheidung. Die hatten nie vor, Morrison ernsthaft festzusetzen. Aber eins sag ich euch, ich werde ihn aufspüren und ein für alle Mal der Sache ein Ende setzten. Entweder du kommst mit und vergisst für einen Moment deine Verletzung oder ich mach das im Alleingang."

Das war wie ein Stellungsbefehl.

„Mir geht es auch schon viel besser", sagte ich schnell, denn ich konnte und wollte meinen besten Freund nicht im Stich lassen. Nur Veronica war da ganz anderer Ansicht. Sie meinte, ich müsste noch wenigstens zwei Wochen im Bett verbringen.

Nick hob die Augenbrauen, zuckte mit den Schultern und sagte nur: „Eure Entscheidung." Dann ging er zur Tür hinaus.

Veronica hatte diesen sorgenvollen Blick und ich gerade das Gefühl, meinen besten Freund im Stich gelassen zu haben.

„Meinst du nicht auch, ich könnte mit Nick den Kerl fangen?", fragte ich ganz behutsam. Denn eigentlich hatte ich auch keine Lust mehr in so einer mexikanischen Teewinde herum zu liegen.

„Du hast einen Einschuss in deinem Oberschenkel. Dabei hat die Kugel deinen Knochen gestreift. Wenn sich das entzündet, dann kann es passieren, dass sie dein Bein amputieren müssen. Und zwar bis dahin." Sie machte mit ihrem Finger einen Strich oberhalb der Einschussstelle. „Du kannst es dir noch einmal überlegen, ob du gesund werden willst oder für den Rest deines Lebens ein Krüppel sein möchtest."

Der Einwand war berechtigt. Die Wunde war noch zu frisch. Aber ich konnte auch Nick nicht allein lassen. Also tat ich, was man nicht machen sollte. Ich meldete mich freiwillig, gegen aller Vernunft und viel Protest von Veronica bei Nick. Auch die Ärzte waren der Meinung, ich sollte mir Ruhe antun. Vom Prinzip war es richtig. Aber umso länger wir warteten, desto kälter wurde die Spur.

Veronica war stinksauer, als ich das Krankenhaus verließ. Sagte aber: „Meldet euch, wenn ihr etwas braucht."

„Machen wir", sagte ich mit einem Kloß im Hals.

Nick saß mit laufendem Motor und viel Ungeduld am Steuer eines Land Rover, den er sich von einem Autoverleih organisiert hatte. Als ich einstieg und Nick losfuhr, sah ich noch, wie Veronica sich eine Träne von der Wange wischte.

„Hast du schon eine Idee, wo wir anfangen könnten?", fragte ich.

„Ich vermute, er wird sich in der Wüste von Sonora aufhalten. Entweder in der Nähe der Hazienda oder auf ihr."

Ich war überrascht, mit welcher Genauigkeit Nick den Ort bestimmen konnte.

„Aus welchen Gründen glaubst du, dass er sich in dieser Gegend aufhalten wird?"

„Als wir im Krankenhaus gelegen haben, hatte ich viel Zeit darüber nachzudenken, wohin Morrison flüchten würde, wenn es ihm gelinge, aus den Fängen der Justiz zu entkommen. Ich konnte nächtelang nicht schlafen. Ich wurde das Gefühl nicht los, dass sie ihn wieder auf freien Fuß setzen würden. Genauso, wie sie es bei Pedro Kordales getan hatten. Und der einzige Ort, der mir am plausibelsten erschien, war die Hazienda. Aus zwei Gründen. Erstens, die Hazienda ist der Ort, an dem er glaubt, er sei dort am sichersten. Von dort konnte er mit Pedro Kordales sein Drogenimperium aufbauen und vergrößern. Er wird nachschauen, ob noch etwas zu retten sei."

„Und zweitens?", fragte ich voller Neugier auf seine forensische Analyse.

„Und zweitens, weil ich das so will."

„Ach so", meinte ich. „Weil du das so willst. Das ist einleuchtend. Dann hoffen wir mal, dass du recht behältst. Denn wenn diese Sucherei noch länger andauert, dann wird die Beziehung zwischen Veronica und mir immer schlechter und meine Provision für dieses Unternehmen immer höher."

Nick atmete tief durch, als wollte er mir sagen, lass mich doch in Ruhe mit deinem Privatkram. Aber er sagte nichts. Es war wie ein tiefer Seufzer, der aus ihm herauskam.

Wir fuhren zuerst zu der mexikanischen Armee, die uns so erfolgreich unterstützt hatte. Juanes, der große Mann in seiner tollen Uniform und mit ganz viel Lametta und Klimbim an Schulter und Brust, begrüßte uns. Er lud uns ein, bei sich das Abendessen einzunehmen. Da es schon später Nachmittag war, nahmen wir die Einladung gerne an.

Zu meiner Überraschung hatte Juanes ein eigenes Haus am Rande der Kaserne. Den Land Rover hatten wir auf einen der Parkplätze innerhalb der Kaserne abgestellt. Nicht weit von der Krankenstation.

Als wir bei Juanes zu Tisch saßen und über Morrison sprachen, fing mein Oberschenkel an zu schmerzen. Zuerst nur ein unangenehmes Stechen, was aber von Minute zu Minute schlimmer wurde. Erst ließ ich mir nichts anmerken. Aber irgendwann wurden die Schmerzen so groß, dass ich aufstand und versuchte, durch herumlaufen den Schmerz zu lindern. Nick und auch Juanes unterbrachen ihr Gespräch und schauten mir dabei zu, wie ich durch das Zimmer humpelte.

„Benötigen Sie einen Arzt?", fragte Juanes besorgt.

„Weiß ich noch nicht", sagte ich, wohl wissend, dass ich ohne Schmerzmittel nicht auskam. Aber ich wollte keine unnötigen Umstände machen.

Und so humpelte ich noch eine geschlagene Viertelstunde durch den Raum.

„Wenn ich etwas gegen die Schmerzen bekommen könnte, dann wäre mir schon geholfen."

„Ich werden den hiesigen Arzt informieren. Er wird so schnell wie möglich Ihre Verletzung behandeln."

Juanes griff schon zum Telefon, um den Arzt zu verständigen. Ich winkte ab und sagte zu ihm: „Ich werde zur Krankenstation laufen. Vielleicht hilft das. Die ist ja nicht weit."

„Sollen wir dir dabei helfen?", fragte Nick.

„Nee, nee. Braucht ihr nicht. Ist schon gut. Macht euch keine Sorgen, ich schaff das schon. Führt ihr eure Konversation schön fort. Ich werde kurz einen Sprint in die Krankenbude machen und die Schwestern aufschrecken."

Ich verließ das Haus und machte mich auf den Weg.

'Wenn der Trottel mich noch ein wenig im Krankenhaus liegen gelassen hätte, müsste ich jetzt nicht in so eine Flickwerkstatt', schmollte ich vor mich hin.

Es waren vielleicht nur einhundert Meter bis zum Ziel. Für mich war es, als müsste ich den Mount Everest erklimmen. Wie ich die nächsten Tage überstehen sollte, war mir ein Rätsel.

In der Krankenstation angekommen, suchte ich zuerst einen Platz zum Sitzen. Junge tat das Bein weh. Ich schaute mich um. Niemand zu sehen. Keine Menschenseele weit und breit. Gut, ich war vorne bei der Anmeldung, aber selbst hier war niemand, der mir helfen konnte. Ich wartete gefühlte fünf Stunden. In Wahrheit waren es nur ein paar Minuten. Aber die Ungeduld und der Schmerz trieben mich an, jemanden aufzusuchen, der sich auf die Heilung von Oberschenkeln verstand. So machte ich mich auf den Weg.

Ich humpelte den Gang entlang, bis plötzlich eine Krankenschwester aus einem der Zimmer kam. Als sie mich sah, verschlug es mir den Atem. Bildhübsch war sie. Mir fehlten die Worte um sie würdig zu beschreiben. In meinem inneren Auge sah ich schon Veronica, wie sie ihre Fäuste in ihre Hüften stemmte und mich mit scharfen Augen ansah. Ich hatte nichts gemacht, aber das schlechte Gewissen stand schon prompt neben mir und erklärte mit erhobenem Zeigefinger, was ich doch für eine schlechter Mensch sei. Konnte ich was dafür, dass diese Krankenschwester ein Wunder der Evolution war.

Sie sprach mich auf Spanisch an. Ich hatte sie nicht verstanden. Ich schaute sie nur an. Was hätte ich darum gegeben, Spanisch sprechen zu können. Sie sprach mich ein zweites Mal an. Ihre Stimme war wie die eines Engels. Jemand stieß mir seinen Finger in die Seite und holte mich auf eine sehr brutale Weise in die Realität zurück. Es war Nick, der neben mir stand.

„Die junge Dame will wissen, was du hier treibst."

Ich musste wohl sehr verdutzt drein geschaut haben und versuchte, ihr zu erklären, dass ich Probleme mit meinem Bein hatte. Und mit einem Schlag war ich wieder Herr meiner Sinne.

„Was zur Hölle machst du hier?", fragte ich Nick.

„Ich hatte mir etwas Sorgen um dich gemacht. Und wie ich sehe, kam ich zur rechen Zeit."

„Einen Scheiß kamst du", schnauzte ich ihn an. „Ich hatte ihr gerade erklärt, dass ich ein Problem mit dem Oberschenkel hab. Alles lief super, bis du hier aufschlugst und dich in meine Angelegenheiten mischt."

„Ja, genau", meinte Nick etwas sarkastisch. „Das hab ich ja gesehen, wie du dich mit der jungen Lady unterhalten hast."

„Ja, das hat er auch", sagte die Krankenschwester, in einem fast akzentfreien Deutsch.

Ein Schauer lief mir über den Rücken. Diese Frau sprach meine Sprache. Ich kann nicht leugnen, dass mein Herz einen Tick schneller schlug. Ich konnte nichts dafür. Dann nahm sie meine Hand und führte mich in eines der Behandlungszimmer. Ich zwinkerte Nick noch ein Auge zu.

„Oooh man", hörte ich ihn nur noch und dann waren wir schon verschwunden.

Die Behandlung verlief professionell. Keine Frage. Mit runter gelassener Hose ließ ich die Krankenschwester meine Wunde behandeln. Das Einzige, was mich störte, sie hatte eiskalte Hände. Und da war ich mir nicht mehr sicher. War sie ein Engel oder hatte sich der Tod persönlich an mir zu schaffen gemacht?

Als sie kurz das Behandlungszimmer verließ, um einen Wundverband zu holen, schaute ich mich ein wenig um. Es war ein Behandlungszimmer, wie ich es auch in Deutschland kannte. Spartanisch einfach eingerichtet. Alles in Weiß gehalten. In einer Ecke stand eine Vitrine mit diversen Arzneimitteln. Unter anderem befanden sich mehrere Flaschen Chloroform, die zur Betäubung von Patienten benötigt wurden, dort.

Ich nutzte die Gelegenheit. Schnell zog ich meine Hose wieder an. Ich kontrollierte, ob die Krankenschwester auf dem Rückmarsch war. Die Luft war rein. Und so nahm ich ein paar Flaschen Chloroform und steckte sie in meine Taschen. Auch ein oder zwei Packungen Schmerzmittel nahm ich an mich und verschwand lautlos aus dem Behandlungszimmer.

Ich ging oder vielmehr humpelte, zügig den Flur entlang, bis ich im Foyer der Krankenstation ankam.

Nick saß dort auf einen der Stühle und las in irgendwelchen Illustrierten. Ich humpelte schnell an ihm vorbei.

„Lass uns abhauen", flüsterte ich ihm zu.

Ohne lange nachzufragen sprang er auf und folgte mir ohne Kommentar durch die Ausgangstür.

„Was ist los?", fragte er, vor der Tür wohl ahnend, dass ich irgendetwas angestellt hatte. „Bist du unseriös mit der kleinen Krankenschwester umgegangen? Oder wollte sie dir eine Spritze verpassen?"

„Nee. Die Kleine weiß gar nicht, das ich weg bin. Hoffe ich zumindest. Aber ich hab Chloroform im Schrank gefunden."

Ich zeigte Nick die Flaschen, die ich erbeutet hatte. Er schaute mich kurz unverständlich an. Und mit einem Mal ging ihm ein Licht auf.

„Wir werden unter einem Vorwand verschwinden und uns das Chloroform zunutze machen", sagte Nick mit leiser Stimme.

„Das ist auch mein Plan", stimmte ich ihm zu.

Ich hatte es noch nicht richtig ausgesprochen, da hörte ich das Knarren der Eingangstür. Es war die Krankenschwester, die in der Tür stand und mich wie ein Hund zurückpfiff. Ein Schrecken ging mir durch die Knochen. So wie sie mich rief, war sie kein Engel. Das wurde mir in diesem Augenblick klar. Ohne dass sie es bemerkte, gab ich Nick die Flaschen.

„Ja", sagte Nick. „Jetzt bist du dran. Jetzt musst du die Hosen runter lassen. Da geht kein Weg dran vorbei." Und dabei lachte er so blöd.

Ich war entsetzt, dass sie noch einmal mit ihren kalten Händen meinen empfindlichen Körper berühren würde.

„Geh schon hin. Du wirst sowieso nicht drumherum kommen. Ich werde auf dich warten."

'Na toll', dachte ich. 'Er hat gut reden. Ihm haben sie ja auch kein Loch ins Bein geschossen.'

Ich ging noch einmal mit der Krankenschwester. Es hat auch nicht lange gedauert, da war ich schon wieder draußen.

Nick hatte in der Zwischenzeit vom Kommandanten Juanes Waffen und Munition bekommen.

Als wir alles im Wagen verstaut hatten, bat uns Juanes noch einmal in sein Haus. Er gab uns eine Karte. Wir schlugen sie auf und erkannten ein mit Bleistift gezeichnetes Kreuz im unteren Teil. Juanes zeigte mit dem Finger auf diese Stelle.

„Wir vermuten, dass Morrison sich dort aufhält."

„Was macht Sie so sicher?", wollte Nick wissen.

„Ich habe einen Hinweis von Seniora Mattis bekommen", sagte Juanes mit ruhiger Stimme. „Eine präzise Standortbestimmung von Morrison konnte sie auch nicht geben. Also mussten wir uns selbst ein Bild von der Lage machen."

„Und wie sind Sie darauf gekommen, dass er sich persönlich in diesem Gebiet aufhält?", fragte ich etwas skeptisch.

„Den Standort, den ich hier auf der Karte erkennen kann, liegt viel südlicher, als der Standort, den wir meinen zu glauben."

Hinter mir hörte ich, wie eine Tür ins Schloss fiel.

„Ich war persönlich an diesem Ort", sagte eine Stimme, die ich glaubte zu kennen.

Ich drehte mich um und sah die Krankenschwester mit den kalten Händen hinter uns stehen. Mein erster Gedanke: 'Die Frau steckt doch absichtlich ihre Hände in Eiswasser, bevor sie so einen armen Teufel wie mich durch repariert.'

Sie kam auf mich zu. Sie war ja bildhübsch, keine Frage. Aber den Gedanken an ihre kalten Hände ließ mich ein wenig frösteln.

„Kommen Sie, ich zeige Ihnen etwas." Sie ging mit mir zu dem Tisch, auf dem die Karte ausgelegt war. „Ich bin nicht nur Krankenschwester. Ich bin auch die Tochter von Juanes, dem Kommandanten dieser Einheit."

„Ach, da schau her. Die Tochter unseres lieben Kommandanten", sagte ich etwas erstaunt. „Sieht man gar nicht."

„Sie kommt ganz nach ihrer Mutter", sagte Juanes ganz stolz.

„Da hat sie aber Glück gehabt", kam es spontan aus mir raus. Nick stupste mich kurz mit dem Finger in die Seite. Aber so dass es keiner sah. Schnell begriff ich, dass ich eine Grenze überschritten hatte.

„Ich meine, sie ist eine tolle Frau und bestimmt eine wundervolle Tochter", sagte ich schnell, um die Wogen wieder zu glätten. Mein Gedanke war nur: 'Steht nicht sonst noch wo ein Fettnäpfchen herum, in dem man noch rein latschen kann?' Juanes war Gentleman und überhörte meinen Kommentar auf diplomatische Weise.

Ich schaute die Tochter unseres Kommandanten erwartungsvoll an. „Wo genau waren Sie, als Sie Morrison gesehen und erkannt haben?", fragte ich, um vom Thema abzulenken. Auch Nick schaute gespannt auf die Karte.

Sie zeigte genau auf die Stelle, wo auch das Kreuz eingezeichnet war. „An diesem Ort ist ein kleines Gehöft. Oder vielmehr eine kleine Ranch. Auf dieser Ranch wohnt der Verwalter der Hazienda."

„Warum wohnt er nicht selbst auf der Hazienda?," fragte Nick. „Das würde doch meines Erachtens viel mehr Sinn ergeben."

„Morrison war der Ansicht, dass der Verwalter nicht alles sehen sollte, was auf der Hazienda vor sich ging", sagte Juanes mit ruhiger Stimme. Dabei stellte er ein Weinglas zur Seite.

„Wollen Sie auch ein Gläschen Wein?", fragte er.

Ein Glas Wein würde ich nicht verschmähen, aber ich konnte nicht einmal „Ja" sagen, da fauchte die kleine Krankenschwester ihren Vater an: „Der bekommt keinen Alkohol. Das ist Gift für ihn."

Ich hatte das Gefühl, jeder hatte das Bedürfnis über mich zu bestimmen. Also sagte ich aus Trotz: „Aber selbstverständlich nehme ich ein Glas Wein. Und wenn es drauf ankommt auch ne ganze Flasche."

Die kleine Krankenschwester nahm eine Flasche und sagte voller Verachtung: „Dann nehmen Sie doch eine ganze Flasche."

Dann ging sie schnurstracks aus dem Zimmer und knallte die Tür hinter sich zu. Mit der Flasche Wein in der Hand schaute ich ihr noch nach. Dann schaute ich den Vater von diesem kleinen Biest an.

„Wie Manns macht, macht Manns verkehrt", sagte ich etwas hilflos.

Juanes zuckte mit den Schultern. „So ist sie halt, unsere kleine Sofia."

„Ach", sagte ich. „Sofia heißt der kleine Feger ."

Nick, der ganz andere Gedanken hatte, wie die Krankenschwester Sofia mit den kalten Händen, bekam eine Idee.

„Haben Sie vielleicht ein paar Flaschen mit Gas und eine Bohrmaschine?"

Juanes schaute Nick etwas verwundert an. Ich wusste sofort, was er aussheckte.

„Wenn wir viel Glück haben, dann werden wir Morrison festnehmen ohne dass ein Schuss fällt", meinte Nick. Dabei machte er eine sehr zuversichtliche Mine.

Juanes war etwas schwer von Begriff. Was jetzt nicht schlimm war, da er nicht alles verstehen musste. Umso weniger er wusste, umso besser war es für ihn.

„Wir benötigen ein, zwei Flaschen mit Gas und eine Bohrmaschine", sagte Nick.

Juanes ging mit uns zum Magazin, immer noch nicht wissend, was wir genau vorhatten. Es war schon kurz vor Mitternacht, als er uns ein paar große elf Kilo Gasflaschen mitgab. In einem Schrank lag eine flammneue akkubetriebene Bohrmaschine.

„Die benötigen wir auch", sagte ich.

In demselben Schrank lagen auch die passenden Bohrer. Ich nahm den größten, den ich finden konnte und schaute mir den Bohrer genau an. „Passt", sagte ich. In einer Ecke vom Magazin hing ein fünfzig Meter langer dünner Schlauch. Das war genau das Objekt der Begierde, was uns noch fehlte. Wir nahmen die vielen schönen Sachen und luden sie zusammen mit den Waffen in den Land Rover. Dann bedankten wir uns noch bei Juanes für die Gastfreundschaft und fuhren los bevor der alte Gaucho herausbekam, was wir wirklich vorhatten. Ich schmiss mir noch ein paar Schmerztabletten in den Hals und dann ging die Reise los.

Es dauerte geschlagene dreieinhalb Stunden, bis wir die Ranch von dem Verwalter erreichten.

Das Haus lag etwas abseits von der Straße hinter einem Hügel in einem Waldstück. Es war von der Straße nicht einsehbar. Wir stellten den Wagen in einem Gebüsch ab. Ich schaute auf die Uhr. Vier Uhr morgens. Es war noch zappenduster.

„Meinst du, sie wissen, dass wir kommen?", fragte ich leicht besorgt.

„Das werden wir gleich sehen", meinte Nick. „Ich werde mal zu dem Haus hingehen. Dann werden wir ja sehen, ob sie uns erwarten."

Er nahm sich eine Waffe, steckte eine Packung Munition in die Tasche und wollte losgehen.

"Hey und was ist mit mir?", fragte ich. „Ich kann unmöglich die Strecke mit dir mitgehen."

„Du bleibst beim Wagen. Wenn etwas schief geht, bist du die Kavallerie."

„Okay", meinte ich. „Vergiss das Chloroform nicht. Könnte dir bei deiner Mission helfen."

„Ach ja, das Chloroform." Er nahm die Flaschen aus Sofias Hausapotheke und verschwand in der Dunkelheit.

Ich nahm mir ebenfalls ein Gewehr und versteckte mich ein paar Schritte vom Wagen entfernt. Sollte jemand den Land Rover entdecken, konnte ich ihm einen gebührenden Empfang bereiten. Und dann wartete und wartete ich. Die Schmerzen in meinem Oberschenkel wurden wieder schlimmer. Ich nahm noch eine Schmerztablette. Besser zwei.

Nach einer Stunde, die Dämmerung setzte schon ein, kam Nick zurück. Ich musste wohl eingenickt sein. Ist ja auch kein Wunder bei den Tabletten.

„Hey du Pennsuse", sagte er leise. Er schüttelte mich ein wenig, bis ich wieder hellwach war. „Du bist mir ja vielleicht ein Pfadfinder."

„Meine Güte", sagte ich etwas lauter. „Ich brauche halt meinen Schönheitsschlaf."

Nick legte die Waffen auf den Rücksitz. „Du solltest hier Wache halten und nicht die halbe Nacht verpennen."

Ich nehme mal an, Nick war zu diesem Zeitpunkt etwas angesäuert, was ich ihm nicht verdenken konnte. Aber die Tabletten waren echt der Hammer. Zwei im Kopf und die Welt war schön. Wir fuhren zum Haupthaus.

„Bist du sicher, dass wir da so einfach hinfahren können?", fragte ich etwas besorgt.

„Da mach du dir mal keine Sorgen. Die schlafen alle ihren Schönheitsschlaf. Und zwar besser als du ihn je schlafen wirst."

„Hast du Morrison gesehen?", fragte ich.

„Ja", meinte Nick. „Auch Morrison schläft den Schlaf der Gerechtigkeit."

„Du hast die Flaschen Chloroform benutzt."

„Richtig. Ich habe sie von draußen in die Lüftung geschüttet. Es hat nicht lange gedauert und die ganze Bande lag im Koma."

„Wie viel sind im Haus?", fragte ich erleichtert.

„Sechs Mann, die eine Party feierten. Die waren so laut, die haben gar nicht mitbekommen, dass ich vor Ort war."

Wir fuhren bis auf zwanzig Meter an das Haus heran. Mit der Bohrmaschine aus Juanes Magazin, bohrten wir an zwei Stellen Löcher in die Wände. Dann steckten wir den Schlauch in die Löcher und ließen Gas aus den Flaschen in das Haus strömen. Rasch entfernten wir uns. Sicher ist sicher. Ich nahm noch eine Tablette und dann warteten wir. Es dauerte auch nicht lange. Mit einer gewaltigen Explosion flog das Haus bis zur Unkenntlichkeit auseinander. Es war wie eine Befreiung.

Als wir nachschauten, ob die Mission erfolgreich gewesen war und wir Teile von Morrison gefunden hatten, fiel mir ein dicker Stein vom Herzen. Es war vollbracht. Die Mission hatten wir erfolgreich abgeschlossen. Um keine Spuren zu hinterlassen, nahmen wir die Gasflaschen wieder mit. Im Bericht wurde dieses als Unfall deklariert.

Rasch entfernten wir uns von diesem Ort.

Nick fuhr den Wagen bis ans Limit. Er wollte so schnell es ging Raum zwischen uns und den Verbrechern herstellen. Sie waren zwar tot, aber man hatte immer noch das Gefühl, die Geister würden uns verfolgen. Erst als wir bei unseren Freunden waren, wurden wir innerlich ruhiger.

Wir blieben noch drei Tage zusammen. Dann begann der lange Abschied. Was zuerst nur mit Skepsis und fehlendem Vertrauen begann, wurde zuletzt mit einer echten Freundschaft belohnt. Wir waren am Ende unserer gemeinsamen Reise angekommen.

Jeder ging seinen eigenen Weg. Diese Truppe, die so lange zusammengehalten hatte, wusste, dass sie nie wieder so zusammen kommen würde. In den letzten Stunden waren wir mehr oder weniger mit uns selbst beschäftigt.

Und dann kam der große Augenblick. Jeder verabschiedete sich vom anderen, nahm seine Sachen, sagte noch einmal 'Adios' und ging dann seines Weges.

Emilio und Antonio gingen zurück nach Kolumbien auf ihre Plantage.

Jan hatte die Albatros wieder flugtauglich zusammen geschraubt. Was er auch immer mit flugtauglich meinte. Er brachte die zwei Brüder mit der Albatros zurück nach Kolumbien. Aber zuvor machten sie noch einen kleinen Abstecher nach Kuba. Da wurde erst richtig shoppen gegangen. Eine ganze Ladung Zigarren hatten sie eingeladen. Ich denke, es waren so viele, dass Emilio bis zu seinem Lebensende damit auskommen müsste. Und so wie ich Emilio und Antonio kannte, hatten sie dafür auch nicht wirklich viel bezahlt.

Anna Elena Trova flog zurück nach Rumänien. Sie hat dort noch Familie.

Nick ging in die Staaten zurück.

Ich flog zurück nach Boscastle England. Veronica war der Meinung, dass ich ihr mein Zuhause zeigen sollte. Also reiste die kleine Dame mit.

Die erste Zeit war es ein Traum, mit ihr mein Zuhause zu teilen. Doch irgendwann musste ich meine Bude selbst putzen und mich um alles kümmern. Ich verstand gar nicht, warum ich jetzt alles machen musste. Sie hatte doch freie Hand und konnte unser Zuhause schön machen. Ich wollte ihr nicht in die Quere kommen und ging lieber Angeln. Das wiederum fand sie gar nicht lustig. Ich konnte es nicht verstehen.

*

Nach einem halben Jahr stand Nick vor der Tür. Er kam auf die glorreiche Idee einmal richtig Urlaub zu machen. Wir hatten Afrika überlebt und in Kolumbien sind wir mit heiler Haut herausgekommen. Beides Länder, in denen man sich eine Kugel einfangen könnte und sich bei allem Überfluss noch einen fetten Sonnenbrand abholen durfte. Er war der Meinung, der beste Platz der Welt wäre Alaska, mittendrin im Nirgendwo. Dort wo es kein Telefon gab und es nicht unbedingt drauf ankäme, wenn der Abwasch etwas länger stehen bleiben würde.

Ich nahm Nick mit nach draußen. Veronica musste ja nicht alles mitbekommen, was wir zwei Männer zu besprechen hatten. Wobei man bei dieser Frau nie wusste, was sie wirklich mitbekam. Sie war halt ein Vollprofi in Sachen Abhören.

Nick erklärte mir noch eine ganze Menge von dem schönen Land im nördlichen Teil von Amerika. Ich war hin und weg von seiner Idee. In Gedanken hatte ich meine Koffer schon gepackt. Aber das ist eine andere Geschichte.